集英社オレンジ文庫

穢れの森の魔女

赤の王女の初恋

山本　瑤

本書は書き下ろしです。

A Witch in the Forest of Impureness

穢れの森の魔女

赤の王女の初恋

CONTENTS

ミア（ミカエラ）

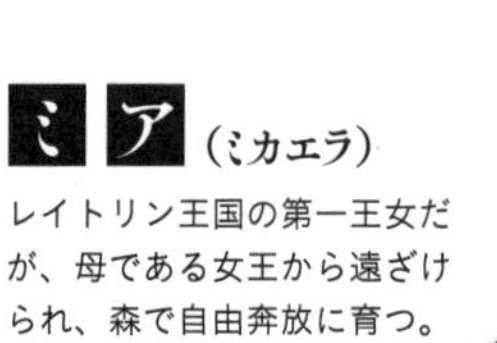

レイトリン王国の第一王女だが、母である女王から遠ざけられ、森で自由奔放に育つ。

カイラ

ミアの母でレイトリンの女王。「氷の女王」の異名を持つ。

グリンダ

ミアの父方の祖母。ミアを森のなかで愛情こめて育てる。

ラヴィーシャ

森の巫女。ミアに沢山の本を与え、知恵を授けてくれた。

ネリー

ミアのばあや。生まれてすぐのミアの世話をしてくれた。

アリステア

ミアの異父妹。次期女王とされており、宮廷で育つ。

ハンナ

ミアの結婚の際、ついてきた侍女。頼りがいのある性格。

メトヴェ

ミアに呪いをかけた魔性。

CHARACTER

エドワード
グリフィス王国の王子。ミアを気に入って求婚する。

フランセット
エドワードの妹。天真爛漫でミアともすぐに打ち解ける。

ローガン・ウォリック
子爵で秘書官。エドワードとは士官学校からの付き合い。

ジーク・フェロウ
ミアの従者。剣術の腕前は一流だが物腰は非常に女性的。

ルイス・エルギン
ミアの従者。腕っ節の強さは他の追随を許さない。

ロクサーヌ・ラ・トゥール
伯爵家令嬢で、エドワードの気高く美しい幼馴染み。

ダグ・ナグル
伝説の白い巨大な狼。禁断の森の奥深くに住む。

キリアン
ミアの幼馴染み。森で倒れているところをミアに救われて、一緒に育つ。

イラスト／佐々米

穢れの森の魔女
赤の王女の初恋
A Witch in the Forest of Impureness

プロローグ

緑の閃光(せんこう)が弾け、肉体を内から突き破るような衝撃があった。

彼が憶(おぼ)えているのはそれだけだ。

跳ね飛ばされた体を、別の力が引っ張り上げる。空間のひずみと、ねじれを、強引に押し退(の)けるようにして、力は彼をいったん柔らかく包みこんだ。

雲が尋常(じんじょう)ではない速さで流れ、空の色が群青(ぐんじょう)から紫紺(しこん)、鋼(はがね)色に変化する。山や森が四季の移ろいを無情に繰り返し、逆巻いた風に落ち葉が乱舞し、緋(ひ)色に彩られた嵐を生み出す。瞬(また)きをする間に世界は白い闇(やみ)へと塗り替えられ、気づけば彼は雪原にいる。音もなく降り続ける雪と、睫毛(まつげ)にとどまった結晶の、はっとするほど精緻(せいち)な紋様(もんよう)――。

その六花の雪片は震えながら溶け、涙のように頰(ほお)を伝う。

どこまでも白い闇の世界に漂っていると、やがてそこに、ひとつだけ色が生じた。緑の照葉(てりは)を茂らせた大樹が、雪や氷をものともせず、ただ超然と立っている。唯一、命を感じさせるその樹へと、彼は必死に手を伸ばした。

直後、彼を支えていた柔らかな力は消失する。

視界は暗転し、落下が始まる。漆黒の夜空を見上げながら、なすすべもなく落ちてゆく。空の果てには屈折した緑の帯が輝き、無数の星の瞬きもその光に押しやられる。

彼は背中から雪面に叩きつけられ、雪煙に埋もれた。そうして、意識を失った。

再び目覚めたのは、不吉な低い獣の声を聞いたからだ。目を開けた時、最初に見たのは、やはり、雪――上空を覆う黒い木々の切れ間から、ゆっくりと舞い落ちてくる。

顔に薄く積もった雪を、指で触ろうとして、手がまったく動かないことに気づいた。全身がこわばって、おまけに寒く、息をするだけでも胸の奥が苦しくなる。

彼は雪の上に転がっており、目線だけを動かすと、巨大なマツやトウヒが林立しているのが見えた。雪を被ったシダ類の下生え、その奥から現れた、黒く大きな獣も。

狼だ。前傾姿勢をとって、今まさに、彼に飛びかかろうとしている。彼はその瞬間を覚悟し、歯を食いしばる。死を前に何かを思おうとしたが、何も浮かばず、まぶたの裏には濁った闇が広がるばかり。

自分はこの闇にのみ込まれるのだ――それだけを、かろうじて思った時。

空気を切り裂く音がして、狼が犬のように鳴いた。続け様に二度、三度と同じ音。それは誰かによって放たれた矢で、すぐに、何者かが彼と狼の間に仁王立ちになった。

小柄な、フードを被った人物の後ろ姿。

「去れ」

　澄んだ声が命じた。

「これはおまえの獲物（えもの）ではない」

　狼は気圧（けお）された様子で、茂みの向こうへと消えた。

「さてと」

　小柄な人物は振り向き、かがみ込むと、間近にこちらをのぞき込むようにした。

　彼は、かすむ瞳で相手を見た。はねのけたフードの下から現れたのは、くすんでもつれた赤い髪と――幼い顔。

「あんた、迷子なの？」

　真っ直ぐに彼を見つめて問う少女の瞳は、美しい緑色だ。つい先程、白い闇の中で見た、大樹の葉を思い出す。鮮やかなのに柔らかく、力強いのに優しい。なぜか泣きたい気持ちにさせられるその瞳を、彼は言葉もなく、ただただ見つめ返した。

第一章　赤髪の王女

1

凍りついた大地が緩み、朝夕の空気に力強い森の息吹が感じられるようになってきた。

五月。ミアが一年でもっとも好きな季節がやってきた。北方の国、レイトリンの冬はとても厳しい。一年の半分を雪と氷に覆われる極寒の国では、初夏は万物の生命が喜びを歌い出す待望の季節だ。そうなると、ミアはじっとしていられない。朝の洗顔もそこそこに、トナカイの皮にオコジョの毛皮を裏打ちしたマントを羽織って、勢いよく外に飛び出す。

村の最奥に位置する石造りの祖母の家は、まだ朝もやの中で沈黙している。すぐ背後に白樺の森が迫り、小さな畑と、薪小屋、馬小屋、獣の解体保管小屋などが敷地内にある。農耕に欠かせない牛だけは一家の宝なので、どこの家でもそうであるように、母屋の中で飼われている。

ミアは真っ直ぐに馬小屋に向かい、愛馬に挨拶をした。

「おはようアンナ・マリア」

栗毛のアンナ・マリアは嬉しそうに鼻面を近づけてきた。ミアは氷室から出したばかりのとっておきの林檎を与え、たてがみの後ろを軽くかいてやる。それから彼女を外に出すと、ひらりとまたがった。

森の端を抜けて、村の共有地である畑を目指す。レイトリンの農民が育てているのはおもにライ麦、大麦、燕麦、えんどう豆やホップなどだ。五月のこの日は、村人総出で共有地に種蒔きを行うことが決まっていた。

ミアは流れる小川の音にも耳をすませた。水の勢いが増している。トナカイゴケをはじめとした地衣類は鮮やかな緑色をして、川岸にはスノードロップが花を開かせていた。上流のほうに、水を飲んでいる鹿の姿を認める。ミアと目が合ったが、少しだけ耳を動かしたあと、再び水を飲み始めた。マツの黒い木肌にも緑の苔がむしている。雪が解けて、濡れた土と、針葉樹の若木の芳醇なにおいが充満している。

ツグミやモズ、カケスが朝の合唱を開始した。遠くのほうから、狐がこちらをじっと見ている。見事な純銀の毛皮だ。ミアは背中に負った弓矢に手を伸ばそうとして、やめた。

生きていくために森の獣を狩るのは日常だ。それでも時折、あえて見逃す。白や銀色の毛をした個体で、こんなふうに目と目が合った時は。

「いいよ、行きな」

つぶやくと、狐は下生えの奥へと消えた。

「はいっ」

ミアはアンナ・マリアの腹を軽く蹴って、先に進んだ。

王都サフール近郊、ギルモア領サヴィーニャの村は、現在全部で五十六世帯。個人の土地の他、共有地では、全戸でいっせいに種蒔きから収穫までを行う。共有地における税率は低く、収穫が多ければ市場で売って労働に見合った現金も手に入る。五月に種を蒔いて八月の半ばに収穫するライ麦や大麦は、主食のパンの他にエールや、冬季の家畜の餌にもなる。麦類は栄養価も高くレイトリンの民の食生活を支える大事な作物だが、ミアは常々、この地で他の作物を育ててみたいと考えていた。

馬から下りて、大地の緩み具合を確認する。このあたりは泥炭地で土壌は酸性。痩せた地で育てるには丈夫な麦類が適していることはわかる。でも、より多様な作物を育てることが人々の生活を豊かにするし、国を強くする。

ミアはアンナ・マリアを畑横の柵につなぐと、ぽつぽつと集まってくる村人のところへ走って声を張り上げた。

「おはよう!」

「おはよう、ずいぶんと早いねえ」

「楽しみで目が覚めちゃったの」

「若いと朝は眠くて仕方ないだろうに。うちの子たちなんてまだ半分寝てるよ」

見ればミアと同じ十代の村人も数人駆り出されているが、確かにみんな眠そうだ。

「わたしはおばあちゃんの代わりだから」

「グリンダばあさん、脚はどうだい」

「だいぶいいよ。本人は畑に出るって言ったんだけど、まだ無理してほしくないから」

ミアの祖母のグリンダは村一番の働き者だ。共有地の仕事も、毎年、誰よりも汗水流してきた。だから村では尊敬されているが、怒ると怖いから、いい意味で恐れられてもいる。

そんなグリンダが怪我をしたのは、冬のある日。薪を運ぼうとして転倒し、左足の骨を折ったのだ。それからミアは、できるだけ祖母の家で寝泊まりをするようにして、日々の雑事から村の仕事まで、代わりにしている。もっとも畑仕事は趣味と実益を兼ねていて何より楽しいことだ。

「さあ、じゃあ、今日明日で目処をつけちゃおう！」

ミアは大きく声を張り上げ、隣接する小屋から農具を外に出した。牛を曳きながら、ぬかるんでいる土を耕す。途中で女たちが昼食を持ってきてくれた。ライ麦パンに燻製ハムとピクルスを挟んだものと、チーズ、新鮮なミルクなどだ。まだこの季節は青い野菜や果ていた。

日暮れが近くなって、その日の作業が終了する頃には、ミアも村人も真っ黒で汗をかい

物が少ない。


「いくつになったね」

村人が目を細めてミアに聞く。

「もうすぐ十六」

へーえ、と数人が感慨深そうにつぶやいた。

「もうそんなに」

「十六になったらさ、エールが大っぴらに飲めるね」

「今だってこっそり飲んでるだろうがよ」

「こっそりが嫌なんだよ。おばあちゃんに見つかったら怒られる」

一同は笑い、ミアも笑って薄汚れた手ぬぐいで顔を拭いた。そうするとますます顔が汚れてしまい、中のひとりが、しみじみと言う。

「あーあ。それでも王女様かね」

「いや、ミアはこの村の子供だ」

村の長老にあたるセルダ爺さんが、ミアの背中をばんと叩いた。

「一緒に泥と汗にまみれりゃあ立派な農民だ。ほれ、おまえも飲めや」

　差し出されたエールにミアはやったと飛びついて、喉に流し込む。氷室に直前まで入れられていた酒は少し雑多な苦味があるが、労働後の喉を潤してくれる。

　それから一緒に片付けをしていると、セルダ爺さんが農具をひょい、とミアから取って、森のほうを指し示した。

「もう帰りな。迎えが来とる」

　見れば、森の入り口付近に黒い馬と、その背に乗る黒ずくめの人物がいる。

「キリアーン！」

　嬉しくて大きく手を振ると、馬上の人物はそっけなく片手をあげて応じてくれた。

「また派手に汚れてる」

　開口一番、キリアンはミアに言った。ミアはにへら、と笑う。

「キリアンは今日も清潔」

「これが普通だよ」

　確かに、彼は城の近衛隊の一員であるから、常にきちんとした身だしなみが求められる。

　黒いマントと濃紺の上着は女王直属の衛兵の証。糸クズひとつ許されないし、泥汚れなどもってのほかだ。

　またキリアンは清潔なだけではなく、綺麗（きれい）な顔立ちをしている。この北国では珍しい、漆黒（しっこく）の髪は艶々（つやつや）しているし、肌はミアよりキメが細かく滑らかで、切れ長の青い瞳は、氷が溶け始めた湖のように冷たく澄んでいる。体は鍛錬のおかげで細く引き締まり、この一年で身長もまたずいぶんと伸びた。

　八年前の、冬の日。ミアは伝説の白い狼ダグ・ナグルに会うために禁断の森に入り、そこでこのキリアンを拾った。

　禁断の森とは、王城と大神殿の背後に広がる広大な森のことだ。その先には草木の生えない黒い山オネリスと氷河がある。禁断といわれているが、別に立ち入りを規制されているわけではない。ただ場所が大神殿のさらに奥なので、神聖化されていることと、迷いやすく、実際に出かけたきり帰ってこなかった者たちがたくさんいることから、そう呼ばれるようになった。

　キリアンは、その森の奥の、雪の上に倒れていた。記憶の一切をなくし、怪我もしていて、自分の名前や年齢、どこから来たのかも憶（おぼ）えてはいなかった。

　ミアは彼を介抱し、共に森で二晩を過ごした。なんとか帰り道を見つけて、生還した。そしてすぐに、彼を、森の巫女（みこ）であるラヴィーシャのところへと連れていった。

ラヴィーシャは言った。この少年は物腰や背格好からして、どこかの貴族の子であり、年齢はミアより三つか四つ、上だろう、と。

キリアンと名付けたのは、ラヴィーシャだ。レイトリンの神話に出てくる湖の精霊の名前で、彼にぴったりだなあ、と幼いミアも妙に納得したものだ。

それから八年。ミアはキリアンと、たくさんの時間を共に過ごしてきた。

「顔くらい洗ってこいよ。水場があるだろ？」

隣で馬を走らせながらキリアンが言う。彼は本当に綺麗好きで、汚れというものを嫌悪している。一方、ミアはむとんちゃくだ。野良(のら)作業をしていない時だって、平気で草むらで昼寝はするし、馬のお産の時は何日も馬小屋に泊まり込んだりして、そのままベッドに突っ伏して寝てしまい、翌日会ったキリアンに思いきり距離を取られたことがある。今も、マントの下の亜麻布(あまぬの)のシャツや毛織物のズボンは泥だらけだ。

「そんな時間もったいないよ。どうせ家に帰ったら、食事前に手くらいは洗うし」

「家って、グリンダ婆(ばあ)さんのところ？」

「うんそう」

キリアンは沈黙した。何か話すことがあるのに、どう切り出そうか悩んでいる。そんな様子だ。

「どうしたの？　城で、なにかあった？」

夕闇(ゆうやみ)の中でも、彼の瞳が憂(うれ)いを帯びたことがわかる。

「女王が、君の誕生会を開くと言っている」

ミアは驚き、目をみはった。

「わ、わたしの誕生会？」

「そう。二週間後に、神殿で儀式を執(と)り行い、各国の大使を招いた上で盛大な宴(うたげ)を催(もよお)すと言っている」

「……は」

ミアは馬の手綱(たづな)を引き絞って停止させた。アンナ・マリアが森に満ちる空気に鼻をひくひくとさせている。

「なに？」

「うん。ちょっと待って。コンフリーの新芽が出てるから」

コンフリーは葉をすり潰すと薬効の高い湿布になる。新芽は柔らかくアクが少ないから、乾燥させてお茶にすれば鎮静効果もある。骨折しているグリンダにちょうどいい。

ミアは新芽を摘み、ついでにコケモモの茂みが大きくなっていることも確認する。花芽がたくさんついているから、晩夏には甘酸っぱい実をたっぷりと収穫できるだろう。

「いったいどうしちゃったんだろうね、女王陛下は。わたしのことは、綺麗さっぱり忘れ去っていると思ってたのに」

「どうかな」

キリアンは馬上から言った。

「女王は滅多に感情を表に出さないだけで、ミアのことはちゃんと考えていたのかも」

「いやキリアン、それは甘いよ」

ミアは手を止めることなく続ける。

「わたしはね、母の厳しい立場を理解しているよ。皆からレイトリンの氷の女王とか、残酷(ざんこく)女王とか、いろいろ言われているけど、それもまあ一国を背負う者としては仕方ないことかと思ってる」

でも、とつぶやいて立ち上がった。

「最後に話したの、確か三年前だよ？　それも城内で偶然遭遇して、わたしが勇気を振り絞って挨拶したのに」

返ってきた言葉は、「おまえは？」だった。側仕(そば)えの者が、小声で女王に耳打ちした。ミカエラ第一王女様です、と。女王は美しい眉をほんの少しひそめただけで、ミアを一瞥(いちべつ)することすらせず、そのまま去っていった。

　つまり母女王は、ミアの存在を完全に忘れていた。

「当たり前の親子関係なんて、こっちも期待していないのに。今さら誕生会なんて、何か裏があるような気がしてならないな」

　よいしょ、と再び馬上にまたがるミアの髪に、キリアンの手が伸びた。

　長い指がつまみあげたのは、小さな枯れ葉だ。

「ちゃんと梳(と)かせよ。癖が強くてすぐもつれるんだから」

　確かにミアの赤毛は髪の毛自身が強い意思を持っているかのごとく、油断すると爆発を起こす。実は今朝も髪なんて梳かさずに飛び出してきたのだ。さすがにキリアンは鋭い。

「わたし、髪はキリアンに梳かしてもらうのが好きよ」

　いつもだったら、ふざけるな、とか、怠(なま)け者だとか、ずぼらだとか、さんざん言われる。

　でも今日のキリアンは、優しかった。

「いつでもやってやる」

「真夜中でも？　鍛錬でくたくたに疲れ切っている時でも？」

「ああ」

　キリアンは短く答え、先に馬を進めた。

　八年前。ミアが禁断の森で拾った若き雄鹿(おじか)のごとき貴公子は、綺麗好きで、でも、ミアのためなら泥沼だって飛び込んでくれるだろう。ミアにとって、キリアンは大切で信頼できる家族に他ならない。

　ミアの生母はレイトリン王国の女王、カイラ・ギルモア・レイトリンである。レイトリン王家は女系で、多くの女王を輩出したが、婚姻相手の姓は名乗らない。王家の姓ギルモアを長く残し、血統を守るためという。カイラが現在夫としているのは国の有力貴族であるボー公爵で、彼との間に二女をもうけている。

　しかしカイラには、女王となる前の王太子時代に、すでに子供がいた。それがミアである。ミアの父親は農夫だった。カイラはお忍びでしばしば市井に出かけていたらしく、その際に農夫のエルネスト・スーリヤと知り合って、彼女のほうから接近し、猛烈に口説き落としたのだという。

　ミアにはそれが信じられない。あの、いつも表情の変化に乏しく、冷徹な女王が、誰かに、それも一介の農夫に恋をして、子供まで生したとは。

　ミアは確かに城で生まれ育った。周囲からは、女王の私生児として扱われている。北の塔に一室を与えられているが、物心ついた時から、側にはばあやのネリーしかいなかった。このネリーがさらに年老いたため、生活はひっそりとしたものだ。だから城で暮らしているとはいっても、自分の身の回りのことはできるだけ自分でやったし、ミアが外で何日泊まり歩こうとも、うるさく言う人間もいない。

　幼い日、ミアはネリーと侍従の話を盗み聞きして、父親はエルネスト・スーリヤという農夫で、ミアが生まれる前に死んでしまったことを知った。母がこの国の女王であることも同日に知ったが、実感は湧かなかった。何しろ塔に閉じ込められるようにして生活していたため、母親に会ったことも、口をきいたこともなかったのだ。

　十年ほど前。レイトリンは、記録的な冷害と寒波に襲われた。黒い夏と呼ばれ、収穫期を前に農作物が大打撃を被り、続く冬を持ちこたえられず、国中で餓死者が相次いだ。

　ミアはまだ五歳で、飢えていた。ネリーも飢えていた。ネリーが幾度城の厨房にかけあっても、食べ物を分けてはもらえなかった。常日頃生活物資を届けてくれるホワンという名の侍従がいたのだが、このホワンも、姿を見せなくなった。

　ネリーが倒れ、ミアは、母親の住まいまで物乞いに行った。

　しかし、面会すら拒絶された。存在を、なかったことにされたのだ。

　ミアは意を決して城を抜け出すと、雪が舞い散る中を、必死にサヴィーニャの村まで歩いた。そうして父の母親であるグリンダ・スーリヤを訪ねたのだ。

　ドアを叩き、出てきたグリンダに、ミアは開口一番にこう言った。

「はじめまして。おばあさま。信じてもらえないかもしれないけれど、わたしは、あなたの孫です」

グリンダはひどく驚いた様子だったが、すぐに、ミアをぎゅっと強く抱きしめた。誰かにそんなふうに抱きしめてもらったのは、初めてだった。

ネリーでさえ、そんなことはしなかった。ネリーは常に、ミアを王女として敬(うやま)い、礼儀作法を重んじる侍女だったから。

「信じるとも」

グリンダは言った。

「エルネストと同じ目をしているよ。五月の森のような、祝福された季節の色だ」

ミアは震えた。生まれて初めて、肉親に受け入れられた瞬間だった。

「どうしたんだい。ひとりでお城を抜け出してきたのかい」

うなずくことで精一杯のミアを家に招き入れると、グリンダは暖炉のそばに座らせて、濡れた髪を拭き、「男の子のものしかないけど」と、着替えもさせてくれた。それは亡き父の小さな頃の衣服だった。

「お腹(なか)が空(す)いているんだね」

ミアが何かを言うよりも先に、グリンダはてきぱきと動き、食事を用意してくれた。ライ麦のパンとチーズ、それから、豆と熊肉のスープだった。

ミアは行儀作法も何もかも忘れ、パンにかぶりつき、スープをすすった。グリンダはその様子を、何か痛ましいものでも見るような目つきで見守っていた。しかしミアは、途中でスプーンを置いた。

「口に合わなかったかね」

「違う。すごく、すごく美味しい」

「そうかい」

「わたし、こんなに美味しいものを食べるのは初めて」

「城では熊は食べないだろうね。クセがあるし硬かったろう」

「わたし熊肉が好物になった」

「そりゃよかった」

「でも……この残りを、持って帰ってもいい？　ばあやのネリーが、ネリーが」

そこで言葉に詰まった。城ではネリーが飢えて寝込んでいるのに、自分だけ先に腹を満たそうとした罪悪感で、苦しくて、申し訳なくて、どうしたらいいのかわからなくなった。

「それは全部おまえがお食べ。お土産なら、ちゃんと持たせてあげるから」

グリンダは穏やかな声で言うと、素早く持ち帰り用の食料を用意してくれた。数種類の干した肉の他、マスの燻製、黒パンやチーズ、ジャムや、酢漬けにした野菜も。

「荷物になるが、帰りは馬車で送るから、安心おし」

「でも」

ミアは今さらのように気づいた。女王の城でさえ食糧不足なのだ。生まれて初めて会った祖母がミアのために用意してくれた晩餐や、お土産は、貴重な蓄えに違いないと。

「おばあさまの分が、なくなっちゃう」

「心配はいらない。わたしを誰だと思ってるんだい」

「……誰なの？」

グリンダは、歯を見せてにやりと笑った。

「サヴィーニャのグリンダといえばね、国一番の働き者で、生きる術に長けた女さ。農民の知恵を舐めちゃいけないよ。どの家の地下室にも、一冬を飢えずに過ごすくらいの食材はちゃんと保管してある」

後に、これはミアを安心させるための嘘であったことがわかった。この冬は、サヴィーニャでも飢えて亡くなる人はいたのだ。

それでもミアはこの時、安心した。生まれてからこれほど安心したことはなかった。

「いつでもおいで」

グリンダは、さらに言った。

「おまえはわたしの孫娘なんだからね。城に住んでいようと、わたしにもおまえを養育する責任があるだろう」

責任、という言葉を、ミアは口の中で繰り返した。それから、重々しくつぶやいた。

「それなら、わたしにも責任がある」

「ほうほう。それは、どんな責任だね」

「おばあさまの面倒をみる責任。ばあやのネリーの面倒をみる責任。それから、食べ物をもらったら、お返しをする責任」

これを聞いてグリンダは目をみはったのち、大笑いをした。

「あんた愉快なお姫様だね。誰がその責任とやらについて教えてくれたんだい」

「ラヴィーシャ」

ミアの答えに、グリンダは、はっとした顔をした。

「森の巫女が。会ったことがあるのかい」

「月に一度会いに来て、本を十冊貸してくれる。翌月までに全部読んで、感じたことや学んだことを、話さなければならないの」

ラヴィーシャに与えられる本の種類はさまざまなものだった。この大陸の歴史や地理、言語学、植物学、動物学、地質学、神話。高名な神官が記したという、人の美徳と品格に関する道徳書のようなものもあり、そこに書かれていたのが責任についてだった。

他の王族や貴族の子と違い、ミアには専属の家庭教師も、自由に使える図書室もなかった。書物や紙、インクは貴重なもので、入手は難しい。それをすべて担ってくれたのがラヴィーシャだ。

彼女が最初にミアの前に現れたのは、四歳の誕生日で、ネリーがやたらと恐縮していたのを憶えている。一方で、ミアからしてみれば、ラヴィーシャは不思議な雰囲気の太ったおばさんで、もしや本に出てくる魔女なのでは、と本気で思っていた。

実際は、彼女は国の大神殿の中でも最高位にある巫女のひとりで、普段は森の奥の神殿で大神イデスに祈りを捧げる生活を送り、人前にはほとんど姿を現さない。

一度だけ、ミアはラヴィーシャに尋ねたことがある。どうして自分にいろいろなことを教えてくれるのか、と。

ラヴィーシャは笑って、嘯くようにこう答えた。

『わたしはどうにも、はみ出し者を見ると放っておけない性分なんですよ』

はみ出し者、という言葉は、ミアにしっくりときた。確かにミアは城のはみ出し者。

本当は、ミアは飢餓の窮状をラヴィーシャに救ってもらうことを考えた。しかしラヴィーシャは国の惨状(さんじょう)を救済するために、多くの巫女たちと一緒に地方の救貧院に出かけており、留守だった。

グリンダは深く何かを考え込む様子を見せたが、さらに聞いた。

「森の巫女は、他にはおまえになんて言ったんだい？」

「遅刻はするな」

それは、ラヴィーシャの座右の銘(めい)のようなものだ。約束された日時に本を持って現れ、さまざまなことを教えてくれる教師のような巫女は、「遅刻はするな」と事あるごとに言った。

「おまえ、その言葉の真意をわかっているかい？」

「その昔、時の魔女が円卓会議に遅刻して、大地の割譲をしてもらえなかったから」

それは、レイトリンのみならず、大陸に伝わる有名な神話の一部だ。

「わかったよ」

とグリンダは言った。

「それならおまえは、わたしのところで時々食事をする代わりに、責任を果たしな。孫娘の責任だよ」

「何をすればいいの」

「わたしはひとり暮らしでね。エルネストが死んでから、なんとかがんばってきたが、最近ではよる年波には勝てない。重いものを持つと何日も腰が痛むようになったし、畑仕事でもなかなか思うように体が動かない」

ミアは生真面目な顔でうなずいた。

「わたし、力持ちよ」

「そうかい」

「物覚えも悪くはないわ。たくさん読んだ本の中に、『寒冷地における効率の良い作物の育て方』ってものもあったし」

グリンダはまた大声で笑った。ミアはドキドキしていた。こんなふうに、大人が大きな声をあげて笑うところを見たのは初めてだったから。それがとても嬉しかった。心を蝕(むしば)んでいた不安の塊(かたまり)のようなものが、どんどん、どんどん、小さくなってゆく。

それから十年。ミアは王女でありながら、グリンダの家に日参し、年の三分の一はそこで寝起きをしながら、農作業を手伝った。

狩りの方法も、獣を解体し保管する方法も、グリンダから教わった。森に自生するきのこの見分け方や薬草の選(え)り分け方、ベリー類の保存方法、白樺から樹液を採る方法まで、生きる術はすべて、この実の祖母から得た。

ミアは、今では村の共有地の立派な働き手だと自負しているし、将来の夢も、農業に関係するものだ。

その夢が根底から崩れる日が来ることなど、まったく考えてもいなかった。

2

キリアンとグリンダの家に戻ると、夕食の支度がすでにすんでいた。

「ただいまぁー。おばあちゃん、はい、これお土産」

罠にかかっていたウサギを手に家に入ると、ぷんと香辛料の香りが鼻をつく。

「血なまぐさいのは解体小屋に持っていきな。どっちにしろ夕飯には間に合わない」

「うん。ああ、キリアンもいるよ」

「どうせそんなこったろうと思ったよ」

グリンダはそう言って食卓を顎(あご)でしゃくる。すでに三人分の皿が並べられていた。キリアンは外で馬をつないでくれている。

「手と顔の汚れは落としておいで。キリアンに嫌われちまうよ」

ミアはひゃひゃ、と笑う。

「キリアンはわたしのことは嫌いにはならないよ」

歌うように言いながら、もう一度外に行くと、ウサギを解体小屋に持っていった。

獣の解体小屋は家の裏手にある。ミアはここで日常的にウサギや鹿を解体している。さすがに熊を仕留めたことはまだないが、いつか遭遇したら、安全を担保できる状況下なら挑戦するだろう。森の動物は、村人の貴重なタンパク源だ。森林と湖が国土の七割を占めるレイトリンでは、森は村人の豊かな猟場(りょうば)であり、果物や薬草の採取場でもある。

ミアはウサギを解体用の台に載せると、愛用のナイフを腹部に入れ、一気に喉まで切り裂いた。内臓を取り出し、後ろ足を脱骨させ、動脈にナイフを入れて血抜きをする。ナイフは、十三歳の誕生日に、グリンダがくれたものだ。ミアの一番の宝物だ。

ウサギを棚から吊るしたら、足首にも切り込みを入れて、割いた腹から一気に毛皮を剝(は)ぎ取る。森で狩った獣は無駄なところはほとんどない。肉や毛皮はもちろん、内臓だって酒とハーブに漬けて保存し、残りは堆肥(たいひ)にして使い切る。

肉を素早くいくつかの部位に分けて、氷室にしまったあと、さすがにちゃんと手を洗った。綺麗に血を落としながら、干し肉作りの段取りについて考える。

再び外に出ると、キリアンが戸口のところで待っていてくれた。

「先に入っていればいいのに」

「グリンダ婆さんが怖い」

「嘘ばっかり」

キリアンは気にしている。ミアが、母親の突拍子もない計画に動揺したから。

「なまぐさいな」

「さっきのウサギだよ」

「気持ちわる」

「食べるくせに」

「できるだけ生きている時の姿を考えないようにして、食べてるんだ」

いかにもキリアンらしくて、ミアはゲラゲラと笑った。

それから夕食の席で、ミアはグリンダに誕生会の話を教えた。グリンダは深く考え込むふうだったが、やがて言った。

「それもまた必然だろう。おまえはどうしたって、レイトリンの女王の、初めての子供だ」

「うーん。アリステアをお披露目するっていうのなら誰もが納得すると思うけど」

アリステアは女王カイラがボー公爵との間にもうけた王女で、王太子……つまり次期女王になる者と目されている。ミアより一歳下の異父妹であるが、母親同様、ほとんど交流はない。カイラと夫、アリステアともうひとりの妹リゼラは、全員、王城の中央塔にあたるキープ（天守）に住んでいる。

「わたしのお披露目会なんて、ほんと、なんのためにやるんだろう」

「女王は賢いお方だよ。自分の血を分けた娘をいつまでも不遇の状況には置いておかないはずさ」

「わたし不遇なんかじゃないよ」

　ミアは少しむきになった。

「だが、なんの後ろ盾(だて)もないのは事実だろう。誰がお前を守り、導くんだい？」

「おばあちゃんがいる。村一番の豪傑(ごうけつ)女だって今日も言われてたしね」

　グリンダは苦笑した。

「農民は立派だが、天候によって生死が左右される心もとない存在だ。なんの後ろ盾にもなりゃしない」

　それはミアも骨身にしみて知っている。三年前、レイトリンはまたしても寒波に襲われ、農産業も畜産業も大打撃を受けた。国のあちらこちらで、弱い者がバタバタと死んでいった。

　だからミアは、作物の改良と、収穫物の保存技術の向上に積極的に取り組んでいる。それにはラヴィーシャの協力と知恵が不可欠だ。ここ数年は一緒に新しい肥料を試し、病害虫に効く散布薬も作っている。つい先日も外国から輸入した新しい種を温室に植えつけて、成長の記録を始めたばかりだ。

ミアがこの国の農産業を改善したい理由のひとつに、祖母の存在がある。ミアは農婦としてのグリンダを尊敬しているし、その孫としての成長を見てもらいたい。

それなのに。

「わたしだっていつまでも元気じゃいられないからね」

グリンダはそんなことを言う。ミアは胸が苦しくなって椅子から立ち上がると、祖母の背中に抱きついた。

「そんなこと言わないで」

「自然の掟さ。おまえもわかっているはずだ」

「おばあちゃん」

確かにグリンダは歳を取った。ここ一年で、急に。あれほど大きく見えた体はなんだか小さくなったし、こうして抱きつく背中にも弾力はない。髪は痩せて白く、肌の色もずいぶんとくすんでいる。

「わたしが欲しいのは王女の身分なんかじゃないの。欲しいのは、土地だよ」

「ほうほう」

「大人になったら、女王に拝謁（はいえつ）して、お願いするつもりでいたんだ。王女としての何もかもを放棄するから、土地をくださいって。サヴィーニャの村を含むあたり一帯の土地の領主になって、おばあちゃんに楽をさせる」

　それがミアの夢だ。自分の土地で、穀物の改良に勤（いそ）しみ、村人を飢えさせないようにする。グリンダに悠々自適な余生を過ごしてもらう。それが孫娘の責任というものだ。

「君が領主だなんて、村人がかわいそう」

　キリアンに呆（あき）れたように言われ、ミアはむっとした。

「えー、なんでよ」

「領主が自ら泥まみれになって働くようじゃ、領民が休まらないだろ」

「そんな意地悪を言うなら、キリアンを雇ってあげないからね」

「俺を雇うつもりでいたのか」

「うん。護衛としてね」

「断る」

　キリアンはにべもない。

「年中泥まみれ、草まみれ、馬糞（ばふん）まみれの女に護衛なんかいらない」

それもそうかも、と納得しかけて、ミアははっとする。

「失礼な。馬糞にはまみれたことないよ！　……まだ」

素手でつかんだことくらいならあるが。キリアンはどうだか、といった顔でミアを見て、グリンダは愉快そうにわははと笑った。


夜の森に、硬質な音が響き渡る。

ミアは剣を構え、地面を蹴って、キリアンに躍りかかった。キリアンはその剣を難なく宙で受け止め、持ちこたえる。

真剣での稽古は、もう何年も続いている。

森で見つけた出自不明の謎の貴公子は、自分の名前すら言えなかったのに、剣のことは憶えていた。それでラヴィーシャの仲介で、キリアンはデール老将軍の預かりとなり、そのまま彼と養子縁組をし、推定十八歳の春に近衛隊に入隊、女王を警護する任についた。そこから、さらに剣術に磨きをかけていった。

小気味良い音が響く。マツやトウヒの切れ間から、月がしらじらとふたりを照らしている。

「上達したね」

キリアンが言った。幾度目かに斬り結んだ時だ。ミアは笑った。

「うん。女領主が無理だったら、女剣士になって、旅をする」

「どこまで行く？」

「大陸の中央」

は、とキリアンは目をみはった。すきありと払った剣は、しかし、相手にかすることもしない。もちろん真剣だから怪我をしないように互いに気をつけてはいる。

しばらくして、双方息があがったので、トナカイゴケの上に寝転んだ。満天の星が木々の間から見える。森の奥からは絶え間ないフクロウの鳴き声がした。

「まだ興味あるんだな」

「当然」

「イバラに覆われて、猫の子一匹入れないって聞いてる」

「何か解決策があるはずよ。それも探しに行ってみたい」

「グリンダ婆さんはどうする」

「わたしが帰るまで待っていてくれるよ」

多くの人々の運命を変えるような大きな出来事は、月日が流れれば歴史となり、歴史はやがて幾多の口伝を交えながら神話と化す。

それは、今では半ば神話化した出来事である。

この大陸には五王国があり、三人の王とふたりの女王が治めている。王や女王たちは五大選帝侯とも呼ばれ、歴代の皇帝を会議で決定する権利を有する。とはいえ、もう長い間、皇帝を輩出してきたのは南の王国グリフィス王家の流れをくむ名門で、皇帝は大陸中央の帝都ナハティールにて、五王国の頂点に君臨した。

しかし、今からおよそ百年前。ナハティールにある皇宮は、一夜にして、イバラで全体を覆われてしまったという。皇帝とその一家も深いイバラの森に閉じ込められてしまい、どうなったのか知る者はいない。

五王国のうち、レイトリンは北方の貧しい国だ。一年の半分は雪で覆われ、大地は酸性で泥炭土、有効耕地面積は限られ、育つ作物の種類は少ない。しかし、南に下れば豊かな国はあるし、帝都ナハティールの周囲には、皇帝の直轄領（ちょっかつ）である黄金の穀倉地帯ヌーサがある。

ミアは、そのヌーサが見たかった。そこで育つ作物を品種改良したら、レイトリンの痩せ地に適応できないか。また、帝都には、農業の知識の粋を集めた研究所があったのだと、ラヴィーシャに聞いたことがある。知識は宝だから、宝を手にして故郷を豊かにするのだ。その時に自分の土地があれば、実験がしやすい。ミアの夢はそんなふうに幾重にも発展し、実現可能な気がしてならなかった。

キリアンに剣を習うのも、大陸を旅するためだ。話によれば、帝都の一部と皇宮がイバラの森に沈み、中央政府が機能しなくなってから、治安が悪くなった街道が増え、ならず者も横行しているらしい。

「もし旅をすることになったら、キリアンも行くでしょ？」

キリアンはうん、と小さくつぶやいた。

「貧乏領主の護衛より、よほど需要がありそうだし」

「そうだ」

ミアはむくりとトナカイゴケの上から上半身を起こした。

「母上に伝えてよ。誕生会の件、了解しましたって。その代わり、誕生日の贈り物が欲しいですって」

「贈り物って妖精がするものでは」

「それはただの儀式だって」

レイトリンでは、王侯貴族であろうと、貧しい農民であろうと、十六歳の誕生日は皆平等に特別な日として、古(いにしえ)の四人の妖精たちから贈り物をもらえるということになっている。もちろんそれは風習に過ぎず、ただ、妖精に扮(ふん)した巫女やあるいは村の農婦たちが、誕生日を迎えた者に、決められた文言と共に伝統的な菓子や布を授ける儀式が行われるだけだ。

申し訳ないが、ミアの夢は菓子や布ではまかないきれない。

「もっと現実的に価値があるものを、女王にねだってみる」

「土地か」

「そう」

「ちょっと強欲すぎない？　他になにか、思いつかないわけ」

「うーん」

ミアは首をひねって考えた。欲しいモノ、は特にない。強いて言えば弓矢を新調したいが、それは自分の力でなんとかなるものだ。モノじゃないとすると。

「恋人が欲しい」

思いついて、ぱっと言うと、キリアンが珍しくぎょっとした顔をした。

「恋人」

「うんそう」

「好きなやつとか……いるのか？」

「いやいない」

ミアはきっぱりと答えた。

「でも、母上が父上に出会ったのって、確かわたしくらいの歳だったんだよね。初恋だったっていうから、その直前までは好きな人はいなかったってことでしょ」

「そうなるね」

「きっと何か強い気持ちが湧き起こって、そういうことになったわけよね。おばあちゃんは、それを魔法だって言ったけど。わたしもそういう体験がしたい」

強烈で、抗(あらが)いようもない力に衝き動かされるような、そんな衝動を感じたい。誰かを強く好きになってみたい。それはいったい、どういう気持ちがするものなのだろう。その未知の感情を知りたい。

キリアンは何かを言いたそうな顔をしている。

「なに？」

「べつに」

「えっ！」

ミアは瞳を大きく見開いて、キリアンの顔を間近にのぞき込んだ。

「は、なんだよ」

「もしや、いるの？　恋人が！」

「……んなわけ。いつ作るんだ。しょっちゅう君といるのに」

「まあ、そうだよねえ」

よかった。いや、よくないか。でも先を越されるのはなんだか寂しい。そういえば、長い間一緒にいすぎたせいか、互いの恋愛の話など、改めてしたこともない。

「じゃあさ。どんな人が好きなの、キリアンは」

「その質問は難しすぎる」

「なんで」

「周りに対象となる人間が少なすぎる」

ミアは、にへら、と笑った。

「そんな真顔で言わなくても」

「でも、事実だ。俺が日々会う人間は、限られている。女王か、老将軍か、近衛隊の連中か、君か、ラヴィーシャか、グリンダ婆さんだ」

実際はもっといるだろう。城の中には妙齢の侍女もいるし、村には若い娘もいる。キリアンの視界に入っていないだけだと思われる。何しろキリアンは、興味の対象が狭い。

「まあ、わたしだって似たようなものか」

ミアは嘆息した。

「わたしがしょっちゅう会う男っていったら、セルダ爺さんか、キリアンだけだもんね」

恋愛に関しては、ミアもキリアン同様、その方面の知識に乏しい。少し仲良くなった村長の娘から恋愛ものの本を借りたことがあるけれど、三ページ読んで寝てしまった。

「ミアは、どういう男を恋人にしたいわけ」

「強い男」

拳を作って、即答する。

「熊みたいに体が大きくて、丸太みたいな二の腕を持ち、エールを樽ごと飲み、大声で笑う人」

キリアンはうわあ、という顔をした。

「俺そういう男ムリ」

「キリアンが付き合うわけじゃないでしょ。強いって大事でしょ、すぐ死なないし」

時々思うのだ。ミアの父親が、若くして死んだりしなかったら？　村一番の美丈夫だったエルネストは、森で蛇に噛まれて死んだのだという。発見が早ければ毒を中和できたかもしれない。しかし、ひとりで狩りに出かけ、人知れず死んだ。もしも彼が生きていたら。ひょっとしたら、女王だって、もう少し温かみのある母親になっていたかもしれない。当たり前に笑うことができる女であったかもしれない。ミアは生まれてこの方、遠目にも、母の笑った顔を見たことがない。

だから――ミアが望む強さとは、つまり、生命力のようなものなのだ。

こちらが言わんとすることがわかったのか、キリアンはそっとつぶやいた。

「……出会えるといいな。熊みたいな男に」

「熊みたいな、じゃなくて、熊みたいに大きな男ね」

「一緒だろ」

「出会えなければ、探しに行けばいいよね」

ミアはあえて、厳かな面持ちで言った。

「ラヴィーシャによれば、誰にだって結ばれるべき運命の相手っていうのがいるらしいから。このあたりにいないのなら、探しに行けばいい。どっちにしろ、わたしもキリアンも、そのうち旅に出るんだから、そのついでに探せばいい」

「ついでって、ミアらしい」

ミアは笑いながら立ち上がった。いつもそうするように、キリアンに手を伸ばす。キリアンはミアの手をつかんで自分も立ち上がると、服についた土や葉っぱを、まず、ミアのほうから払ってくれた。続いて自分のほうの汚れも払い落とす。実は彼が地面に寝転がれるようになったのは、出会って半年くらいあとだった。それまで本当に、少しでも汚れるのを嫌い、虫を苦手とし、小さなコガネムシにさえ触ることができなかったのだ。

「じゃあね、キリアン」

「ああ」

いつものように、森を少し入った場所で別れた。闇の中に、キリアンの黒い馬が吸い込まれるようにして消えてゆく。ミアは、なんとなく、焦燥感をおぼえた。

昔から。キリアンが、いつかどこかに行ってしまうような気がしていた。突然現れた美貌の貴公子は、またいきなり消えてしまうのではないかと。そんな時は背中に飛び乗ったり、無理やり剣の稽古の相手を頼んだりして、馬鹿笑いをしてやり過ごした。あるいは、思いきり叫ぶのだ。

「キリアーン！」

すでに距離は開いていたのに、手綱を引き絞ったのであろう、闇の向こうで馬のいななきが聞こえる。ミアはなおも叫んだ。

「大好きだよ！」

少しの間がある。これもいつものことだ。

「ばーか」

いつも通りの返事が返されて、それでミアは安心する。

大好きだよ、おばあちゃん。グリンダにそう言えば、ほうほう、とグリンダは返してくる。そして、わたしもさ、とミアの広いおでこにキスをしてくれる。

キリアンは、たいてい、「ばーか」か、「へーえ」と流すことが多い。でもわかりにくいけれど、声は優しい。

大好きだよ。村のセルダ爺さんにも、ばあやのネリーにも、時々言う。みんな、優しい。みんな、嬉しそうにして、同じ愛情を返してくれる。

でもミアが、そんなやり取りを一番したい相手には、その言葉を伝えることはできない。同じ愛情を返されないばかりか、ミアの言葉などなにひとつ、あの人には響かないのだ。

ミアにはわからない。実の母親に対する自分の感情が、どういったものなのか。母親が恋しくて泣いた夜はとうの昔だ。存在を忘れられて泣いたのも昔。もう、なんの期待もしない。

本当に。父エルネストの心を、あの冷たい孤高の女王がどうやって射止めたのか。

「魔法さ」

グリンダは言った。恋の魔法というものが、世の中には存在するのだと。ミアは、自分が男に好かれるような綺麗な娘じゃないこともわかっている。赤毛で、痩せっぽっちなのに力持ちで、おまけに泥まみれとなれば絶望的だ。それでも、願っている。

いつの日か、どこかで。運命の相手に出会い、瞬時に恋に落ちて、ごく当たり前の愛情のやり取りをするのだと。さっき口にした理想の恋人の条件は、どれも曖昧なものだが、「大声で笑う人」というのは譲れない。

笑い声は、ミアの胸の奥底まで明るく照らし、浄化してくれる。呼吸を楽にしてくれる。昔、初めて会ったグリンダの笑い声が、そうだったように。

「運命の恋人か」

つぶやいた時。

（………それが願いか？）

どこからか、声が聞こえた。ミアは驚き、暗い森のあちらこちらに目を走らせる。

「誰？」

答えはない。聞こえるのは、葉擦れの音とフクロウの鳴き声。しかし、誰かがどこからかミアを見ている。

ねっとりとした、絡みつくような視線。ミアは剣を構えてもう一度誰何する。

「出てこい！」

叫ぶと、くつくつと笑い声がした。喉の奥に引っかかるような独特な笑い方だ。しかしその笑い声は、すぐに葉擦れの音に紛れ、消えた。同時に視線からも解放され、ほっと息を吐く。

夜の森には魔物がひそんでいる。そう信じている村人は多い。ミアは剣をしまうと、マントで自分の身をくるむようにして、足早に森から出たのだった。

月夜の森で禍々(まがまが)しい声を聞いたせいか。それとも、やはり、キリアンから母のことを聞いたせいか。ミアはその夜、昔の夢を見た。

五歳の、冬の日のことである。

凍(こご)えるほどに寒い夜で、窓ガラスには霜(しも)がびっしりと生じていた。細かな枝葉の連なりのようなその霜は、冬の妖精ジャックフロストの指の跡なのだと、ばあやのネリーが教えてくれたことがあった。

ミアは不思議だった。どうして窓に指の跡を残すのだろう。中に入れてと、頼んでいるのだろうか。外は寒くて、寂しいから。

ネリーに聞いてみたら、彼女は顔をしかめてこう答えた。

「妖精に隙(すき)を見せてはいけませんよ。油断するとあっという間にあちら側に連れていかれますからね」

あちら側、とは、どこにあるのか。ミアは、その場所に行ってみたいとさえ思った。

『あちら側』なら、今より楽しく暮らせるかもしれない。食べ物が十分にあって飢えもせず、凍えることもなく。でもそんなことを口にすれば、ネリーを悲しませるだけだから、黙っていたけれど。

「王女様に、死ねとおっしゃるのですか」

悲痛な声が、暗い回廊に響いている。

ミアは階段の上で窓の霜をなぞりながら、ネリーの言葉を聞いていた。寝間着姿で、冷たい石の壁に寄りかかり、じっと息をひそめている。それでもかすかな呼吸のたび、目の前が白く煙るほどに寒い夜だった。

「もう十日もまともな食事をされていないのです。これっぽっちの食料では、とても持ちませぬ。まだお小さいのに……このままでは、とても恐ろしいことになります」

ネリーは懸命に訴えている。すると相手は、ふんと鼻で笑ったようだ。

「そうおっしゃられても、困りますねえ。ないものは、ないんですよ。別に意地悪をしているわけじゃあない。王城の貯蔵庫は、もう空に近いんですよ。他の王族方も皆さま我慢されている。これでも必死に食べられるものをかきあつめてきたんですから、少しは感謝してくださらないと」

ネリーが話しているのは、城の馴染みの侍従ホワンだ。以前は数日に一度、食材をこの北の塔まで届けてくれていた。それが七日に一度になり、半月に一度になり、とうとう一月の間来なかった。久しぶりに来たかと思ったら、十分な量ではなかったのだろう。

「でも、たったのこれっぽっちじゃあ」

「理解してくださいよ。国が危機に瀕していることはあなただって知っているでしょう」

ホワンは大きなため息と共にそう言った。

ミアはまだ五歳だったが、話には聞いていた。昨年夏の冷害、続く記録的な寒波の襲来に、農作物のほとんどがやられてしまったのだと。国のあちらこちらで餓死者が出て、城でさえ、十分な食料の確保が難しくなったのだと。

「女王陛下に、くれぐれもお願いしてくださいな。お小さい王女様のために、どうか、どうか」

「どうですかねえ。陛下は、とてもお忙しい方ですから」

ホワンは面倒くさそうな声でそう退けると、扉を閉め、去っていく。ほどなくして、くぐもった泣き声が聞こえてきた。ミアははっとして、急いで階段を駆け下りた。

「ばあや。泣かないで」

「王女様」

ネリーは驚いた様子でこちらを見た。皺だらけの頰が涙で濡れている。

「起きていらしたんですか」

お腹が空いて、とは言えなかった。最後にパンを食べたのは二日前だ。それも古くて硬すぎ、ミルクもスープもないので、お茶に浸しながら食べたのだった。そのお茶も無くなった。この二日は、ほんの少し残っていた雑穀をふやかした粥と、干からびた芋と水だけでしのいでいた。それはネリーも同様で、ふくよかだったはずの侍女は、一回りも小さくなってしまっている。

「ホワンのやつ、嘘をついてるんですよ！」

ネリーは血走った目をして叫んだ。

「そりゃ国が飢饉の危機にあるのは本当ですよ。でも城にはいざって時の備蓄庫があるはずなんです。あの男、ホワンが王女様の分を掠め取っているに違いありません！」

ネリーはそれから、さめざめと泣いた。ミアは困惑し、怯えた。いつも穏やかで優しいネリーが、これほど激高し、誰かを非難するとは。

物心ついた時、ミアは、王城の中でも北の隅にある古びた塔で、このネリーとふたりきりで暮らしていた。

母、女王は、ここから離れた王城の中枢、キープと呼ばれる場所で暮らしている。夫や、ミアの妹たちと一緒に。

「おかわいそうに、王女様」

ネリーはミアの両手を自分の皺だらけの手で包み込み、さらに泣いた。

「希望を。どうか、希望を捨てないでくださいまし。女王陛下は、きっといつか、王女様のことを思い出してくださいます」

ということは、今現在は忘れられているのか。ミアは悲しく思ったが、逆に妙案を思いついた。

「ネリー。わたし、お手紙を書く」

「手紙、でございますか？」

「うん。お母様にね。わたしとネリーを思い出して、食べ物をくださいって」

ネリーはこれを聞き、なぜか顔を覆ってさらに泣いた。しかしやがて涙を拭うと、弱々しく微笑んだ。

「とてもいいお考えですよ、王女様」

ミアは字を覚えたてだった。月に一度訪れる巫女に教わっていた。その巫女が、たくさんの本と一緒に置いていってくれた、とっておきの羽ペンと、便箋がある。紙はとても貴重なものだから大切にするように、と厳しく言われていた。女王に初めて手紙を書くのだから、適切な使い方に違いない。

ミアは手紙を書いた。たどたどしい字で、何度も文章を考え、顔もよくわからない母親への思慕と、困難な近況と、助けが欲しいことを、懸命に綴った。

それから何日経っても、返事はなかった。ホワンが新しい食料を携えてやってくることもなかった。限りある食材をミアに与えて自分は水だけで我慢していたネリーが、とうとう倒れた。

もしもこのネリーが死んでしまったら。わたしは本当の本当にひとりぼっちになってしまう。

それは幼いミアにとって、最大の恐怖だった。恐怖に衝き動かされるようにマントを羽織り、雪の中を外に飛び出した。遠くに見えるキープを目指して。

しかし、どうにかそこにたどり着いたものの、雪だらけの痩せっぽっちの子供を、まともに相手をしてくれる者はいなかった。ようやく、若い従者が女王へと取り次いでくれたが、戻ってきた彼は、抑揚のない声でこう言った。

「陛下は、あなた様のことは、知らぬ、と仰せです」

それから、一刻も早くもといた場所へ帰るように、と言われた。

何が起きているのか、いったいどういうことなのか。寒さと、まともに食べていないせいか、思考が停止していた。追い払われるように再び外に出て、とぼとぼと来た道を戻りかけ、ふと、視線を感じて振り向いた。

城の高い窓から、誰かが見ていた。遠目にも美しい人が、射るような鋭い眼差しでミアを見ていた。レースの袖からのぞく白い手のひらが、窓にあてられていた。

ミアは咄嗟に自分の手を伸ばした。すると美しい人は窓辺を離れ、彼女の手も見えなくなってしまった。

ああ、そうなのかと、この時理解した。

ジャックフロストがなぜ、窓に紋様を描くのか。中に入れてほしいわけでも、食べ物が欲しいわけでもない。

気づいてほしいからだ。自分はここにいる、と。

苦しかった。泣きたいような気もしたが、ミアが泣けば、ネリーが悲しむ。

ミアは、ふらつく足取りで再び歩き出した。

母を求めてはならないのだ。理由はわからないが、自分はこれほどまでに嫌われ、疎まれている。それをまざまざと思い知らされた、冬の出来事だった。

その後、決死の覚悟で、祖母のグリンダの家に行った。もしもあの時、祖母が助けてくれなかったら、ミアはネリーと共に、王城内で餓死していたに違いない。

無事に生き延びて、成長したというのに。過去はいまだに夢となって蘇り、ミアを苦しめるのだ。

3

ミアが城の自室に戻るのは、月の半分もない。北の塔は人の出入りが限られている。外壁は苔と蔦で覆われ、内装も、お世辞にも華美とは言い難い。

幼い頃はこんなものだと思っていたが、ミアは知ってしまった。世の中には、ここよりはるかに居心地のいい場所があることを。

たとえば寝台ひとつとっても、城の自室のものは大きくて立派だ。古びてはいるが、重厚な樫の木で作られ、天蓋からは重い布がぶらさがっている。石の壁には雪景色を描いたタペストリー、絨毯はところどころ擦り切れてはいるものの、質の良いものなのだろう。

しかし、グリンダの家の快適さには程遠い。

まず、ベッドは狭くてきしみがひどいけれど、ふかふかの干し草をたっぷり詰め込んである。枕は羽毛で、グリンダが長い冬の間に仕上げたキルトがかけられ、飴色の机には、可愛いすみれを描いた洗面ボウルが置かれている。部屋は狭いものの、冬は暖かく、夏は適度に涼しい。一方城の自室は、日当たりが悪いために湿気がひどく、ネリーはそれで関たで寒い。
節が痛いのだとこぼしていた。窓を開けなければカビのにおいがひどいが、開ければ開けたで寒い。

なんといっても、村のグリンダの家のような明るさが決定的に乏しいのだ。

それでついつい、グリンダの家ばかりに寝泊まりしている。しかし、不在があまりに長引くと、ネリーの仕事がなくなって困ったことになる。なにしろネリーは未婚のまま歳をとり、実家はすでになく、天涯孤独だからだ。だからミアは、王女としてではなく、彼女の年老いた世話係のためにだけ、城に戻ってきているのだ。

「王女様、ミカエラ姫様、起きてくださいまし」

ネリーの、少し切羽詰まった声で起こされる。それも珍しいことだ。ミアは基本、城でも、自由気ままに過ごしていた。ラヴィーシャでも来たのかと思ったが、そんなはずはない。森の巫女は、ミアが成長してからは城にはほとんど現れず、こちらから訪ねる相手となった。

「もう少し」

と、ミアは枕に顔をうずめ直した。昨日まで共有地の農作業が忙しく、夜明けから日が落ちるまでずっと働いた。昨夜はグリンダの家で夕食を取ってから、鹿の解体作業と、皮の洗いを小川でやり、城に戻ってきたのは夜半だった。

しかし、

「だめですよ。女王陛下が」

その言葉で、ぱちりと目が覚めた。頭を持ちあげると、ネリーの安堵(あんど)した顔が至近距離にある。

「ああ、起きてくださった」

「女王が、どうしたの」

「ミカエラ様に、内奥のオランジェリーまで来るようにとおっしゃっておいでです」

「オランジェリー」

それは、温室のことだ。おもに王侯貴族が庭の一角に好んで設けていると聞いた。ミアやラヴィーシャも苗の育成や研究のために温室を使っているが、それとは用途も趣(おもむき)も違うだろう。貴族たちは、南国から輸入した果樹や花を育てているらしい。女王の温室ともなれば、さらに珍しいものが育てられているに違いない。

ミアが城の中で行き来できる場所は限られている。女王の温室など、今まで足を踏み入れたこともない。

「案内の者が来ております。こちらをお召しになるようにと」

見れば、すぐそこの椅子に、ドレスのようなものがかけられている。ミアは絶句し、まだ夢でも見ているのかと訝(いぶか)った。

「あれをわたしに着ろと言っている？」

　思わず笑うと、ネリーは真剣な顔でうなずく。

「女王陛下からの贈り物ですよ。ようやく、ミカエラ様が日の目を見る日が来たんでございますよ」

「まさか」

　しかし、先日の誕生会の話もある。女王カイラは、何を考えているのか。

「わかった」

　向こうから呼び出されるなど、生まれて初めてのことだ。

　ネリーに着せられたドレスは、コケモモ色のローブで、なんだかしっくりとこない。それに胸回りと腰回りが大きすぎる。丈も微妙に長い。これなら衣装棚の奥で眠っている、年に一度の新年の集(つど)いで身につける一着きりのドレスのほうがマシなのでは、と思ったが、そういえばもうあれは小さいのだ、ということを思い出す。今年身につけたら脛(すね)が半分くらい見えてしまい、それを隠すために古いマントを脱ぐことができなかった。

　だから、大は小を兼ねるで、大きすぎることはいいことかもしれない。数年は着られる。それにこのドレスは、今まで身につけたことがないほど上質な素材であることは間違いない。

　ドレスを着終えて髪を梳かしてもらっている時、ふと鏡越しに見ると、なんとネリーは泣いていた。ミアは驚いた。

「ど、どうしたっていうの。また膝でも痛いの？　わたしが前に渡したローズヒップのお茶、ちゃんと飲んでる？」

「おかげさまでそっちはだいぶいいですよ」

「じゃあ、どうして」

「あたしは嬉しいんですよ。女王陛下が、ようやく、王女様のことを思い出してくださった」

　いやそんないい話でもないと思うけどなあ、などと言ってこの年老いた侍女を悲しませてはいけない。

「いつもごめんね、ネリー」

「なにをおっしゃいます」

「もし女王……母上に会ったら、ネリーのことを頼むつもりよ。そろそろ引退させて、年金と家を与えてくれって」

「い、いけません」

ネリーは蒼白になった。

「ようやくお会いできる陛下に、あたしごときのために願い事など」

「でも、わたしが欲しいものに比べれば、大したことじゃないと思うわ」

「王女様、まさかほかにもおねだりを？」

うっすらと笑うと、ネリーは不安そうな顔になる。不安のあまり、涙は引っ込んだらしい。

「気にしないで。わたしには、責任がある。ネリーに安心した老後を約束する責任よ」

それからグリンダにも。そういえば、この話を最初にしたのはグリンダだった。しかしグリンダと違い、ネリーは笑わなかった。ただひたすら、心配そうな顔でミアを見送っていた。

案内の若い侍従の後ろについて、ミアはキープの内奥まで歩いていった。廊下のあちらこちらから視線を感じる。ミアが何者なのかを知っていても、実際に姿を見ることは珍しいからだろう。

女王から唐突に下賜されたドレスに、ネリーは感極まって泣いていたが、ミアはひどく落ち着かない気分だった。

ミアの普段着は、村娘以上に簡素なものだ。亜麻布のブラウスにモスリンのスカートか、男物の毛混のズボンにベルト、鹿革のヴェストを好んで着ているし、何より動きやすさと暖かさを重視している。

綺麗で可愛らしいものが嫌いなわけではない。ただ、このコケモモ色のドレスは、自分には絶望的に似合っていない。収穫祭の時用にグリンダが作ってくれた若草色のスカートと揃い(そろい)の上着のほうが、よほどしっくりとくる。とにかく布の無駄遣いとしか思えないドレスは丈のせいもあり、歩きにくい。途中で幾度か裾(すそ)を踏んづけてつんのめりそうになるたびに、侍従はほんの少しこちらを振り向いて、やれやれといった表情を浮かべた。

そうして内奥部分に着いた。ここから先に、ミアは足を踏み入れたことがない。もっとも先程通り過ぎた大広間でさえ、年に一度、新年の女王陛下の挨拶の折に入るくらいで、それも女王の家族としてではなく、貴族の列の最後尾のあたりに気配を殺して立っているに過ぎなかった。

レイトリンの石の居城は、建国から三百年、この間、火事で一部を焼失したこともあったし、暴徒の反乱によって占拠された時代もあったという。城は度重なる増改築を繰り返し、森の西側から渓谷(けいこく)にかけて広大な居城となった。大広間を通り過ぎれば、三代前の女王が家族のために増築したという奥城へと続いている。ミアは高い天井を見上げ、つくづく自分はこの城の住人ではないのだと実感するのだった。

口にしてみても仕方がない孤独感に追い打ちをかけるように、前方から華やかな一行が近づいてきた。

「アリステア様です」

侍従が小声で言い、脇に寄って頭を垂れる。ミアも同じように隣に並んだ。花のような明るい色とりどりのドレスに身を包んだ若い娘たち。中でも中央にいる金色の巻毛の少女は誰が見ても非常に美しい。やってきたのはミアの異父妹であるアリステア姫と、その侍女たちだ。

アリステアはミアより一歳ほど年下。背丈はほとんど変わらない。ミアは目を伏せた。できればこのまま気づかずに通り過ぎてもらいたかった。

しかし、そうはならなかった。

「あら。どなたかと思ったら！」

楽しげな声が回廊に響き渡る。あら、まあ、などと、侍女たちのざわめきも続いた。

「ミカエラお姉様じゃないの。どうしてこちらにいらっしゃったの」

ミアは仕方なく顔をあげて、正面から異父妹を見る。

「女王陛下に呼ばれたの」

「お母様に？　いったいどういった御用で？」

「さあ。わからないわ」

ふうん、とアリステアはじろじろとミアを見つめる。

「お姉様ったら。こちらにおいでになるなら、先にわたくしにお知らせくだされば、少しはお役に立てましたのに」

ミアはまばたきをした。

「どういうこと？」

この異父妹が、ミアのために骨を折ってくれたことなど皆無だ。そればかりか、年に一度か二度城の中で顔を合わせるたびに、残酷な言葉を投げつけられた。

自分とミアは生まれが違うのだと。

「そのお召し物よ。悪いけれど、お姉様に全然似合っていらっしゃらないわ」

侍女たちがくすくすと笑う。

「お姉様って、ほら、なんというのかしら……わたくしと違って野性味に溢（あふ）れていらっしゃるお方ですもの。レイトリンの年頃の娘たちの中でも珍しく色黒ですし」

それは、季節を問わず王城内からほとんど出ない娘たちとは違うだろう。

「髪の色も、個性的ですし」

確かに赤毛は少ないが、いないわけではない。それにミア自身は、この赤毛を気に入っている。亡くなった父も同じ髪色だったと聞いているから。

「とにかく、そんな肌や髪の色の方に、そのドレスは似合わないと思うんですの。言ってくだされば、わたくしの衣装部屋の中から、適当なものを選ばせましたのに」

どうしよう、とミアは逡巡した。アリステアの遊びに付き合ってあげてもいい。何しろ滅多に会えない姉妹なのだから、これもまた交流というものだろう。しかし、女王に呼び出されている身であれば、あまり時間は割けない。

素早く考えをめぐらせたのち、ミアは決めた。

「おお、ありがとう、アリステア！　愛する妹よ！」

突然大声で言ったものだから、侍女たちは目を白黒させ、アリステアはのけぞる。

「え、な、なんて」

「愛する妹！　本当にあなたは美しいだけではなく心が清らかで親切だわ！」

ミアはアリステアに抱きついた。甘い花の香りがする。この子、こんなに可愛らしくていいにおいがするのに。

「な、なにをするの」

アリステアは固まっている。その背中をぎゅうと強く抱き寄せて、すばやく、異父妹の両頬にキスをして、さっと離れた。

「では、失礼」

行くよ、と侍従の先に立って歩き出す。ドレスの裾は両手でたくしあげるようにして持ち上げた。侍従が慌てふためいて後ろに続く。もっと早くこうすればよかった。のろのろと歩くことほど苦痛なことはないのだ。

廊下の角を曲がった時、アリステアのきーっという声が聞こえてきた。今頃は侍女たちに頬を拭わせているだろう。残念だ。ミアはけっこう、あの異父妹が好きなのに。

もちろん、大好きではないが。


吹き抜けの回廊を抜け、城の奥へと進んだ。薄暗い石の柱の向こうから、陽光が差し込んでいる。開けた中庭に出て、しばらく行くと。

「こちらです」

侍従が恭(うやうや)しく両手で示した先には、ガラスとレンガを組み合わせた大きな建物があった。

一歩中に入ったミアは、ほうと息を吐く。

まだ朝夕は冬がしつこく居座っているようなレイトリンで、この暖かさは貴重だ。甘酸っぱい果実のような香りもする。天井付近ではコマドリがさえずり、そこかしこで薔薇(ばら)やユリ、すみれが咲き誇っている。

人工の小川まで流れている。ミアは感心し、その小川づたいに歩いた。すると芳醇な果実の香りのもとにたどり着いた。

「……あ」

思わず声をあげる。それは大きな樽に植えられた何本かの果樹だった。

レイトリンの森ではまず見られない濃い照葉で、拳大の果実がいくつも生っている。その甘酸っぱい香りを間近に嗅ぐだけで、耳の下あたりがつんと痛くなるほどの……。

「これは確か」

実は食したことはないが、この皮を乾燥させて砂糖漬けにしたものを、一度だけ食べたことがある。なかなか名前が思い出せず果実とにらめっこをしていると。

「オレンジが珍しい？」

背後から、突然、声がした。振り向いたミアは、目を丸くして相手を見つめた。

あとから幾度もこの時のことを思い浮かべた。運命的な出会いというものがあるのなら、これがまさにそうだった。

背が高い。キリアンと同じくらい。年齢も彼と同じか、少し上くらい。でも、より骨太で、立派な体格をしている。金色の髪は、レイトリンの民にしては色味が濃い。柔らかに波打って肩の下あたりまである。白地に銀の刺繍（ししゅう）が施された仕立ての良さそうな上着に、揃いのヴェスト。白い細身のズボンに磨き込まれた革の長靴（ちょうか）。何より目を奪われたのはその整った顔と、深みのある灰色の瞳だ。

「どちらさま?」

真っ直ぐに相手を見つめて問うと、青年はちょっと面食らった顔をした。

「僕の名は、エドワード」

少し発音が変わっている。それでも、五王国の共通語であることは間違いない。

「この国の人じゃないみたい」

「グリフィスから来たんだ」

「グリフィス」

それは、南方の王国の名前だ。ミアはもう一度、太陽の光を凝縮したような色の果実を見つめた。

「そのオレンジは」

エドワードはミアの隣に並ぶ。

「父が女王に寄贈したものだよ。グリフィスにはオレンジの果樹園がたくさんある」

なるほど。この人の父親は、女王に国の特産品を寄贈する立場の人物。ミアは少し、用心した。

「すごく美味しそう」

「美味しいよ。そのまま食べても、絞ってジュースにしても」

ごくん、とミアの喉が鳴った。すると彼は、おもむろに手を伸ばして実をひょいひょい、とふたつもいだ。はい、とそれをミアに渡す。

ミアは戸惑い、両手のひらに載った実を見下ろした。それを遠慮ととったのか、青年、エドワードは言った。

「ひとつふたつもらっても、レイトリンの偉大な女王は怒らないのでは」

「わたし、普段は、食べることに関しては遠慮しない質（たち）なの。特にこの城では、飢えないためには、食べ物を見つけたら素早く確保する必要があるし」

事実である。過去、食料の配給がない日が続いた時、毎度グリンダをあてにするのも気が引けて、ミアは城の厨房に忍び込んだことさえある。

「でも、このオレンジを食べなくても、わたしは飢えるわけじゃない。となれば、この果実を食べる正当な理由がなくなってしまう」

「女王陛下が怖い？」

ミアは首を振った。

「これは、人のものだ、というだけ」

　当たり前の母娘関係なら、許可などなくても好きに食べられるのだろう。そう、たとえばアリステアならば。

「でももういでしまったから、食べないと無駄になるのでは？」

　確かに。

「こうしよう。もしも問題になったら、僕が父に頼み、もう一度オレンジを寄贈してもらう。百本でも二百本でも」

　ミアは目を瞬（またた）いた。

「いくらなんでもそんなにはこの温室に入らないんじゃ」

「それもそうか」

　ふたりは顔を見合わせて、ふふふと笑う。エドワードは、じっとミアを見つめた。ミアも懸命に見つめ返す。すると、

「まだ名前を聞いていなかった」

　と彼が言った。

「ミアよ」

「それは、正式な名前？」

「愛称だけれど、みんなそう呼ぶから」

「ではミア。僕の責任で、その実をふたつ持って帰ればいいよ」

責任。ミアは、なんだか嬉しくなった。初対面なのに、不思議な縁のようなものを感じる。いったい何者なのだろう。

「じゃあそうする」

ミアはふたつの実に顔を近づけて瑞々しそうな香りを堪能した。ばあやと、グリンダに持ち帰ろう。ふたりとも美味しいものに目がないから。それでミアも、少し味見をさせてもらおう。

それにしても、これから女王に会うというのに、勝手にもいだ実を持ったままでは、体裁が悪い。ミアはしばし思案したあと、ふたつの実をえいっとばかり、ドレスの胸元に押し込んだ。

「えっ……」

エドワードが目を剝く。

「どうかな。ちょっと豊満な感じになっちゃうけど、これなら違和感ないでしょ」

「いやいやいや」

エドワードは首を振った。

「違和感の塊なんだが」

「大丈夫、大丈夫」

　確かにミアの華奢（きやしや）な体に対し、胸元が悪目立ちするかっこうである。でも誰も女子の胸元なんてそんなにじろじろ見ないのではないか。

「お辞儀の時だけ気をつければいいわ。少しでも前かがみになると飛び出して転がっていってしまいそうだから」

　ふと、エドワードが小刻みに震えだしていることに気づいた。

「どうしたの？」

「……ははっ」

　声をあげて、彼は笑い出した。これ以上もう我慢ならないというように。ミアは驚き、呆れ、相手を見た。

　こんなふうに全身で笑うなんて。涙まで流して。

「ごめんごめん、でも、いやあ、なんというのか、斬新すぎる」

　エドワードは笑いやまない。でも不思議なことだ。ミアはそんな彼を、ずっと見ていたいと思ったのだから。

　しかし、それは叶わなかった。

「ずいぶんと楽しそうであるな」

低く澄んだ声が響き、温室の温度を一気に下げた。


対面するのは、三年ぶり。

レイトリン国の女王カイラは、内務大臣と共に現れ、侍従がどこからか運び入れてきた椅子にゆったりと座った。エドワードにも椅子がすすめられたが、彼は丁重に固辞して、ミアの少し後方に立っている。

ミアは自分が緊張しているのを自覚した。森で大猪や狼を前にした時でさえ感じない、恐怖に近いものを感じ、手のひらと背中にじっとりと嫌な汗をかく。

女王カイラが無言のまま、じっとミアを見た。ミアも負けじと見つめ返す。この場にネリーがいたら、それは不敬に当たるので頭を垂れるようにと促すかもしれない。でも、ミアは母の視線を受け止めた。感情が読めない。淡い緑色の瞳は、ミアのそれと色合いが違う。髪の色も、ミアは赤毛だが、カイラは白っぽい金髪だ。そう、先程回廊で会った異父妹と同じ。

カイラは細く、手足や首が長い。白いタフタのローブに灰色の薄い生地を幾重にも重ねたドレスや、高いレースの襟が、彼女を余計に近寄りがたい雰囲気にしている。

皺ひとつない、ろうたけた顔。歳をとっていないかのようだ。

吐く息で人間を凍らせてしまう女の物語を思い出す。氷の女王と呼ばれるゆえんだ。ミアは母と自分に何かひとつでも共通点があればと探した。しかし見つからない。おそらく母のほうも同様だったのかもしれない。

すい、と女王は視線を横に外した。興味が失せたとでもいうように。

「そなたの十六の誕生日を寿ぐ」

短く、言った。新年の女王の挨拶の他に間近で聞いた、数少ない言葉だった。

「どうしてですか」

ミアは正面から聞いた。

「王女の務めを果たしてもらう」

「務め？」

「外交だ」

簡潔すぎる。するとカイラの隣に立つラーセン内務大臣が恭しく補足する。

「王女様には理解されていらっしゃると思いますが、五王国は今、共通の危機に見舞われております。帝都ナハティールがイバラの森に沈んで百年、これまでも互いに協力し飢饉や災害時などは融通し合ってまいりました。が、今後はさらに発展的な交流を持ち、いっそう踏み込んだ話し合いが必要になってくるでしょう」

大臣の話はミアでなくとも、レイトリンの民が、いや、大陸中の人間が知っている。

百年前。突如、発生し、皇宮をのみ込んだイバラの森。皇帝一家は皆、行方不明となり、安否は確かめようがなかった。大陸の政治機構は乱れ、五王国の結束は弱まった。黄金の穀倉地帯ヌーサが失われ、慢性的な飢饉に苦しむ国が増えた。国境を接する国同士の小競り合いも増え、幾度もの戦争と和平が繰り返されている。

「具体的にわたしは何をすればいいのですか」

ミアはラーセンではなく母に尋ねた。カイラは冷たい宝石のような瞳でエドワードを見た。

「まずは王子をもてなすように」

ミアもちらりとエドワードを見た。驚いてはいない。なんとなく、そうではないかと思っていた。彼、エドワードはグリフィスの王子。父親は王……確か現在は、良心王とも呼ばれるサミュエル二世。王だからこそ、女王にオレンジを贈ることができる。

「もてなすとは？」

「しばらく滞在される。そなたの誕生日の儀式まで。それまで、レイトリンのあちらこちらを案内するように」

ミアは拍子抜けした。

「外国からの賓客に我が国を知ってもらえるよう尽力すればいいのですか」

「そうとってもらってかまわない」

「見返りは？」

ぴくりとカイラの眉が動く。

「なんと申した」

「お、王女様」

ラーセンが慌てている。ネリーがいたら卒倒したかもしれない。エドワードは面白そうにミアを見ている。

よし、始めるぞ。怯むな。ミアは心のうちで自分を叱咤した。外国の王子がいる前でする話ではないとは承知している。けれど、この機会を逃せば、次に女王に会うのはまた三年後かもしれない。

「母上。考えてもみてください。生まれてから十六年近く、ずっと、母上には忘れられた存在として、城の片隅でひっそりと生きてまいりました」

本当はひっそりどころかまあまあ好き放題やっていたのだが、不都合なところは省く。

「わたしのほうから母上に何かをねだったことなど、一度きりしかありません」

カイラは眉を寄せる。その一度きりさえ、憶えていないか。仕方がないので説明する。

「十年前に、レイトリンは寒波による凶作で俗にいう黒い夏と冬が訪れました。民にも多くの餓死者が出た。この城もそうでした。わたしへの食料の配給は止まり、幼いわたしと共に、ひとりきりの侍女までもが餓死寸前でした」

「そんなことが」

と、つぶやいたのはエドワードだ。ちょっと黙っていてほしい。これは母との大事な交渉の場面だ。

ミア自身だけではなく、ばあやと、グリンダの輝かしい老後がかかっている。オレンジは諦められても、そっちは諦められない。

「国の危機は当然承知しているが、そなたに何かをねだられた記憶はない」

やはりそうだった。幼い娘が、食料を融通してくれるよう必死に書いたあの手紙は、この人の手には渡らなかったのか。それとも、目を通しはしたが、忘れ去ったのか。

窓辺から離れていった、白く美しい手。あの時の絶望が蘇る。そんな気持ちの乱れを、そっと息を吐いて制御する。

「……過ぎたことを言うつもりはありません」

ミアは抑揚のない声で言った。

「ではこれを初回と捉えてください。生まれて初めて、母上にものをねだります。その外交とやらの見返りに、誕生日の祝いを」

「そ……」

ラーセンが何か言おうとしたのを、カイラは手をあげて制した。

「何が欲しい」

「土地です」

「ほう」

「王族の籍を外し、新たな身分を与えてください。男爵位でけっこうです。ギルモアから東の三百と八クエーサーを、わたしに下賜してください」

「……ギルモア」

カイラがつぶやいた。その時、一瞬だけ、瞳が揺れたような気がするが、もちろん気のせいだろう。

ギルモアは祖母グリンダが住むサヴィーニャの村を含む地だ。背後の白樺の森と川も、湖も、村人の貴重な生活資源となっている。決して肥沃な土地ではない。だが真面目に改良し、耕作を続ければ、今以上に豊かな地にできる。しかし今のミアにその権限はない。

ギルモアは王都サフールの一角にあり、代々の女王の直轄地だ。だからこそ王族の姓名と同じ名が土地についている。しかしカイラは土地を放置し、父亡きあと、姿を見せたこともない。

「それだけか？」

カイラは聞いた。

「それだけが、そなたが望むことか？」

「許されるなら他にも細々とあります」

「申せ。めったにない機会であろう」

ミアは微笑んだ。ラーセンはひたすらおろおろしているし、エドワードはさらに興味深そうにミアを見ている。

「わたしの侍女のネリーですが、数年前から関節痛を患っています。そろそろ引退させたいので、十分な年金と、日当たりのよい家を与えてください」

早口にしゃべった。カイラの気が変わる前にと。

「祖母のグリンダ・スーリヤはわたしを飢えから救い、孫として養育してくれました。無礼を承知で言いますが、本来母上が負うべき責任を、祖母が負ったのです。母上の娘であるわたしを十六まで健康に育てた、その報酬として、母屋の修繕の費用に、雄牛と雌牛を二頭ずつ、まっさらな絹布を一反、混ざりけのない精製された砂糖を五袋、上質な輸入小麦を十袋、下賜してください」

温室内に沈黙が満ちる。要求しすぎたとは思えない。ミアはじっと、瞬きもせず女王を見た。やがてカイラは言った。

「よかろう」

受け入れてくれた。ミアは、自分の中に何か言葉にならない感情の迸り（ほとばし）のようなものを認めた。

「母上」

しかし。

「そのように呼ぶな」

カイラはにべもなく拒絶した。

「わたくしはそなたを忘れていたわけではない。わたくしは、そなたの顔を見たくなかっただけだ」

冷たい氷の息吹が正面から浴びせられる。ミアは寒さに凍え、指先ひとつ動かすことができない。

冬の妖精、ジャックフロストが落下してゆく。窓の内側の住人に拒絶され、悲しい顔で吹雪（ふぶき）の中に放り出される。

ミアは今、これほど暖かな場所にいるのに。

なぜ、どうして、これほど嫌われてしまったのか。

「だがそなたの言うことにも理がある。わたくしは確かに方々に借りを作ってしまったようだ」

女王はそう言って立ち上がった。ミアよりも頭ひとつ分高い。

「よってそなたの身近な者には、今そなたが望んだ以上のものを与える。そなたにも望む土地を与える。ただし」

カイラは億劫そうに続けた。これほど話すつもりはなかったのだとでもいうように。

「無事に十六の儀式を終えたのち、ギルモアの土地は与えるが、王籍を外れることは許さぬ。それでは意味がない」

なんの意味がないのか。会いたくもない娘に時間を作ってまで、この人は、なんのためにミアを呼び出したのか。

「大儀であった」

カイラは言い、来た時と同じように静かな動きで温室を出ていった。

「今のお話は念のため会議で再検討いたしますので」

ラーセンがおもねるようにそう言って、女王を追いかけてゆく。

「忘れちゃったな」

ミアはつぶやいた。

「オレンジもちゃんとねだればよかった」

しかしその声は惨めだ。ミアはエドワードに背を向けたまま、出口に向かおうとした。

「待って」

エドワードがミアの手首をつかんで振り向かせる。その力に、顔をしかめた。

「頼まれた案内なら明日からちゃんと……」

「泣きたい時は」

エドワードはミアを見下ろし、まったく思いがけないことを言った。

「ちゃんと泣かないと。あとで苦しくなる」

ミアは、大きく目をみはった。

わたしが、泣きたい？　そんなはずはない。

涙は嫌いだ。昔、どんなに泣いても、欲しいものは与えられなかった。泣くとネリーを悲しませるだけだから、涙は封印した。閉じ込めた涙は心の奥底に氷となって凝っていた。

それを溶かしてくれたのは、グリンダの明るい笑い声だった。

『あんた愉快なお姫様だね』

だからミアは笑う。愉快な娘でいようと思う。愉快な娘は決して泣かない。最後に泣いたのはいつだったか。

それでも。

『そのように呼ぶな』

『わたくしはそなたを忘れていたわけではない。わたくしは、そなたの顔を見たくなかっただけだ』

突き刺さる。凍らせる。閉じ込めたはずの思いが蘇ってしまう。

ふんわりと笑おうとして、でもうまくいかなかった。

「………ふ」

視界が煙り、熱いものが頬を伝い落ちる。ミアは顔を覆う。オレンジが胸元から転がり落ちる。

エドワードがミアを抱き寄せ、優しく包み込むようにした。ミアはしばらくの間、声を殺しながら、そこで泣き続けた。

4

キリアンの義父であるオークス・デール侯爵は、レイトリンの騎兵隊を束ねる将軍でもある。キリアンは普段、近衛師団の一員として城内の宿舎で寝起きしていたが、義父の領地が近いこともあり、たまの休日には顔を出しに帰った。

養子とはいえ、侯爵家はキリアンにとって居心地のいい場所だ。侯爵は、もうずいぶんと昔に妻と息子を流行(はや)り病で亡くし、ごく少数の使用人と共に広い屋敷に住んでいる。キリアンに与えられた部屋は清潔で快適であり、十八歳で近衛師団に入団するまでは、衣食住、教育共に、貴族の子息として申し分のない環境を与えられた。王女であるミアのほうが、よほど不遇であっただろう。

オークスは軍人らしく鍛え抜かれた大柄な体躯(たいく)をしているが、普段は寡黙(かもく)な老人で、ラヴィーシャの古い知り合いということだった。キリアンを引き取る時も多くは詮索(せんさく)せず、親戚の反対も一蹴(いっしゅう)し、養子とした。「旦那(だんな)様は口下手だが誠実でお優しい方だ」と使用人たちは口を揃えて言う。キリアンも同じ印象を抱いている。

キリアンの剣術に磨きをかけてくれたのもこの義父だ。長い時間をかけて庭で稽古をつけてくれ、合間に休憩を取る間もほとんど話はせず、ただひとこと、「おまえは太刀(たち)筋が良いな」と褒めてくれた。まだ少年だったキリアンの体格に合わせ、職人に剣を鍛えさせ、それを無言で渡してくれた。またある朝、馬小屋に行くと立派なたてがみの美しい馬がいて、馬番がにこにこしながら、

「旦那様が、キリアン様にと。前々からご自身の足で、ずいぶんとお探しになって」

と教えてくれたこともあった。

キリアンは、無骨で優しいこの義父が好きだ。十二歳頃までの記憶の一切を失くし、自分が何者なのかを苦悩しない夜はなかった。それでも、冬の日、雪に閉じ込められた屋敷内の、赤々と薪が燃える暖炉の前で……オークスと並んで座り、無言のまま、それぞれ違う本を読んだりしていると、自分が本当に彼の実子で、この場にいることを当たり前に許されている存在なのだと、錯覚しそうになった。

もちろんそれは錯覚にすぎない。それでも、そんな時間を与えてくれる彼に感謝し、だからこそ、時折顔を見に帰っている。

この日も、共に夕食の席に着いた。あまり話さないのもいつものことだ。気まずくはないし、むしろ穏やかな時間が流れている。しかし、

「もうすぐミカエラ様の誕生日だな」

珍しく、オークスがそんなことをつぶやいた。キリアンは驚き、テーブルの向こうの義父を見た。

「はい」

「十六の誕生日は誰にとっても特別なものだ。何か贈り物を考えているのか？」

「矢を贈るつもりです」

上質なオジロワシの羽根で新しい矢を二十本、熟練の職人に注文済みだ。昨年は、ミアが愛用しているナイフにと、柔らかな鹿革で鞘(さや)を手作りした。

オークスは破顔した。笑うと、皺に埋もれた瞳が、いっそう柔和になる。

「それはいい。ミカエラ様も喜ばれる」

「はい」

本当は、新しい矢の他にも、だいぶ前に用意したものがある。しかし、そのことは口にはしなかった。

何を贈っても、ミアはきっと喜ぶ。もっとも彼女がキリアンに今までくれたものはといえば、少々変わっている。自分が仕留めた珍しい毛色のウサギの尻尾や、脱皮した巨大イモリの皮、砂金が混ざった川底の小石。もちろんキリアンはすべてをきちんと分類し、木箱に大切に保管している。

「しかし、なにしろ十六だ」

オークスは誕生日の話を続けるつもりらしい。これも珍しいことだ。

「お立場からして、そろそろ縁談の話があってもおかしくはない」

キリアンはかすかに身じろぎし、静かにオークスを見た。温厚であり、己に厳しく人に優しい。しかし一度剣を握れば老いなど微塵も感じさせず、全身に覇気がみなぎるのをキリアンは知っている。そのオークスは、今、身内を案じる普通の老人のような眼差しでキリアンを見ている。

ミアの誕生日に披露目の宴が開かれることは、もちろん、この義父にも伝わっているはずだ。

「キリアン。おまえには、わしの爵位や領地をすべて相続させるつもりでいる」

「……義父上、それは」

「ああ、そう深刻な話でもない。ただ、ミカエラ様もおまえも、考えてみれば年頃だと思ってな。よいか、このデール侯爵家は建国の時代まで遡ることのできる由緒正しき家柄。相手がどのような家の娘であろうと……たとえ、王族であろうとも、おまえが引け目を感じる必要などないのだぞ」

オークスは一気に言うと、ふう、と大義そうな息を吐き、水をごくごくと飲んだ。彼にしてはしゃべりすぎたのだろう。

義父は、キリアンとミアの関係を知っている。ミアが成人の儀式を迎えるにあたり、彼なりに考えをめぐらせたのだろう。キリアンの沈黙をどう取ったのか、オークスははっとした表情で付け足す。

「むろん、好いたのが身分のない娘だろうと、気にせず娶(めと)ればいい」

義父の気遣いはありがたいが、同時に、胸の奥に隠した痛みを否応(いやおう)なく増幅させられる。それでもキリアンは笑んだ。

「いないですよ。好きな娘など」

「うむ。そうか」

オークスは短くつぶやき、また食事を再開した。その時、窓の外、領地の森のほうからカッコウの声が響いた。初夏の訪れを知らせる渡り鳥の鳴き声に、キリアンは、残酷な時の流れを思うのだった。

ラヴィーシャは不思議な女だ、とミアは思う。ぱっと見た感じは、どこにでもいそうな中年の女。ふくよかで、目は、いつも笑いの形に細められている。

それが、ふとした時に、若い女の顔に見えることがある。

ただし髪はほとんど白髪だ。それは常に巫女の頭巾に覆われている。手もえくぼができるほどふっくらとしていて、器用に素早く薬草を選り分けたりする。

十日に一度、ミアがラヴィーシャを訪ねる約束が決まったのは、四年前。ラヴィーシャは神殿の一角に住まいがあり、そこには膨大な量の書物と、植物の研究施設がある。

「はいっ」

ミアは馬を駆る。森の道を、アンナ・マリアは疾走(しっそう)する。すぐ斜め後ろに、別の栗毛に乗ったエドワードが追いつく。

「なんでそう急ぐ?」

「遅刻しそうだから！」

ミアは叫び、さらにスピードを速めた。

「ちょっとぐらい……」

と、エドワードが言う言葉はもう無視する。

遅刻はするな。

それが、ラヴィーシャの口癖だ。実際、遅刻は許されない。ほんのわずかな時間であろうと、ラヴィーシャは容赦しない。今まで二度ほど、約束の刻限に間に合わなかったことがあった。ラヴィーシャは研究室の扉を固く閉ざして、扉越しにどんなにミアが謝っても、懇願しても、中に入れてくれなかった。

ラヴィーシャは伝説を重んじる女だ。

その昔。大陸には大小の国々が群雄割拠し、戦が絶えなかった。事態を憂えた大神イデスは、大地を六王国にわけ、六人の魔女それぞれに国造りを任せようとした。しかし、六番目の時の魔女が、この大事な会議に遅刻した。時の魔女は恋多き女だったらしいのだが、遅刻の理由も、人間の男を好きになり、追いかけることに夢中になって、ついうっかりしたためだった。結果、大地の割譲の仲間に入れてもらえず、大陸は五つの王国とそれらを束ねる皇帝直轄領に分けられてしまった。

時の魔女は腹立ち紛れに禁呪の言葉を吐き出したので、五人の魔女たちは協力してこの魔女を封印したという。

この伝説には続きがあるが、とにかく、ラヴィーシャは、時の魔女の愚かさをミアに説き、いついかなる時も、遅刻は許されないのだと教訓を口にした。

ミアは伝説の魔女たちのことよりも、研究室に入れてもらえないことのほうが嫌だった。だから絶対に遅刻しないように心がけていたのに、今朝は、エドワードと待ち合わせをしてしまったせいで、不測の事態が生じた。彼の馬を手配するのに思ったよりも時間がかかってしまったのだ。

だからとても急いでいる。幸いエドワードは手綱さばきが上手だ。ミアは背後を振り返ることなく、そのまま森を駆け抜けた。しかし、ふと、後ろが静かなので振り返ると、着いてきていない。

「ちょっとー！」

森に向かって叫んでみたが、返事はない。

「ああもう」

要人の接待を請け負った以上、異国の王子を森の中に放置するわけにもいかない。この森には狼や気性の荒い猪、時には熊も出る。ミアは仕方なく、エドワードを探すために今駆けてきた道を引き返した。

「はい残念でした」

到着して馬から飛び降りた瞬間に、出迎えたラヴィーシャは言った。

「今扉を閉めるところです」

「ええ」

ミアはラヴィーシャの愛用の懐中時計を指差した。

「いつもと同じ時間でしょ？」

「遅刻は遅刻ですよ」

ラヴィーシャは黒い瞳を細めて笑う。笑いながら厳しいことを言うのがこの巫女だ。とてもふくよかで、白い僧衣に麻ひもを腰に結んだ、簡素な巫女の服装のせいで、余計に大きく見える。ミアは頭の中で急いで言い訳を探したが、どうがんばってもこの巫女を納得させることは難しいと知っているため、肩をがっくりと落とした。

「客人ですね」

ラヴィーシャはミアの後方を見やる。エドワードは馬から下りると、ミアの横に並び、頭を垂れた。

「エドワード・ジェイデン・グリフィスと申します。森の知恵と呼ばれる巫女殿にお会いできましたこと、光栄です」

「ラヴィーシャって、そんな有名なの」

「ご高名はグリフィスまで届いています。レイトリンが近年、農産物の収穫量を劇的に増やしたのは、森の巫女による知恵が大きいと。それから、小麦を極限まで細かく挽く技術や、製パン技術の普及など、レイトリンのみならず大陸中に多くの知恵をもたらしたと」

確かにそのとおりだ。ミアは、エドワードはひょっとしてラヴィーシャに会うためにこの国に来たのかもしれない、と思った。

「そう褒められれば追い返すわけにもいかないですね」

ラヴィーシャはおっとりと言った。

「お茶と、ケーキでもいかが」

「はい、喜んで」

エドワードのおかげで、あっさりと扉は開かれた。

神殿は城と同じ、石造りの巨大な建造物だが、同じ敷地内にあるラヴィーシャの研究室兼住居は、温かみのある場所だ。レンガを積んだ建物に、木造家屋を増築している。小ぢんまりとした台所と居間に寝室、ハーブを乾燥させる場所、その奥は裏庭になっていて、畑がある。オランジェリーとはいえないまでも小さな温室もあり、さまざまな種類の農作物が実験的に育てられていた。

エドワードは興味深そうに室内を見渡している。大きな木製テーブルには収穫されたばかりの豆が籠に盛られ、近くの棚には大小たくさんの瓶が並ぶ。数種類の瓶には果実酒やシロップ漬け、ジャム、パン作りのための発酵種もある。そのためか、ここは常に、ハーブと甘い果実が混ざったような清涼な香りに満ちているのだ。

ラヴィーシャはポットを温めて茶の準備を始めた。エドワードは物珍しそうにあちらこちらの棚を見て回っていたが、やがて、ミアが座っている場所まで来た。

ミアはラヴィーシャがやりかけていたらしい、豆のスジを取っている。

「ここにはしょっちゅう来るのか？」

「十日に一度。いろいろ教わったり、手伝ったりするの」

「さぞかし楽しいだろうね」

「大変なこともある。肥料を運び入れて土と混ぜた日には、森の狼だって先に逃げていくほどよ」

「肥料」

「城でもらってこっちに運ぶの」

つまり人糞（じんぷん）だ。エドワードは微妙な顔をした。それはそうだろう。かつて城では、排泄物（はいせつぶつ）は川に捨てたり、埋め立てて廃棄していた。それを肥料に使用し始めたのはラヴィーシャだ。まさに、知恵である。

「君は王女様らしくないね」

エドワードが向かいに座って言った。ミアは素直にうなずく。すでに泣き顔も見られているし、今さら格好つける必要もない。

「わたし本人が一番そう思ってる」

「君の存在は、諸外国にはあまり知られていない。僕もつい最近、父に聞かされて知ったばかりだよ」

「グリフィスの王様はどうしてわたしのことを知っていたの」

「それは……」

エドワードは何かを言いかけたが、口をつぐんだ。

「僕もそれを手伝うよ」

と言って豆に手を伸ばす。何かをはぐらかされたと思ったが、ミアは深く追及はしなかった。

「そうやってスジを取るんだな。中の豆は取り出さなくていいのか？」

「これはサヤがまだ柔らかいうちに収穫して、サヤごと食べるからスジを取るの。豆だけを取り出すのは、もっと豆が大きく成長してから。そうなるとサヤは硬くて食べられないから、堆肥に利用する」

「君は肥料と、植物に詳しい」

「おばあちゃんが農婦だから」

「それを誇りに思っているんだな」

「そう」

エドワードは笑みを深くした。

茶の支度を終えたラヴィーシャが、くすくすと笑いながら戻ってくる。

「この娘は型にはめられることなく育ったゆえ、王子様には驚きの連続でしょう」

「はい。会って二日目ですが、すでに何度か驚いています」

ミアは少し心配になった。王子様に豆のスジなど取らせてはいけなかったかもしれない。

「あの、他の人に案内を頼めばよかったのでは？」

「なぜ？　僕は楽しんでいる」

確かに楽しそうだ。大きな手で、懸命に豆のスジを取っている。その手にはキリアンと同じ、たこができている。穏やかそうに見えるけれど、鍛錬もしているのだろう。

「それに君がいなかったら、僕は今頃、見知らぬ森で迷子になったまま死んでいたかもしれない」

大げさでもなんでもない。実際、ミアの父は森で命を落としたのだ。

「王子様に森で死なれちゃ、外交的にまずいことになるわね」

「まさに。だから戻ってきてくれて助かった。ありがとう」

そんなに素直にお礼を言われると、どうしていいかわからない。

「べつに」

なぜだか、頬が熱くなってしまう。そんなミアに気づく様子もなく、エドワードはラヴィーシャに向き直った。

「彼女が遅刻したのは、僕のせいなのです。彼女の馬に追いつけず、違う方向に入り込んでしまった」

「レイトリンの森は広く地形も複雑ですからね」

「聞くところによると、このさらに奥には人を寄せつけない岩山や氷河があるとか」

「オネリス山のことですね。人を寄せつけないというよりも、行く価値があまりないから訪れるものが極端に少ないということでしょう。草木も生えず、一年中氷に閉ざされていますから」

「なるほど」

ラヴィーシャは静かにお茶をカップに注ぐ。カモミールとエルダーフラワーの清涼な香りが広がった。

エドワードはお茶を飲み、出された林檎のケーキを食べ、顔をほころばせた。

「美味ですね。なんだろう、食感が不思議だ」

「もち麦の粉を使ってるのよ」

「もち麦？」

「大麦の仲間よ。わたしとラヴィーシャで種から育てて、一昨年初めて収穫したの」

ミアは自分も食べながら、熱っぽく説明した。

「普通の大麦の粉でケーキを焼くと、膨らみが悪くてどうしても食感が悪い。それがもち麦だと、適度な粘り気が出るし、砂糖の代わりに使う蜂蜜との相性もいい。小麦は輸入に限られるから、ごく一部の身分の高い人しか口にできない。でも、このもち麦ならこの国でも栽培できるし、パンの代わりに主食にもできるし、応用範囲が……」

と、そこまで話して、気づいた。エドワードはにこにこと笑って話を聞いてくれているが、どう考えても自分ばかり話しすぎだ。

「ごめんなさい。実はこのケーキの正確なレシピは、わたしもまだ教えてもらってないの。でも、殿下がお気に召したのはよかったわ」

「ケーキも美味だし、話も興味深いよ」

「本当に？　視察に役立つ？」

「大いにね。グリフィスとは気候や育つ作物が違うけど、新しい作物への取り組み方は見習うべきものがあると思う」

確かに、エドワードはラヴィーシャについても知っていた。ミアが今日は森の巫女に会いに行くと言うと、喜んで同行を申し出たのだ。

お茶とケーキを堪能し、豆のスジも全部取り終えたエドワードは、家屋に併設された研究所にも、小さな温室にも足を踏み入れ、熱心に観察した。

ミアは温室内で、芽吹き始めた輸入小麦の苗の様子を調べた。先日発芽したばかりの苗床が順調なので、せっせと畑に運んで植えつけた。泥だらけになって作業するミアを、驚いたことにエドワードも手伝ってくれた。

「汚れてもいいの？」

「僕には洗濯の上手な優秀な従者がついているから、元通りにしてくれる」

そんなことを言って、一緒に裸足(はだし)になり、絹のシャツに泥はねを無数につけながら、一緒に働いた。

ミアはなんだか、感動していた。キリアンがここにいたら、あんたちょっとは見習いなさいよとか言ってしまいそうだ。

それからラヴィーシャが労働後に出してくれた蜂蜜レモン水を一緒に飲んだ。帰る際にラヴィーシャはいつものように、グリンダとネリーにと言って、骨折や関節痛に効く軟膏(なんこう)や、蜂蜜、もち麦の粉も持たせてくれた。

エドワードが丁寧に挨拶をして、先に馬にまたがる。ミアも続こうとしたところで、ラヴィーシャに呼び止められた。

「ミカエラ」

ラヴィーシャは時折、ミアをそう呼ぶ。

「誕生日の儀式だけど、足を、よおく洗うんですよ」

これには少々、面食らった。

「あ、足？」

そんなことを言い出すなんて。第一、誕生日の儀式のこと、もう耳に入っているのか。

「そうです。汚い足では、いいところへ行けませんから」

確かにミアの足はお世辞にも清潔とは言い難い。裸足で駆け回るのが好きだし、多くの農民がそうであるように、毎日入浴するわけではない。

「いいですか。足を洗い、身を清め、あとはもう運命に委ねなさい」

「ラヴィーシャ。何か知っているの？」

ミアが眉を寄せると、ラヴィーシャは、じっとミアを見つめた。

「いつまでも子供ではいられないのです。そのための儀式です。でもあなたは、どんなに体が汚れていても、心が非常に美しい娘ですから」

前半部分が気になるが、褒め言葉だろう。ミアはうん、と素直に笑った。

「だってお師匠様の心が美しいから」

「あら素敵」

「本当よ。いつもありがとう、ラヴィーシャ」

「いえいえ」

「抱きついていい?」

「だめですよ」

「え」

「冗談です」

ミアは笑い、ラヴィーシャの豊満な胸に顔をうずめる。やっぱりハーブと果実のにおいがする。とてもいいにおい。

「あなたは美しい心を持つのに、寂しがり屋だから心配です」

ラヴィーシャはそんなことを言って、ミアの髪を撫(な)でた。

「なぜかわからないんだけど、大切な人に会ったら、そのたびに、大好きだって言いたくなるの」

「不安だからでしょう」

「そうなのかな……」

ラヴィーシャは、何が不安なのかは聞かない。ただ彼女はきっと知っている。ミアが本当は、誰の愛情を欲しているのか。

ミアは師の頬に軽くキスをして、自分も馬にまたがった。

「何を話してた？」

森の道を並んで走りながら、エドワードが聞いてきた。

「足を洗いなさいって。儀式の前に」

「ええ？」

「わたしの足が、臭いからからかもしれないわね」

神妙な面持ちで言うと、エドワードは馬上で大笑いをした。

「いやほんとに、変わってる」

「お互いさまじゃないの」

ミアもつられて、一緒に笑う。ふたりの笑い声が、森のきらめきの中にこぼれるように響き渡った。

「もう出てきたらどうです」

ラヴィーシャに言われ、キリアンはトウヒの大木の陰(かげ)から出た。

ラヴィーシャは微笑んでいる。キリアンは何かを言うべきかと思ったが、言葉が見つからない。

「お茶をどうです。あなたの好きな林檎のケーキもありますよ」

「……もう戻らないと」

「ミカエラに会いに来たのでしょう。姿も見せず、行かせるなんて、あなたも大人になったものです」

この森の巫女には、はぐらかそうとしても無駄だ。

「俺が出る幕じゃないと思ったので」

「そうですね」

ラヴィーシャはうなずく。

「あなたはミカエラを守ってきた。本当に、どんな小さな小石でも、あの娘の障壁になりそうなものはとりのぞいてきた。でもあの王子は、ミカエラの障壁ではないし、今のところ危険人物でもない」

今のところ。キリアンは唇を歪める。

「でも先々はわからない」

「そうだとしても、キリアン。あなたは王子の代わりにはなれない」

「……わかっています」

　出会いのはじめから、ミアはキリアンにとって特別な娘だ。恋とか、愛とか、そういう話ではうまくまとまらない存在なのだ。そんなキリアンに、ちょうど一年前、ラヴィーシャは釘をさした。

　ミカエラに惚れてはならない、と。

『あなたはミカエラに遅刻をさせてしまう』

　いったいどういう意味なのか問うと。

『あなたはあまりにも、あの娘しか愛さない。他の者の命は、あなたにとって簡単に切り捨てられるもの。このわたしとて、その気になれば殺すことができる』

　それは誤解だ、と反論したかった。義父のデール侯爵同様、ラヴィーシャにも恩を感じている。でも、動揺した。確かにそうかもしれない、と思う自分に。

『その闇を抱えたままでは、あなたはあの娘を愛することはできない。あなたの闇と強すぎる愛が、ミカエラを縛り、殺してしまう』

　それと冒頭の「遅刻をさせてしまう」がどうつながるのか、それ以上ラヴィーシャは教えてはくれなかった。

　ただ、キリアンでは、ミアを幸せにはできないのだ、と念を押した。

キリアンは動揺し、苦悩した。皮肉なことに、それまでは漠然と大切に思っていた赤毛の娘は、ラヴィーシャに牽制されたことで、さらに彼の中で存在感を増した。

確かにキリアンは、今でこそ将軍でもある侯爵の養子として身分を得ているが、出自の知れない者。女王にいくら重用されようと、義父がどれほど後押ししてくれようと、王女であるミアの相手として許されるはずがない。どんなにミアが不遇な目にあっていようとも、王女は王女なのだ。

女王がグリフィスの王子をミアに会わせたということは、理由があるはずだ。キリアンは当然、どんな男か知りたかった。しかし、王子と楽しそうに笑い合うミアの姿は、予想以上に胸に堪えた。

「帰ります」

キリアンは軽く頭を垂れる。

「キリアン」

名付け親でもある巫女は、じっとキリアンを見上げて言った。

「もうすぐ嵐が起こる」

「嵐?」

「時の流れと大地の変化は誰にも止められない。未曾有の嵐がこの国を襲った時、あなたは愛する娘を守ることができる？」

　ラヴィーシャは巫女だ。何かしらの予言めいた言葉に、キリアンは強くうなずいた。

「この身に代えても」

「ではそうおし。男として思いを遂げることよりも、そのほうがよほど美しい。あなたの闇と光の翼で、愛する娘を守っておやり」

「それは、ミアの誕生日の儀式にかかわることですか」

　唐突に企画されたミアの儀式。それまで放っておいたのに、突然女王が言い出したのは、この巫女の神託が原因なのではと、キリアンは考えていた。ミアは知らないが、第一王女の披露目には、多くの人間の思惑がかかわっている。

　時が流れ、大地が変化する。

　それほどのことが起ころうとしている。

　しかし何が起ころうと、キリアンがやるべきことはひとつだ。

　ミアを守る。

　八年前。赤毛の王女に命を救われてから、キリアンがずっと心に誓っていたことだ。

「あんた、迷子なの？」

大きな緑の瞳をきらきらさせて聞いた少女は、ミカエラ・ギルモア・レイトリン――七歳。一方、キリアンは、記憶のすべてを失い、雪の上に倒れていた。

全身が硬直し、指一本動かせないような状況で、危うく狼の餌食になりかけた。しかし、突然現れた小柄な少女が、弓矢で狼を撃退し、助けてくれたのだ。

ミアが身につけていたマントは白地に黒斑が目立つ毛皮で縁取りされており、汚れた革の半長靴や脛にも、同様の毛皮があてられていた。左手に携えた弓は小ぶりで、背には矢筒を背負っていた。

彼女はまず、マントの内側に斜めがけにしていた革袋を取り出し、それをキリアンの口元にあてた。ほんのり甘く冷たい液体が喉を潤した。もっと飲みたいのに、嚥下が追いつかず、派手にむせた。

すると彼女は、慣れた手つきで彼の手首に触れ、脈を取った。しばらくして、

「弱ってるね。それに、怪我も」

と言った。この時初めて、キリアンは自分が出血していることに気づいた。左の袖が派手に破れ、上腕部から肘下にかけて、痛みと痺れがある。雪の上に血が滲み、ああ、だから獣を呼び寄せたのか、と推測した。

少女はマントを脱ぎ、自分のシャツの裾を躊躇なく引き裂いた。驚くキリアンに構うこ

となく、それでキリアンの腕をぐるぐる巻きにして止血する。それからもう一度、水を飲ませてくれた。

「この水には白樺の樹液を溶かしてあるの。白樺には滋養と鎮静効果があるから、怪我とか弱った体にとてもいい」

　少女は淡々と言い、さらに思案顔で続けた。

「さっき罠をしかけたから、ウサギでも捕れたら食べられるし、食べたら体力も回復する。火はすぐ熾せるし、解体も問題ない。凍える心配もない。温かいカモミールのお茶も飲めるし、巣蜜をほんの少しだけど持ってきているから、嬉しいデザートにもなる」

　まるで自分自身を安心させようとしているみたいに。彼女はえへへ、と笑った。

「実はわたしも迷ったの。ダグ・ナグルにどうしても会いたくて、つい、〝禁断の森〟の奥深くまで入り込んじゃった。帰り道がわかんなくなって、ほんの少し不安だったんだけど、道連れが見つかって、あーよかった」

　後に、ダグ・ナグルとは、禁断の森の主、夜の王ともいわれる白い狼のことだと知った。

　しかしこの時は、意味がわからず、問うように見ていると、彼女は、にかっと口を開けて笑った。

「大丈夫、大丈夫」

以後、何かにつけて、彼女はそう言った。

「わたしが、きっと助けてあげるからね」

絶望的にもつれた髪、生え変わりの途中なのか歯の欠けが目立つ口元。それでいて、その瞳の輝きに、強く惹きつけられる——。

「わたしはミア。あんたは?」

「——わからない」

どういうことなのか。自分の名前。出自。当然わかっているはずのそれを、キリアンは綺麗さっぱりと、忘れてしまっていた。

ミアは、そう、と短くつぶやいた。それからてきぱきと行動を開始した。自分も迷子だと言ったのに、彼女に一切の悲愴感はなく、むしろこの状況を楽しんでいるようにも見えた。

ミアは雪の森の中で、さまざまなことに実に手際がよかった。枯れ木を集めてきて、常に携帯しているという火種を用いて火を熾した。キリアンを自分のマントでくるんでから火にあたらせ、その間に罠にかかったウサギをつかまえてきた。

さらに驚いたことに、ミアはそのウサギをナイフで器用にさばいた。毛皮を剝き取り、腹を切り開いて内臓を処理し、動脈を切って血抜きをした。雪と、雪を溶かした水で肉を洗い、枝に刺し、塩とローズマリーの粉末をすり込んで炙った。その他に、まだたった七歳の少女は、小さな錫製のカップ、巣蜜、数種類の薬草や軟膏も携帯していた。

その装備と手際の良さから、猟師の娘だろうと思ったくらいだ。彼女がレイトリンの王女だと知ったのはだいぶあとのことだ。

ミアとキリアンは森で二晩を過ごしたが、飢えることも凍え死ぬことも、獣に食われることもなく、生還した。

ミアはすぐにキリアンをラヴィーシャのところに連れていった。そこでキリアンは新たな名前と、居場所をもらった。

『大丈夫、大丈夫』

きっとあの時に、キリアンの運命は決まったのだ。以来キリアンは、ずっとミアのそばにいる。

十八歳の時に入隊した部隊は、近衛師団の配下にある。基本的に君主の警護がおもな仕事だ。有事には管轄が異なる軍部と協調して、戦線に駆り出されるとも聞いているが、現在までにそのようなことはない。普段はもっぱら輪番制で、女王の警護と城の警備にあたっている。

女王は、ある意味、ラヴィーシャよりも不思議な人だ。

その容姿も、佇（たたず）まいも、ミアと似ているところはまったくない。ほとんど感情を露（あらわ）にすることなく、物静かで、歩く時も氷の上を滑って移動するかのようだ。しかし圧倒的な存在感がある。眼光は常に鋭く、笑わず、あらゆることを言葉少なに決断し、実行する。時に非情で、残酷でもある。

カイラがまだ女王になって間もない頃、国内の有力貴族が外国勢力と秘密裏に結びつき、謀反（むほん）を起こそうとしたことがあったらしい。国内外で有名な話で、間一髪で危機を脱し暗殺を逃れたカイラは、謀反に加担した貴族たちを次々に捕らえ、一切の懇願を受け入れず、ことごとく処刑したという。中には父親と連座して首をはねられた八歳の少年もいた。

冷たく、苛烈（かれつ）な氷の女王は、自らが腹を痛めて産んだ娘にも非情だった。キリアンはわかっていた。ミアの孤独や苦しみは、この女王のせいなのだと。しかし仕事に私情は挟まず、粛々（しゅくしゅく）と業務を遂行していたある日、印象的な出来事があった。

あれはちょうど一年前。ミアの十五歳の誕生日の前日だ。

あの日は朝から、女王の執務室の扉を守っていた。すると突然、中に入るよう呼ばれたのだ。

カイラは窓辺の机で書き物をしており、顔をあげることなく、キリアンに聞いた。

「ミカエラと知己だそうだな」

突然のことで驚いたが、はい、と答えた。

「親しいときく」

「……畏れ多くも」

関係をどこまで把握されているのか。出自の知れない自分への牽制か、叱責か。女王の意図がつかめず、キリアンは用心した。すると。

「あれはわたくしを恨んでいるであろうな」

どう答えるべきかはかりかね、キリアンは沈黙した。

ミアは母親のことなど気にしていない素振りをするが、苦しんでいることは事実だ。同じ城内に住みながら、一切のかかわりを持とうとしない母親の態度に。

女王は、さらに。

「もうそろそろ、わたくしを殺したいと思っている頃合いでは？」

そのとんでもない言葉に、キリアンは、頭に血がのぼるのを自覚した。不敬など忘れてきつい瞳で女王を見た。彼女も顔をこちらに向けて、キリアンを見ていた。

目眩と吐き気がするほどの怒り。何を言い出すのだ、この女王は。

「王女様は、断じて、そのような人間ではありませぬ」

母親のくせに。娘のことを何も知らない。知ろうともしない。ミアの屈託のない笑い声を思い出した。あれだけ感情表現が豊かな娘なのに、悲しみだけこらえようとする。七歳の時から、ずっと、ずっと。誰がそうさせたのか。

キリアンは、幾度も見た。ふとした時に、ミアが城のほうに向かって立ち、遠くを見る横顔を。ふんわりと笑うのは何かを我慢している時。大丈夫だと繰り返すのは自分自身を鼓舞する時。それでも、多くの葛藤(かっとう)を乗り越える強さと、明るさを、次第に身につけた。ずっと見てきたのだ。

圧倒的な優しさと、しなやかな生命力でキリアンを魅了してやまない、あの娘が。母親を殺す？　もしもその必要があるのなら、俺がその罪を背負ってやる。

そこまで考えた時。

『あなたはあまりにも、あの娘しか愛さない。他の者の命は、あなたにとって、簡単に切り捨てられるもの』

キリアンは、その数日前にラヴィーシャに言われた言葉を思い出し、ぎくりとしたのだった。

「なるほど」

女王は短くつぶやいた。それから手を振って下がるよう命じると、書き物を再開した。

今の会話にどんな意味があったのだろう？

キリアンは釈然としないまま執務室を辞し、扉を閉めようとして……見た。

カイラは書類ではなく、窓の外を見ていた。その横顔には、なんらかの感情があった。孤独で、割り切れない思いを抱えた者が見せる表情。その時初めて、似ていると思った。

それは、ミアが城を遠くのぞむ時に見せる横顔と、驚くほど酷似（こくじ）していた。

今でもキリアンは、時折考える。あの短い会話の意味を。ミアに殺される可能性を口にしながら、本当は、なにか別のことに思いを馳せていたのではないか。

だから、ミアの十六の誕生日についての伝言を、女王から命じられた時も……何かを読み取ろうとした。しかし結局、キリアンにはわからなかった。女王の意図も、ラヴィーシャの言葉の意味も。ただ、漠然とした不安は、日に日に大きくなってゆくばかりだ。

5

わたしはエドワードのことが好きかもしれない、とミアは思う。

エドワードは、太陽の光を集めたような髪と、健康的に日焼けした肌と、温かみのある灰色の瞳をしている。それにとにかく、笑い方が素敵だ。ミアの言動にいちいち声をあげて笑うし、それが決して馬鹿にしたような感じではなく、心から面白がっているようなのだ。それで、ミアもつられて笑ってしまう。

　エドワードは毎日、北の塔にやってきた。最初、エドワードは、ミアの居室のあまりに簡素な佇まいに驚いた様子だった。ネリーは突然の王子の訪問に慌てふためいて、お茶をひっくり返す始末だった。そんな年老いた侍女にも、エドワードは優しかった。一緒に割れたカップの掃除をしたし、ネリーの支離滅裂な話にも根気よく付き合った。

　朝、目が覚めて、ミアは鏡を見るようになった。今まで気にしたこともなかったのに、鼻の上に薄く散らばるほんの少しのそばかすや、もつれた髪が気になるようになった。それで、生まれて初めて美顔水なるものを顔にはたき、髪に櫛（くし）を入れた。

　奇妙なこともあった。女王から、連日、新しいドレスが届けられるようになったのだ。ミアは母の真意をはかりかねながらも、エドワードの訪れを楽しみにするあまり、深く考えることをしなかった。

　身支度を終えて、耳をすませる。馬に乗って、エドワードが現れる。塔の上の部屋の窓を開け、ミアは彼を見つける。手を振ると、エドワードも嬉しそうに手を振り返す。満面の笑みに、ミアも笑う。

　笑う。笑う。笑う。笑う——誰かに対して、こんなに笑顔を向けるのは初めてのことだ。それも自然に。心から。

エドワードが笑って、ミアも笑う。理由はとても小さなこと。一緒に森を散歩する。ベリーの茂みでエドワードが袖を破いてしまい、それでお互いの顔を見て笑い合う。草の上に寝転がって、初夏のレイトリンの森を満喫する。ネリーが作ってくれたサンドウィッチを食べて、最後の一切れを賭けて、どちらが片足で長く立ち続けていられるか、なんて子供じみた遊びをする。勝ったのはエドワードで、それなのにサンドウィッチを半分こしてくれて、ハムが多く入っているほうをミアにくれる。

それをふたりで食べながら、エドワードがつぶやいた。

「すごくよく食べるよね」

ミアは少し恥ずかしくなった。そんなことも初めてだった。

「えーと……食べるの好きなの」

どうしよう。エドワードは、小鳥くらいにしか食べない女の子が好きなのだろうか。

「というより、食べられる時に食べておこうという卑しい習慣が抜けないのかもしれないわ」

仕方なく、正直に言った。

「僕の側近が噂を仕入れてきたよ。ミカエラ王女はどうにも、城で、身分にふさわしい扱いを受けていないようだって」

「仕方がないことよ」

ミアは慌てた。

「父は農夫だったの。母のせいではないわ。わたしを妹たちと同じように扱ったら、序列が違うと怒る人もいるでしょう」

本当は、思っていることはたくさんある。身分なんていらない。ただ、憶えていてくれるだけでよかった。

一方で、母を悪く思われたくなかった。キリアンに時々愚痴(ぐち)を言うのはまったく自然なことなのに、この異国の王子に、女王カイラがとんでもない人間などと思われたくない。

そんなミアの複雑な気持ちを、エドワードは察したのかもしれない。

「女王はとても立派な方だよね。二度の飢饉をうまく乗り越えたし、国民から尊敬されている。氷の女王とは呼ばれているけれど、それは諸外国に女性の統治者として侮(あなど)られないためだと思う」

「そうだと思う」

ミアはほっとした。エドワードは少し思案する顔をしてから、

「でも、この国に君の居場所がないのなら、グリフィスに来ればいい」

そんなことを言い出した。

「グリフィスに？」

「ここ数日見てきたけど、君はとても勤勉で働き者な女の子だ。グリフィスに来れば、学ぶことは多いはずだ。王は勤勉な若者にできるだけ多くの機会を与えることをよしとする人物だから、君のことも気にいると思う」

「行ってみたい」

ミアは即答した。

「グリフィスは気候に恵まれた豊かな国なんでしょう。大地が肥沃でさまざまな作物が収穫できて、果樹もたくさん」

「王宮には専用の菜園があるよ。王室が管理する農耕地や果樹園もある」

「果樹園」

ミアはうっとりとした。先日結局食べそこねたオレンジや、南の行商人から仕入れた上質な小麦粉のことを思った。雪は降らず、夏が長く、秋は実り豊かなグリフィス。

「それに君は、フランセット……僕の妹とも気が合う気がするな。君に少し似てる」

「妹がいるの？」

「母親違いだけど、三人ほど。中でもフランセットは小動物が好きで、お転婆で、しょっちゅう侍女たちを困らせてる」

「仲がいいの？」

「きょうだいの中では一番ね。母親が同じ兄は王太子としての立場もあるから、どうしても距離があるし。それに何より、フランセットは、小さな頃から僕にすごく懐いてるんだ。あの子が最初にしゃべった言葉も、僕の名前だったくらいだ」

妹のことを話すエドワードは、いっそう優しい顔をしている。

「大事な妹なのね」

どうやらミアにとってのアリステアとはだいぶ違うらしい。素直に、羨ましいと思う。それにしても。エドワードから聞くグリフィスの話は、今まで見聞きした話よりずっと興味深い。

いつか、大陸を旅したいと思っていた。キリアンともしょっちゅうそんな話をした。一方で、今すぐには、レイトリンを去ることはできないとも思う。エドワードは王子だ。どんなに価値のない王女だとしても、レイトリンの王族である自分が、気軽に遊びに行くことができるだろうか。ミアは目を伏せた。

「どうしたの」

「寂しい」

「寂しい？」

「エドワードはもうすぐ国へ帰るでしょう」

「そうだね。君の誕生日を過ぎたら、帰国する予定でいる」

「わたしは、今すぐにここを出るわけにはいかない。母に領地をもらって、そこを豊かにして……たぶん、三年くらいかかると思うの。三年経って訪ねても、わたしを忘れないでいてくれる？」

切実な思いにかられて、真っ直ぐにエドワードを見つめて聞いた。エドワードはなにかに胸をつかれたような表情のあと、まいったな、とつぶやいた。

「そんなに待てそうにない」

もっともだ。視察旅行でたくさんの人間に出会ったエドワードが、ひとりの田舎娘のことなどずっと憶えているはずがない。しかし、

「僕は、衝撃を受けたんだ。君に出会って」

「そう」

「周りにはいなかった。君みたいに、あけっぴろげで、笑いたい時に笑って、寂しい時は寂しいって言う」

「それが嫌だった？」

「違う、逆だよ」

エドワードは首を振る。

「あまりに衝撃的で、印象深くて。絶対に忘れないだろうし、待てない。三年も会わないですませるなんてできない」

「エドワード」

ミアは驚いて目を見開いた。

「ひょっとして、わたしが好き？」

するとエドワードが赤くなった。ミアはさらにびっくりして、まじまじと彼を見た。

「まいったな。いや、だから、そんなふうに直球でものを尋ねるのも君くらいなものだ」

「あ、ごめん」

「謝らなくていいんだ。僕はそういう君が好ましいって……うん、好きだよ」

エドワードは降参したように言った。ミアは、体の奥底のほうから、強い喜びが湧きだすのを感じた。

どうしよう。これはなんなの。どうしたの、わたしは。嬉しくて、大声で叫びたくなる。走り出したくなる。

エドワードが、わたしを好き。そんなことって、本当にある？

「わたしも」

急いで言った。

「わたしも、エドワードが好き」

太陽の光を集めたような髪も、明るい笑い方も、優しさも。エドワードといると、自分までもが、望まれてこの世にいるのだと思わせてくれる。

「……父に手紙を書くよ」

エドワードが手を伸ばし、ミアの髪に触れる。と思ったら、腰に手が回されて、ぐいと引き寄せられた。

エドワードはミアに口づけをした。生まれて初めての口づけは、ミアの記憶の中にもっとも幸福な瞬間として刻まれた。

6

レイトリンに住む者にとって、十六歳は特別だ。飲酒や結婚が許され、納税の義務も生じる。つまり大人と認められる。

十六の誕生日には、古来の伝説にならって、四人の妖精から贈り物を受ける。昔、魔女や妖精が当たり前に信じられていた時代。妖精たちは、王族の十六の誕生日に姿を見せ、神殿で贈り物を捧げた。この習わしは時代が下っても受け継がれ、一般の農村でも、妖精に扮した大人が成人する子供のいる家を訪れ、飲食のもてなしを受けてから、子供を寿ぐという儀式として定着した。

王族の場合は、森の奥の神殿で儀式が行われる。

ミアは神殿の中に入ると、斎場の手前にある前室で沐浴した。ラヴィーシャに言われた通り、特に足を入念に洗う。その後、純白の僧衣に似たものを着せられた。香油を髪と手足に塗られ、イバラの冠をかぶった。裸足で大理石の床を踏みながら、斎場へと向かう。

儀式自体は、ミアにとって、あまり意味がない。もちろん成人として扱われるようになることは嬉しい。しかし、妖精たちに扮しているのは、実際は神殿の巫女たちだ。それよりも、このあと続けて城のほうで開催されるという宴が憂鬱すぎて、もう早く終わらせてしまいたい。

今までの誕生日のことを思い出す。たいていは、朝、ネリーが下手くそな歌を歌ってミアを起こした。それから、古いブローチや新しい絹の靴下をくれたりした。

夜は、グリンダの家でお祝いをしてもらった。ミアの好物の熊肉と豆のスープと、貴重なバターとミルクで焼いた松の実のパン、黒スグリのパイを用意してくれた。それから、額にキスをして、一年が楽しく有意義でありますようにと言ってくれた。キリアンが野辺の花をくれて、グリンダが新しい革の靴をくれる。それだけで十分に幸せだった。

今、ミアは、冷たい大理石の床を、ひたひたと歩いてゆく。祭壇には無数のろうそくが灯(とも)されている。すでに四人の妖精に扮した巫女たちが、白いフードを目深(まぶか)にかぶって待っていた。

ミアは彼女たちの中央にいざなわれ、そこに膝をついた。

「レイトリンの王女の十六の誕生日をお祝い申し上げます」

と、巫女のひとりが言った。ミアは瞳を閉じて、両手を組み合わせ、祝福を受ける。

「わたくしは王女様に、永遠の美しさを贈りましょう」

ミアは笑いをこらえる。美しさなんて、無縁の言葉だ。でもこの儀式で本当に美しさが手に入るのなら、エドワードは喜ぶだろうか。いや、そんなことを考えるなんて馬鹿げている。

「わたくしは王女様に、富と平和を贈りましょう」

ふたり目の巫女が言った。富と平和は、並び立つものである。多くの人が争うのは、貧しさゆえだ。国同士が争う場合は、限りある物資をめぐってだったり、豊かな土地の権利を欲してのことだろう。

「わたくしは――」

三番目の巫女が口を開く。永遠の美しさ、富と平和、そのあとは確か、従順と品格、それから、子孫繁栄。どれも必要な気もするし、あまりにも曖昧でどうとでもとれるような美徳である。

ろうそくの炎が不自然に揺れた。ミアは薄く瞳を開く。自分の影が、大理石の床で揺らめいている。どうしたことか、足先が冷たい。見れば、水の波紋のようなものが生じている。

「王女様に、イバラの檻をお贈りいたします」

ミアははっきりと目を開いた。イバラの檻？　まったく予想していなかった言葉に驚いたのはミアだけではない。先に祝いの言葉を述べた巫女たちが、蒼白になっている。神聖な儀式の場に満ちる困惑は、しかし、三番目の巫女をとどめることはできない。いかなる人間も、たとえ女王であろうと、十六の儀式を邪魔することはできない。

「王女様の心はイバラの檻にとらわれ、永遠に、そこから出ることはかなわないでしょう。恋した者には決して心からの笑みは見せられず、涙も見せられず、怒りをぶつけることもできない。またもしこの枷の存在を明かせば、相手の男はイバラの棘に心の臓を突き破られ、死の穢れをもらうでしょう」

ろうそくが大きく揺らめいた。ミアは見た。三番目の巫女がフードを取り去る。彼女は、神殿の巫女などではない。黒々とした髪、金色の瞳。老婆のようにも、少女のようにも見える不思議な顔。

「……誰？」

禍々しく赤い唇が持ち上げられ、にい、と彼女は笑った。

「わたくしはメトヴェ」

メトヴェ、メトヴェ……知らない、見たこともない。しかし、この声を知っている。

（……それが願いか）

いつかの夜。キリアンと剣の稽古のあと別れ、森で聞いたあの声。くつくつと喉の奥で笑うような、あの嫌な声。

「レイトリンの王女よ。誕生の祝いは絶対的な効力を持つ。そなたは未来永劫、恋しい男と結ばれることはできぬ」

大きく揺らめいていたろうそくの炎が一気に消えて、暗闇が訪れる。巫女たちのかすかな悲鳴にかぶるように、けたたましい笑い声が響いた。冷たい風が吹きつけてきて、笑い声が遠ざかる。

胸のあたりに、灼熱の痛みを感じた。喉が狭くなり、息がうまくできない。ミアは胸元を押さえて背中を丸めた。

巫女たちが激しく動揺している。

「王女様、王女様。申し訳ございません。いったい何が起こったのか」

「魔が忍び込んでいたのです。ああ、どうしたらいいのか」

「王女様は呪われました。誕生日の祝いを打ち消すことは、とうていできませぬ」

それはどういう意味なのだろう。ミアは問うように、順番に巫女たちを見た。すると一番端にいた巫女が、

「いいえ」

と厳かな声で言った。

「まだわたくしは、祝いを申し上げておりません。わたくしの祝いで、魔の呪いを薄れさせることができるでしょう」

ミアは、はっとした。よく知っている声だったからだ。

「ラヴィーシャ?」

そこにいたのは、ミアの師である森の巫女だった。ラヴィーシャは微笑むと、早口に言った。

「神殿の巫女から王女様にお祝いを申し上げます。王女様は、愛する者に笑み、涙、怒りを見せられなくても、若木が伸びやかに枝葉を伸ばすがごとく、いずれイバラの檻から這(は)い出すことができるでしょう。心から……、王女様を、本当の、王女様の……」

ラヴィーシャは苦しそうだ。ミアは彼女に駆け寄り、手を取った。いつもふくよかで温かい師の手は、ぞっとするほど冷たく、大きな体はがたがたと震えていた。ラヴィーシャは蒼白となり、肌には無数の皺が刻まれた。眼窩(がんか)が落ちくぼみ、肌は黒ずみ、手足は急速に縮んで枯れ木のようになる。その姿は老婆を通り越し、茶色い軀(むくろ)のように変化していく。

他の巫女が悲鳴をあげた。ミアは、ラヴィーシャの変化に、死を見た。

「ラヴィーシャ。だめ！」

「本当の王女様を心から愛する者が現れた時、イバラの檻は消失し、王女様は愛と幸福を手に入れることができるでしょう」

ラヴィーシャは一気に言い終えた。刹那(せつな)、ミアが握りしめていた彼女の手は、音もなく崩れた。風が吹き、白い衣だけが床で渦巻いた。

響き渡る甲高い悲鳴が、自分のものだと気づいた時、ミアはキリアンに揺さぶられていた。

「ミア！　ミア！」

いつも近くで見守ってくれている黒の騎士は、今もまさに、斎場のすぐそばで控えていたのだ。

「しっかりしろ！」

キリアンの顔がぼやける。気が遠のいて、もう何も見えない。

どこに行ったの、ラヴィーシャ。

わたしはどうなってしまうの。イバラの檻に心が閉じ込められれば、愛する人に笑いかけることなどできやしない。

闇の中、そこだけ光が射す場所で、金色の髪をした王子が、にこにこと笑って立っている。彼は、ミアを待っている。それなのにミアは、彼のところへ行くことができない。やがてエドワードは失望した表情を浮かべ、背を向けてしまった。

行かないで。

せっかく出会えたのに。

せっかく、お互いに、好きなのに。

光が消えて、真の闇が訪れる。

「エドワード……」

ミアはつぶやき、混沌(こんとん)とした闇にのみ込まれてゆく。胸が痛い。苦しくて、もう何もかもどうでもいいような、投げやりな気持ちに支配されそうになる。その時、足元に水紋が広がった。

冷たいのに柔らかくて心地よい。足を綺麗に洗うようにとラヴィーシャに言われた。清潔な足はよいところに連れていってくれるから。

でもそれは、いったいどこなの？

（――――来よ）

ああ、そうか。彼がいる場所だ。どうして忘れていたのだろう。ミアは確かに、禁断の森で彼に会ったのだ。

夜の星をすべて閉じ込めたかのように、輝く瞳。巨大な体躯に、白銀の毛並み。ダグ・ナグル――――禁断の森の王、夜の神に。

ミアは、意識を手放した。

第二章　イバラの呪いと刻印

1

雲が流れてゆく。空の色が目まぐるしく変わり、星の位置も瞬きする間に変化を繰り返す。樹木が空を目指して枝葉を大きく広げてゆき、灼熱の太陽に焼かれ、あっという間に枯れ朽ちる。

人が生まれ、成長し、老い、死んでゆく。虚空の床を滑るようにミアは移動し、森羅万象をその眼で見る。喜びや悲しみや憎しみさえも、風にさらされ塵と消え、己の中に空虚な穴を見つける。次々に変化する風景を俯瞰し、もう何もかもがどうでもいいような気さえする。

わたしはもう、恋する相手と心を通わすことはできないのだ。

その事実だけが、重く心にのしかかった。

ようやくつかみかけた確かなものが、それをきちんと認識するより前に、砕け散り、霧散した。

ミアは虚空で何かを叫ぼうと思うのに、息が苦しくて一言も発することができない。しかし叫んだところで、何を、誰に訴えればいいのか。

『そなたは未来永劫、恋しい男と結ばれることはできぬ』

絶え間なく変化する景色はやがて大きな嵐となり、ミアの体は逆巻く風にのみ込まれ、落ちてゆく。眼下にはこっくりとした闇が広がり、多くの生き物が吸い込まれてゆく。牛や馬、ヤギ、鹿、人間もいた。己の輪郭さえあやふやになり、再び意識が遠ざかる。

その時、聞いた。

獣の咆哮を。

ミアははっとし、視る――逆巻く渦の中に、光り輝く道が見える。光の道は緑色で太い帯のように幅があり、屈折しながら遠くまで続いている。足が自然と、その光へと踏み出した。

ミアの足は闇の中で小さな光を発し、歩くたびに緑の帯が濃さを増した。

そうして嵐を抜け出して、ゆっくりと歩いていると、いつの間にか、湖のほとりにいた。

凍てついた冬の湖だ。水面は厚い氷と雪で覆われている。息が白く煙り、肺の奥まで凍りつきそうになるくらい、寒かった。

それなのに、足元には福寿草が鮮やかな黄色い花弁を開いている。視界に映る己の足は裸足ではなく、汚れた長靴を履いていて、しかもひどく小さい。手袋も小さい。そうか、とミアは納得した。時がさかのぼっている。これは自分が、七歳の頃の記憶。

特別な冬の一日。

ツグミがぴょんぴょんと飛び跳ねながら目の前を横切り、その先にいる大きな獣の頭に飛び乗る。禁断の森の聖者、夜の王、ダグ・ナグル。狼というより、巨大な犬のような獣は、ツグミを頭に載せたまま、地平を見ている。

ミアは彼に会うために装備を万全にして、禁断の森に入り込んだのだ。そして迷子になった。まさか会えると思ってはいなかったのに、こうして会えた。凍りついた湖のほとりに彼はいて、ミアが近づいても、威嚇もしなければ、逃げて姿を隠そうともしなかった。

ミアはそっと、白銀の毛に触れた。毛質は柔らかく、意外にふわふわしていた。狼はちらりと横目でミアを見たが、また正面を向く。ミアは次第に大胆になって、さらに横に一歩、距離を詰めた。

太古の神ともいわれる伝説の生き物なのに、普通の犬のようなにおいがする。それに、おとなしく触れさせてくれている。ミアは安心して、対峙するように前に回ると、彼の瞳を正面から見た。

とたん、声が聞こえたのだ。

（なにをしに来た――森の国の娘よ）

深い畏敬の念が湧いて、ミアは打ち震えた。そんなことは、初めての経験だった。

にかっと笑おうとして、うまくいかず、おずおずと言った。

「……会いたかったのです。どうしても、あなたに」

星空と同一の輝きを放つ瞳が、まばたきもせず、ミアを見つめている。なんて綺麗。冬の夜空が、そっくりそのまま、そこにあるみたい。しかし、

（おまえを喰ってやる！）

狼が、大きく口を開いた。畏れ多いとは思ったが、不思議と、恐ろしくはなかった。なんというのか、普通の狼と違って殺気のようなものを感じないのだ。

ミアは、目の前に開かれた大きな口の中をまじまじと見た。すごい。そこには、本当に夜空が広がっている。星の瞬きも見える。なんて不思議。あまりに熱心に見ていたせいか、狼が嫌そうな顔をして、ばくん、と再び口を閉じた。

（わかったぞ）

彼は言った。

（このワシに、何かを願おうというのだな？）

「えっ」

ミアは大きく目を瞬いた。

「ダグ・ナグルって、願い事を叶えてくれるの……ですか？」

それは初耳だった。ネリーやグリンダから聞いた話では、レイトリンの禁断の森に住む白い狼は、大神イデスが創造した神々のひとりで、かつては大地を自由に駆け回っていた。彼が吠えれば大地が割れ、川ができ、眠ればその鼾で森が隆起し谷ができた。森羅万象が彼の息ひとつに左右されるので、人々の暮らしに大きく影響した。そのためイデスに叱られ森の奥深くに封じられたが、時折寂しくて泣いた。彼が泣けばその数だけ湖が生まれ、また人々を困らせた。しかし、ある時を境に新たな湖は生じなくなった。ナグルの涙と湖の泥が混ざり合い、五人の精霊たちが生まれ、ナグルを慰めるようになったからだといわれている。

（何を望む？）

厳かな声でナグルは聞いた。ミアは少し目を伏せて、言った。

「もう少し、触ってもいい……ですか」

ナグルはおもむろに頭を横に向け、首をさらけだしてくれた。ミアはどきどきしながら、そっと、狼の首に抱きついた。

やっぱり犬のにおいがする。それから、湿った雪と氷のにおいも。とてもあたたかい。

「……生きてる」

ちゃんと存在している。そのことを、確かめられた。

ミアは抱擁をとき、一歩、後ろに下がった。それから深々と頭を下げる。

「ありがとう、ございます」

(もうよいのか)

「よい、です」

(では去れ)

「………」

ミアはうつむき、唇を噛み締めた。

願い事などするつもりはなかった。ただ、確認したかったのだ。

森と湖の国レイトリンには、数多くの神話や伝承がある。美しい女神に精霊、恐ろしい魔女、厄介な隣人の妖精たち。しかしミアは、生まれてから一度もその実在を確かめたことはなかった。

グリンダと出会い、農業や狩りを学んだ。生きるためには汗水流して土を耕し、時に森の命を奪わなければならない現実も知った。ラヴィーシャからは、神話も習ったが、大陸の、人間たちの生きた歴史も教えられた。

幼いミアは、混乱していた。生きることは、食料を得ることは、とても過酷なことなのに。飢えれば死を間近に感じるし、怪我をすれば血が流れる。弓矢で獣を狩れば生と死というものを、肌で、己の手で、胃袋で、感じるようになる。それらのことと、森や大陸に存在したという神々のことが、うまく結びつかなかった。

どれほど祈っても、ミアの飢えを救ってくれた神はいなかったではないか。どんなに寂しい時も、凍った窓の向こうにジャックフロストが現れることはなかったではないか。

「もうひとつ。教えてほしいことがあります」

小さな声で言うと、狼はうむ、と応えた。ミアは思い切って聞いた。

「わたしは、生まれてきてはならなかったの？」

狼はじいっとミアを見ていたが、

（なぜだ？）

と聞いた。

ミアは空を仰いだ。太い緑の光の帯が、湖の上空に泰然と横たわっている。

「お母様がわたしを身ごもった時、予言があったんだって。わたしが、この国にとんでもない災厄を招くって」

ミアはその話を、あの意地悪な侍従のホワンから聞いたのだ。後に知ったことだが、ホワンは第一王女への食料や生活必需品を横流ししていたことが発覚して、罪に問われたのだった。しかし本来なら職と身分を剝奪され、両手切断の刑に処されるところを、陪審員の貴族たちを買収し、国外追放ですんだらしい。それでもなぜか幼いミアを逆恨みし、わざわざ出生の秘密を教えに現れたのだ。

いわく、女王カイラが農夫との間に初めて身ごもった子供は、まだこの世に出てくる前から、神々に嫌われ、呪われていた。星の並びからそのことを知った神官たちは、こぞって女王に出産を諦めるよう求めた。

中でも強く進言したのは、神殿の長である大神官ハギスだった。

『その赤子は、神でもなく、精霊でもなく、魔女でもない、ただの赤子だが、古の勇者と知恵者たちを、光の帯の彼方へと追いやる忌まわしい存在なのですぞ――』

ホワンはハギスの口真似をして、厳かな声で進言の内容を教え、さらに残酷な言葉を投げつけた。

『おまえなど生まれてこなければよかったんだよ。神々も、女王も、最初からおまえを嫌っている。名ばかりの王女など、誰も必要としていない』

ミアは衝撃を受けたためか、高熱が出て、三日ほど寝込んだ。ネリーにも、グリンダにも、ラヴィーシャにも、誰にもそのことを聞けなかった。彼女たちは、きっと真実を教えてはくれない。そんなことはないとミアを抱きしめ、髪を撫で、悪人の言った戯言など忘れてしまいなさい、と慰めてくれるだろう。

　でもミアは、そんなふうにごまかされたくなかったのだ。七歳にして、真実を求めるようになっていた。なぜ自分は、これほどまでに母親に嫌われているのか。ホワンが言ったように、ミアが神々から嫌われ、呪われているからではないのか。でも、神々なんて、本当に存在するのか。イデスの神殿には幾度か行ったが、そこで神の気配など感じたことはなかった。

　だから、禁断の森に入ったのだ。イデスが無理でも、ダグ・ナグルなら、会えるかもしれないと。

　そうして実在を確認した。もうひとつ知りたいのは、目の前の神が、ミアの存在を呪い、嫌っているかどうか。

　白い狼は否定も肯定もしなかった。ただ、こう言った。

（他者の中に己の価値を求めすぎると遠からず穢れの森に迷う）

　ミアは顔をあげた。

（己の中に深い森を育て、その中で遊べよ。星々に照らされたその森は、おまえと愛しき者たちの幸福な棲家となろう。そこに邪悪な者を住まわせぬ限り、穢れの森に迷うことはない）

ミアは再び、打ち震えた。畏敬の念からではなく、ただただ、目の前の獣が慕わしかった。

だからもう一度抱きついた。今度は断りもなく、精一杯短い腕を伸ばして、太い首を掻(か)き抱いた。獣はミアの耳元で低く唸(うな)ったが、それは威嚇というよりも、苦笑に近いもののようにミアには感じられた。

やがてダグ・ナグルは、ゆっくりと雪をかぶった木立の向こうへと去っていった。頭にツグミを載せたまま。その姿が消える直前、

（嫌いではない）

と、声が聞こえた。

ミアは森の奥に向かって「ありがとう」と叫んだが、応える声はなかった。その、帰り道に見つけたのだ。

雪の上に倒れたキリアンを。

2

『かわいそうな王女様。おまえはこの世に誕生する前から、神々に嫌われ、呪われているんだよ──』

幼いミアを蝕(むしば)んだ心無い侍従の言葉は、ダグ・ナグルが払拭(ふっしょく)してくれた。ミアは年月をかけて己の中に、豊かな森を育ててきたはずだ。産みの母に疎(うと)まれようと、王城で存在を軽んじられようと、ミアには大切で愛すべき人がいて、彼らの愛に包まれて、強く、真面目に生きてきたはずだ。

それなのに、再び呪われてしまったのだ。

今度は十六の誕生日の夜で、実際に己の耳で呪いの言葉を聞いた。

「……様。ミカエラ王女様」

呼ばれ、はっとする。大きな鏡の前に立っていた。心配そうなネリーの姿も映っている。

「王女様。もう少しお休みになっていたほうがよろしいんじゃありませんか」

儀式の最中に倒れたミアは、意識を失ったまま、王宮に運ばれた。気づくと豪奢(ごうしゃ)な部屋で医師や見知らぬ侍女たちに囲まれていた。目覚めた時は、頭痛を少しおぼえたくらいで、他に体調の変化は感じなかった。医師も問題ない、と言った。大広間ではミアの誕生日を祝う宴の準備が進められており、その主役が欠席するなど許されない。それで、侍女たちに急かされるまま、用意されていたドレスに着替えることになった。慌てて駆けつけてくれたネリーは、しきりに両手をもみ合わせている。心配事がある時の彼女の癖だ。

「大丈夫よ、ネリー。最初だけ顔を出したら、すぐに引っ込むから」

そうしたら、一緒に北の塔に戻ろう。どんなに陰鬱な場所でも、あそこには静寂がある。一刻も早く戻って、気持ちの整理をつけたかった。考えなければならないことがたくさんあるはずだ。

あの禍々しいメトヴェのこと。呪いのこと。それから、呪いを緩和するような言葉を残して消えてしまったラヴィーシャのこと。

ラヴィーシャ。ミアは、今更のようにぎくりとして、それから、ひっと小さく声を漏らした。

「王女様。いかがされました?」

侍女たちが困惑した様子で手を止める。ちょうど、儀式でまとった衣を脱がされたばかりだった。

「……なんでもない」

ミアは胸元を手で隠した。そこには、小さいけれど、はっきりとした赤紫色の痣が生じていた。鳩尾の上から、乳房の間にかけて、細長くうねった茎で、鋭いトゲがある……まるでイバラのように。

『王女様に、イバラの檻を』

今にも倒れそうになるのを、必死にこらえる。侍女たちも痣に気づいたはずだが何も言わず、ドレスを着せかけた。

鏡の中の自分はまるで他人の顔をしている。赤い髪は入念にくしけずられたせいか、かつてないほど艶を帯びている。こんなに肌が白かっただろうか。いっそ青白いほどだ。反対に唇は紅を乗せる前から真紅の色で、緑の瞳はなにかに怯える小動物のように落ち着きのない光を放っている。ドレスの襟が高くて助かった。これなら痣も見えないだろう。ドレスは上質な手触りと光沢を放つタフタのローブで、両耳には不釣り合いなほどに大きな宝飾品が光っている。

母はなぜ、これほどミアを飾り立てるのだろう。いくら披露目とはいえ、今まで一度もその存在を公に認めていなかったのに。

「王女様、こちらへ」

迎えが来て、ドアが開かれる。促されるまま回廊に出ると、冷たい空気にぞくりとした。

「ミア」

そこにキリアンがいて、ミアは、思わず彼に駆け寄った。

「キリアン、わたし」

するとキリアンは、一歩退くようにした。訝しむように青い瞳が細められる。

「ミア……だよな」

小さな声でつぶやくように言った。当たり前ではないか。ミアはミアだ。どんなに着飾ろうと。ミアはいつものように大声で笑ってキリアンの肩を叩きたかった。しかし、体が思うように動かない。

「キリアン。ラヴィーシャを探して」

ただ短く言って、案内の者に続いて回廊を歩き出した。

足元は、雲の上を歩くようにおぼつかない。ふわふわする。やはりこれは夢なのかもしれないな、とぼんやりと考えた。

すべてが夢なら納得できる。でも、ずいぶんと長い夢だ。

前方はまばゆいほどの光が溢れている。大広間だ。新年の集いの時にしか入ることを許されず、それも末席にしか立つことができなかった、同じ場所に、今日は、迎え入れられる。たくさんの光と、拍手と、歓声。それに、ああ、これは本当に夢ではないだろうか。

ミアは玉座にいる母のそばに立ち、その母が立ち上がると、ミアに微笑みかけた。

ミアは感極まり、なにもかもを水に流し、母上、と言いかけた。しかし、

『そのように呼ぶな』

つい先日の明確な拒絶が、意識を少しだけ引き戻す。

女王カイラは、正面に向き直った。

「わが娘――ミカエラ・ギルモア・レイトリンである。今宵、十六になった」

大広間は軽くどよめいた。多くの視線が向けられ、祝いの言葉が湧き起こる。視界の端には、異父妹の姿もある。てっきりいつものように小馬鹿にした様子でこちらを見ているのかと思ったら、アリステアは、なぜか同情するような、憐れむような目でミアを見ている。

ミアはただ、そこに立ち尽くしていた。多くの会話は頭上を通り抜け、人々の視線はひたすら居心地が悪い。

各国の大使と思しき男たちが、一通り祝いの言葉を述べた。そうして、彼の番がやってきた。

「エドワード王子。こちらへ」

カイラは、重々しい声で、エドワードをそばに呼び寄せた。今宵のエドワードは、金の飾りがついた上着を着て正装し、絹のリボンで髪を結んで、まばゆい光の中に佇んでいる。ミアは目に痛みを感じ、一瞬だけきつく閉じた。エドワードがミアに目配せをしたかと思ったが、応えることはできない。

心臓が、どくんどくんと嫌な音を立てる。冷や汗がひどくなる。

「この良き日を、二重に祝うべき慶事がこのたび取り決められた」

女王の声が、幾重にも反響し、耳の奥に響く。ミアはそれを、呆然と聞いている。直立し、微動だにできない。

「こたび、グリフィスの若き王子エドワード殿と、我が娘ミカエラとの婚約がととのった」

大広間に大きなどよめきが起こった。ミアは驚愕し、母と、それからエドワードを見た。

エドワードは満面の笑みで、ミアの前に膝を折ると、彼女の手のひらに口づける。

「エドワード・ジェイデン・グリフィス、ミカエラ王女を妻に迎えるお許しをいただき、感謝いたします」

盛大な拍手が湧き起こる。祝福の嵐の中、ミアはどうしていいのかわからず、ただただ、途方に暮れて立ち尽くすしかなかった。

「承服できません」

音楽が始まった。人々の笑いさんざめく声が分厚いカーテンの向こうから聞こえてくる。

ミアは母カイラと、おそらく生まれて初めてふたりきりで向かい合っている。

「なぜ自分のことなのに、前もって知らされなかったのです」

「不服か？」

「当たり前でしょう」

頭痛と吐き気がする。これは何かの間違いではないかと思う。確かにミアは、エドワードと心を通じ合った。しかしそれはつい先日のことなのだ。それから一日も一緒に過ごしてはいない。

それなのに、なぜ嫁ぐ話になっている。しかも、

「……よりによってなぜ今夜発表したんです」

今夜。ミアが呪われてしまったこの夜に。

カイラは漆黒の羽飾りがついた扇を広げたり、閉じたりを繰り返している。

「国内外に広めるもっとも効率のいい機会だからだ」

「わたしは納得していません」

「ほう？　聞いたところによると、そなたと王子の仲はまんざらでもないということだっ

たが」

かっと頬が赤くなった。

「……どこまでが計画のうちだったの」

「なんのことだ」

「わたしと、エドワードを意図的に会わせたんですか。互いに興味をもたせ、この結婚がうまく運ぶようにと」

「わたくしはそなたに申したな。外交をのぞむと。王族の婚姻以上に理にかなった外交があろうか」

「わたしを道具として使うのですか」

「そうだ」

カイラはパチンと扇を閉じ、あっさりと認めた。

「そなたは知るまい。我が国がいかに貧しいか。五王国の中で、百年後、いったいどれほどの国が生き残れるか。貧しい国は真っ先に淘汰されよう。わたくしはレイトリンの女王としてこの国の民草に飢えぬ暮らしを約束する義務と責任がある」

義務と責任。ミアは笑いだしたくなった。かつて、自身の血を分けた娘が餓死しそうになっているのを、見捨てたのに。その同じ口で、民のことを語るのか。

「わたしが嫁ぐことによる見返りはなんなのですか」

「サミュエル二世は気前のいい男でな」

　女王はうっすらと笑う。

「両王家の婚姻がととのえば、好条件でグリフィス産の穀類や果物を輸入できるだろう」

　ミアは少し、冷静になった。

「……こちら側が輸出するのは？」

「木材と石炭、塩、それから乳製品だな。それもたかが知れている。見返りのほうが大きい。そなたが嫁げばこの国の者は、数年は飢えずにすむ」

「どうせ……」

　言いかけて、ミアは口をつぐむ。目をきつく閉じた。どうせ、ミアは母にとっても王家にとってもいないも同然の王女だ。しかしそれを口にするのは矜持が許さなかった。もしも自分を卑下するようなことを言えば、それはグリンダや父エルネストを否定することにもなってしまう。

　目を開き、息をひとつ吐いた。

「……話はわかりました。しかし、それでもわたしは、エドワードとは結婚しません」

「なぜだ？　そなたは、あの王子が好きだろう？」

ささやくように問われ、ミアはひりつく瞳で母を見た。

「ご存じないでしょう。今夜、神殿で、何が起きたか」

あの絶望の体験を。母が知るはずがない。しかし答えは予想外のものだった。

「おおむね承知している」

ミアは驚愕した。

「……え？」

「およそ王室というものは、どこの国でも血塗られた歴史をもつものよ。呪われたのが己だけと思うなよ」

「母上も？」

母と呼ぶなと言われていたのを忘れていた。ひどく動揺し、混乱を極めた。一方、カイラの表情は読めない。

「内容までは知らぬ。だがそなたが現在大切にしようとしていたものが奪われたのであろう。むろん、わたくしもそうだった。十六の時に、永遠に呪われたのだ」

喉（のど）が再び狭くなり、苦しくなる。メトヴェと名乗った女の生々しい息遣い。声。

「……どのような呪いを？」

「教えるつもりはない」

カイラの薄い色の瞳が、一瞬だけ揺らめいた気がした。

予想もしていなかった。母が、女王が、呪いに縛られていたとは。

「でも、それならおわかりになるはず。わたしはエドワードとは結婚できない」

「そうか？　わたしは呪われ、決定的に大切なものを失ったが、子をもうけ、国を治めている」

「それとこれとは」

「同じことだ。そなたは生きている。手足をもがれ、心臓を捻り潰されたわけでもない。わたくしもそうだった。生きて、最後の指の一本が動く限りは、女王であり続ける。義務と責任を果たす。そなたもそうあるべきであろう」

「でも、結婚なんて！」

ミアは頭を抱えた。笑いかけることができない相手と、それも心の奥底では愛している人と結婚する？

「勘違いするな。この決定にそなたの意志は関係ない」

カイラは抑揚のない声で言った。

「ギルモア領が欲しいのだろう？　そなたが嫁ぐなら、あの土地は永遠にそなたのものだ。領主が不在でも、そなたの大切な者たちは守られ、幸福な暮らしが保障される」

ミアはまばたきもせず母を見つめた。

「……拒んだら？」

カイラの唇が皮肉な形に歪む。

「血が流れる」

なんということ、許されるはずがない！」ミアは思わず叫んだ。

「そんなこと、許されるはずがない！」


「この国の玉座はこれまでも多くの血を吸ってきた。見よ。この禍々しい輝きを」

カイラは右手をミアに突きつけるようにする。その中指には、指輪がはめられている。

「女王の指輪だ。王冠と共に、代々の女王が受け継ぐ」

間近に見るのは初めてだ。指輪の台座は金で、中央の大きな石は、緑色――いや、カイラが少し手を傾けただけで、赤に変化し、よく見れば、群青や金色の粒も内包している。さらに石の中心には光の筋が真っ直ぐに入り、まるで獣の瞳のようだ。

おそらくは緑柱石の一種だろう。鉱物の書物に見本が描かれていた。縦に光が走っているのは亀裂ではなく繊維で、それが宝石をさらに希少なものにしている。

「これは光源や、その当たり具合によって色が変わる。静謐な緑の森に抱かれながら、あまたの人間の血肉を養分としてきたこの国そのものだ」

「……なにが言いたいの？」

「今さら数人の命を奪ったとて、わたくしも、この国も、痛くも痒くもないということだ」

なんという冷酷さだろう。どれほど心を氷にすれば、そのような言葉を吐けるのか。反論したい、もっと抗議するべきだ。それなのに、色を変えて輝く大きな瞳のような石に射すくめられ、ミアはただ、小さく震えることしかできない。

「ワルツだ」

黙りこくったミアに、カイラは言った。

「一曲くらい踊るべきでは？　みっともない娘だが、あの王子はそなたに夢中だ。外で首を長くして待っているであろう」

大勢の前でダンスなど拷問に等しい。それでもミアはもうこれ以上母といることが耐えきれず、カーテンから出ようとした。すると背後で、彼女は言った。

「愛しすぎるな」

その言葉に振り向くと。

「より多く相手を愛した者のほうが苦しみ、破滅する。わたくしがそなたに与えられる言葉があるとしたら、もうそれだけだ」

冷酷な瞳に、何かを見つけようとした。先程一瞬だけ垣間見たゆらぎのようなものを。

しかしカイラはふい、と顔をそむけると、反対側から外に出てしまったのだった。

手足に力が入らない――。

音楽も、人々の笑い声と混ざり合い、どこか遠くで反響している。

それなのにミアは踊っている。

顔がこわばり、自分が何をしているのか、考えがついていかない。

「緊張してる。大丈夫？」

踊りながら、エドワードが気遣ってくれる。カーテンの外に出ると彼が待っていて、いつの間にか、広間の中央で踊るはめになっていた。ミアにステップなど踏めるはずもない。そんな教育は受けてこなかった。どうしても動きがぎくしゃくとして、みっともない姿をさらすはめになってしまう。

「大丈夫。力を少し抜いて、こちらに体を預けて。そう、上手だよ」

ミアはようやく、声を発することができた。

「……エドワード。いったいどうして、こんなことになったの」

「こんなことって？」

「わたしたちの結婚のこと」

「僕もつい最近聞いたばかりで、驚いているよ。でも、異を唱える必要なんてないと思って。君がグリフィスに来てくれるなら、三年も待たずにすむわけだし」

三年。確かにそう言った。三年でミアは、先日母親からもぎとったギルモアの領地を改革し、祖母のグリンダに楽をさせて、生活の基盤を築くつもりでいた。エドワードのことは好きになったけれど、王族として彼に嫁ぐなど、考えたこともなかった。

しかし、事はミア本人の知らないところで、ひそかに進行していたのだ。

つまりカイラが、急にミアを娘と認め、接近をはかり、諸外国に披露目をしたのはこれが目的だったということか。

カイラは、ミアを売った。南国の穀物と、いくばくかの食料やオレンジの見返りに。

「ミア。ミア――大丈夫？」

「……エドワード。わたし、ここじゃないところに行きたい」

震える声で伝えるのが精一杯だ。エドワードはすぐに踊りをやめ、ミアをテラスに連れ出す。人いきれがなくなり、冷たい夜風にさらされても、深く呼吸ができない息苦しさ。

「ひょっとして、嫌だった？　結婚なんて」

エドワードがそっと聞いた。ふたりきりで、王宮の外は闇に黒々と沈んでいる。ミアは急いで首を振る。

「違う。そうじゃなくて……ただ、驚いただけ」

「そうか。僕は、気持ちが先走ってしまって……君の母上から話を聞いた時、すごく嬉しかったんだ」

エドワードは照れた様子だ。

「まだ知り合って間もないけれど、一緒にいるのはすごく楽しいだろう。毎日共に笑って暮らせるなら、これ以上に最良な相手はいない」

エドワードは熱心に続ける。

「それに今日、君が大広間に出てきた時。正直に言って、とても驚いたよ」

ミアはどきりとした。

「な、なにが？」

「君が、美しいから」

ミアは何かで頭を殴られたような気がした。

「なにを言ってるの、エドワード。そんなはずない」

「いいや。君は自分の美しさに気づいていないだけだ。みんな、君の美しさに息をのんでいた。もちろん僕も。森の中のありのままの君も魅力的だったけれど、こうして着飾ると、本当に美しい」

何が起きているのか。ミアを美しいと言うのは、ラヴィーシャくらいなものだ。それが少し髪をととのえ、ドレスを着ただけで、美しくなどなれるのか？

『王女様に、永遠の美しさを――』

ひとり目の妖精が約束した言葉。あんなのは、十六になる少女全員に贈られる決まり文句だ。それとも……今日の、あの儀式の場で口にされた言葉は、すべて効力を持つのだろうか。

永遠の美しさ。富と平和。そして。

「ミア。笑って？　君が笑ってくれるなら、僕は、どんな犠牲でも払うことができる」

エドワード。ああ。

ミアは呪いの言葉を遠くに追い払おうとした。笑えるはずだ。笑うことは、ミアにとって、ごく自然なこと。笑い合える関係は、エドワードが言う通り、理想の恋人同士でもある。

熊のように大きくて太陽のように笑う人と、出会い、恋に落ちる。それが夢だったのだから。

それなのに。

笑おうとしても、ミアは、唇の端を持ち上げることすらできなかった。

待ってよ、待って。笑うって、いったいどうやればできるんだった？

「ミア？」

「……エドワード。ごめんなさい。わたし、とても気分が悪いの。失礼してもいいかしら」

「それはもちろん……」

　エドワードは、はっとした顔をした。

「そうだよね。君は神殿で大きな儀式を終えたばかりだというのに」

「疲れてるだけよ。明日になったら、きっと……」

　きっと。笑えるはず。すべては元通りのはず。そうだ、ラヴィーシャに会うことができたら。

　あの偉大な森の巫女(みこ)が消えたなんて、そんなことは信じない。きっと今ごろ、森の奥の自分の家で、お茶を飲んで甘いものを食べているに違いない。

「本当にごめんなさい」

「送るよ。女王陛下に挨拶(あいさつ)してから、塔まで」

「大丈夫。でも、女王には、あなたから言っておいてくれる？」

　ミアは返事を待たず、テラスから前庭に続く階段を駆け下りた。とてもではないが、もう一度大広間に戻る気力など残っていない。

後ろを振り返る勇気などなかった。そのまま、暗がりに身を隠すようにして、大広間とエドワードから遠ざかった。

夜の森を、アンナ・マリアで駆けた。どうしてもラヴィーシャに助けを求めなければならない。いったい何が起きてしまったのか、今すぐに、正確に把握しなければ。

ミアは、エドワードに微笑みを向けることができなかった。笑うことのみならず、助けてと、この不気味な状況を訴えることも。

『王女様の心はイバラの檻にとらわれ、永遠に、そこから出ることはかなわないでしょう。恋した者には決して心からの笑みは見せられず、涙も見せられず、怒りをぶつけることもできない。またもしもこの枷の存在を明かせば、相手の男はイバラの棘に心の臓を突き破られ、死の穢れをもらうでしょう』

呪いの言葉を、まざまざと思い出す。思い出したくなくても、あの言葉は一言一句、ミアの肉体に刻みつけられてしまった気がした。

もう二度とエドワードに笑いかけることができないのか。ミアの笑顔が好きだと言ってくれたあの人に、何も打ち明けることができず、ただ悲しませるだけなのか。

ミアは夢中でアンナ・マリアを駆った。風を切り、夜の森を進む。すると正面から、別の馬が駆けてきて危うく衝突しそうになった。互いに相手をうまく避けて接触を免れ、離れた場所で馬を停止させる。

「キリアン！」

振り向きざまに、叫んだ。やってきたのはキリアンだ。ずいぶん緊迫した様子だ。

「ラヴィーシャは」

そうだ。彼は、ラヴィーシャを見つけに行ってくれたのだ。しかし、戻ってきた。たったひとりで。

「いなかった」

「そんな」

この時間は、もう自室で、夕食を食べ終えた頃ではないだろうか。暖炉の前でくつろぎ、お茶を飲みながら、お気に入りの本を読んでいる。それ以外は考えられない。

「他の……儀式に参加した巫女たちは？」

「わからない」

ミアは自分の右手を見下ろす。つかんだ腕が腐った木のようにもろく砕けて、霧散した。

あれは、夢ではなかったと？

ミアは馬上で、がたがたと震えだした。ああ、よくない。このままでは、落馬してしまう。

「ミア」

キリアンが馬を寄せた。

「キリアン。わたし、ちょっと……」

「わかった。落ち着いて」

キリアンはアンナ・マリアの手綱(たづな)をミアから受け取り、近くの松の木に寄せた。それから先に下りると、ミアを抱え降ろしてくれる。その頃には全身から力がすっかり抜けて、キリアンの胸に崩れ落ちるようにして馬から下りた。

キリアンは軽くよろめいたものの持ちこたえ、なんとかミアを木の下に座らせてくれた。そうして、自分が着ていたマントを脱ぎ、ミアを包み込むようにした。その時初めて、ミアは、自分が晩餐(ばんさん)会用のドレスのみで森を横断しようとしていたことに気づいた。キリアンに会えず落馬していたら、どうなっていただろうか。

「何があった？　儀式で」

十六歳の誕生日の儀式。本来なら、四人の妖精に扮(ふん)した巫女に祝福されるはずだった。

「……呪われた」

ひとこと口にするだけで、動悸(どうき)がした。頭ががんがんと響いた。

「メトヴェと名乗る女が巫女になりすましていた。わたしはイバラの檻にとらわれて、永遠に恋した者に笑いかけることはおろか、感情表現ができないって。そのことを相手に話せば相手は死ぬって」

呪いなんて馬鹿げていると軽んじることはできない。実際にラヴィーシャは消え、ミアはエドワードに微笑むことができなかった。

「……ラヴィーシャは呪いを緩和する言葉を言ってくれた。でもそのあとに、直後に、つかんだ腕が、く、崩れて……」

「わかった」

キリアンは短くつぶやいた。ミアはきっとキリアンを見る。

「わかったって？　何がわかったっていうの？　わたしは、まだなんにもわかっていないのに」

誰に助けを求めればいいのか。いや、求めてはならないのか。ではこのまま、呪いを受けたまま、生涯(しょうがい)を過ごす？

「どういうことになろうと、そばにいるから」

キリアンは冷静だ。青い瞳が、じっとミアを見つめている。

「キリアン……」

「ひとりにはしない。これから先、何が起きようとも」

「本当に?」

「ああ」

「わたしが、笑わなくなっても? わたしが、泣くことができなくなっても?」

メトヴェは言った。愛する男に、感情を表現することができなくなるだろうと。では、その他の人には大丈夫なのか。わからない。

キリアンは繰り返す。

「そばにいる」

泣きたい。でも涙は出ない。ただ、苦しい。呼吸は浅く、全身が重い。

それからふたりで、しばらく無言で座り込んでいた。キリアンのマントは温かく、彼のにおいがした。昔から知っている、朝の森と同じにおい。

「キリアン、わたし、グリフィスに行かされる」

キリアンは少し黙り込んだあと、

「あいつと結婚するのか?」

そう聞いた。

「……女王がわたしに親切だったのは、つまり、そういうことだったの」

呼び出したり、ドレスを送りつけてきたり、誕生日の儀式と晩餐会を催したり。すべては、第一王女の利用価値を思いついたから。

「でも君は、あいつが好きなんだろ」

キリアンは、そっと聞く。ミアはうん、とつぶやいて、自分の膝を引き寄せた。

「好きになって……でも、あまりにも、知り合って日が浅い」

「熊のような男がいいとか言ってなかったっけ」

「見た目じゃなくて、存在がよ」

「つまり理想の相手だと？」

「……グリフィスの王子ということをのぞけば」

「それが問題？」

「政略結婚は、荷が重い。わたしは、自由でいたいのに」

「それなら何もかも捨てて、王女の身分も捨てて、この国を出るしかない」

キリアンは何かを思いつめた様子で早口に言った。

「もしも君がそうするなら、俺も行く。ふたりでいれば、何をしたって生きていける。言ってただろ？　大陸を旅しようって。今出発してもいい」

それは、とても魅力的な話だ。大陸を旅する。肥沃な大地を求めて、キリアンとふたり。

きっと生きていける。

「そうしたい」

ミアは小さな声で言った。キリアンが、目を細める。

「でも？」

「おばあちゃんがいる。ネリーだって。このまま捨てるなんてできない」

もしも結婚を退ければ、カイラはグリンダやネリーを殺す。明言されなくても、そういうことだ。

女王カイラは実行不可能な脅しは口にしない。そうやって玉座を守ってきたのだ。

「……君が逃げない一番の理由は、グリフィスの王子だ」

キリアンは言った。

「君はあいつを諦められない。呪われたって、政略結婚だって」

そうなのだろうか。ミアは押し黙った。もしもこのまま、女王の命令通りに結婚し、グリフィスに嫁いだら。笑わなくなったミアを、エドワードはどうするだろう。

諦めたくない。

生まれて初めて、誰かを好きになったのだ。短くても、あのきらきらした宝物のような日々を、すっかり諦めることなどできない。

呪い。

そうだ。ラヴィーシャは、消えてしまう直前に、それを弱める言葉を残してくれた。魔の呪いを薄めると言って、祝ってくれた。

『本当の王女様を心から愛する者が現れた時、イバラの檻は消失し、王女様は愛と幸福を手に入れることができるでしょう』

心からミアを愛する者。

それがエドワードではないと、どうして言える？

もしもミアが、この呪われた運命から逃げず、エドワードを愛し続けることができたら。きっといつか、呪いはとけて、また再び、あの輝かしい日々を取り戻すことができるかもしれない。

でも、その確証はどこにもない。こんなふうに不安をおぼえるのは、ホワンに出生時のことを暴露されて以来のことだ。

ふと気づくと、キリアンは前方を見据えて黙り込んでいた。夜の森の奥を、ずっと、何かを探すように。

「どうしたの」

「いや。まあ、そろそろ寒い」

「ごめん」

ミアがマントを奪ったせいだ。慌てて外そうとしたマントを、キリアンの手が制した。と思ったら、そっとミアの髪に触れる。

「なんかついてた？」

「変な髪型」

そういえば、侍女たちによって、やけに凝った髪型に結われていた。

「やっぱり？　なんかさ、ピンもいっぱい使われてるから、頭重くって」

左右に頭を振ると、キリアンは薄く微笑んだ。

「……戻ろう。どうせ黙って出てきたんだろ？　今ごろ君の侍女が騒ぎ出しているかも」

「でも、ラヴィーシャは……」

「あのおばさんが、おとなしくやられると思う？　殺しても死なないし、絶対にどこかで生き延びてる」

確かに、ラヴィーシャは普通の巫女ではない。

「遅刻が嫌いなんだから。そう遠くない日に、また現れるに決まっている」

「……そうかな」

「そうだよ。ああ、そうだ、これ」

キリアンは、ふと思い出したように何かを取り出し、ミアに手渡した。ミアは驚き、目をみはる。

「櫛？」

それは小ぶりの、手のひらにすっぽり収まる大きさの櫛だった。黒くなめらかで、夜目にも上品な艶を放っている。

「アルナディスの商人から、だいぶ前に買ったんだ。黒檀っていう硬い木で作られているから、頑丈で歯が欠けにくいらしい」

「これ、木なの？　石みたい」

細工も見事だ。細かな歯と、背の部分は完璧で美しいカーブを描いている。なんの紋様も彫られていないが、それがかえって潔く、材質の美しさを際立たせている。まるでキリアンそのものだ。

「これなら君の暴れ馬みたいな髪にも太刀打ちできるだろ」

「ひどいなあ」

ミアは思わず笑い、はっとして、自分の頬に手を当てた。そうだ。笑うって、こんなに自然なことだったのに。

「商人が言っていた。アルナディスでは、櫛には魔除けの意味もあるって」

「魔除け……」

ミアはもらったばかりの櫛を指先でそっと撫でる。しっとりと油分を含み、肌に吸いつくようだ。

「新しい矢もある。それは明日、届けるから」

「ありがとう、キリアン。すごく嬉しい」

「うん」

「本当よ。わたし、すごく、すごく嬉しいの……」

ミアは櫛を、自分の胸に押し当てるようにする。もしもこれが魔を祓うなら、今夜起こった禍々しい出来事を、なかったことにしてほしい。もう一度、恋する人に、自然と笑いかけられるように。

「行こう」

キリアンは先に立ち上がり、ミアの手を引っ張って立たせてくれた。

それからふたりで、馬に乗って城に戻った。キリアンは結局、ミアにマントを貸してくれたままだった。

高い塔の上を、キリアンは見上げる。月が雲に隠れたせいで、北の塔は暗い闇に沈んでいた。

さまざまなことが、今夜のうちに起こった。冷静に状況を整理しなければと思う。

ミアには言わなかったが、ラヴィーシャのみならず、儀式に参列した他の巫女の姿も消えていた。

『……呪われた』

呪い？　キリアンは、自分の目で見たことしか信じない。しかし今夜のミアの様子は尋常ではなかった。それに、斎場に残っていた禍々しい気配を、キリアンも確かに感じた。

どこかで、聞いたことがある。一度呪われたからには、丁寧に、用意周到に、呪いをとく手はずをととのえなければならないのだ。

ラヴィーシャに約束した。何があっても、ミアを守ると。

何かはわからないが、大きな力が働いて、王女を呪ったのだ。その原因を探ることはもちろん、ミア本人からも決して目が離せないと思う。

ミアは、あの男と結婚する。

その事実は、キリアンを確かに打ちのめしている。しかし、つい先日――神殿の森で、ミアとエドワードが笑いながら馬で駆けていく姿を見た時から、もうわかっていた。

ミアは愛する男と出会ったのだと。

そして自分の役割をより強く自覚した。

何があっても、自分はミアを守ればいい。彼女があの男を好きなら、思いが遂げられるようにしてやるべきだ。

祝福と、呪いを同時に受けた今夜を境に、何かが変わっていく。

十六の祝いに、多くの娘たちは、美しさをもらう。それが単に迷信に過ぎなくても、大人になったという事実が、少女たちに自信を与えるのかもしれない。

ミアは呪われ、でも祝われた。今夜の彼女は誰が見ても、はっとするような美しさだった。彼女のことを誰よりも知っているはずのキリアンでさえ、言葉を失った。

そもそもいつも身なりに構わなすぎるだけで、ミアは美しい娘なのだ。出会った日から、それはわかっていたはずなのに。

赤い髪はくしけずれば極上の光沢を放ち、肌は不思議な透明感で、緑の瞳は一度見たら忘れられない。小さな顔に、通った鼻梁、形のよい唇。長い手足。

恋を知り、彼女はこれからも美しくなる。それを正面から見つめることができるのは、キリアンではないのだ。

キリアンは彼女の影となる。今夜、この時から。

長い間、考えていた。なぜ自分は記憶の一切を失い、この国のあの森で、最初に彼女に会ったのか。

守るためではないのか。守り抜くためではないのか。彼女を――あらゆるものから。

ミアに言わなかったことが、もうひとつだけある。誕生日の贈り物に買い求めたあの櫛には、魔除けの意味があるのだと、確かに商人は言っていた。ただしそれは、自分を強く愛する者から贈られた場合には、ということだったのだ。

他愛もない話だ。少しでも高く品を売りたい商人の作り話かもしれない。それでも構わなかった。キリアンは、誰にも言えない心を、櫛に託した。言えなくても、彼女を守ってくれる一助となればいい。今夜は特に強く、そう願わずにはいられない。

3

レイトリン王国を出立する日、エドワードはなにか忘れ物をしていると思った。従者たちは忙しく荷造りをしている。エドワードは自身の身支度を早々に終え、窓から外を眺めていた。

「殿下。そろそろ出立いたします」

今回の視察に随行したローガン・ウォリック子爵が挨拶に訪れた。背が高いがとにかく細く、色白で、柔らかな褐色の髪が麗しいなどと若い娘の間で騒がれている。

「では、これを王に」

エドワードは昨夜のうちにしたためてあった父王への手紙をローガンに渡した。彼は先触れとして少し早く出立する。これからほぼ不眠不休で馬を飛ばし、グリフィスの第二王子の帰還を父王に伝える。それから、大事な情報も。

ローガンは手紙を恭しくいただいてから、ふと、思い出したように言う。

「しかし殿下。これほどすんなりと事が運ぶとは、少々不気味ですね」

ローガンは、エドワードの士官学校時代の同級生だ。そのため口調は丁寧でも、核心をつくようなことを遠慮なく言ってくる。もっとも彼のそんな気安さを、エドワードも気に入っており、個人的な秘書官としてそばに置いている。

「まあ、縁組のお相手は当初の目論見とは異なったわけですが」

これも事実だ。

ミアは予想もしていなかっただろうが、エドワードがレイトリンを視察の最終地に選んだのは、わけがあった。

グリフィス王家と、レイトリン王家の間の縁組は、あらかじめ計画されていたのだ。もっとも父王サミュエル二世が目論んでいたのは、三人の王女のうち下ふたりのどちらかとエドワードとの婚姻だ。アリステアはレイトリンではもっとも大切にされている王女だが、王太子であり、外国には嫁がせないだろう。グリフィス王家としても、相手は王太子である必要はなかった。ただ、女王の血をひく娘であればそれでいいのだ。

エドワード自身、グリフィスの二番目の王子だ。兄のコクランは現時点ではグリフィスの王太子だが、彼が約束されているのはグリフィスの王冠ではない。幾多の政治的な判断と野望により、とにかく、レイトリンの王女であれば誰でもよかった。

しかし、誰にとっても大きな誤算が生じた。

その生まれと立場からいずれは政治的な結婚をする覚悟があったエドワードだが、まさか、相手と恋に落ちることなど予想もしていなかった。

「嬉しい誤算ですよねぇ。殿下は、ミカエラ第一王女様にぞっこんのご様子で」

ローガンはさらにずけずけと言って笑う。エドワードはじろりと相手を見た。

「ぞっこんとは大げさだな」

「事実でしょう。確かに独特な魅力ですよね。最初見た時は、なんというか、まあ、あまりにも野性味溢れて、とても王女とは思えませんでしたけど。誕生会の夜のあの方は、神話の世界から抜け出してきた妖精のように美しかった」

「おまえがそんなたとえをするとは」

神話。妖精。もちろんローガンは、単なるたとえで引用したわけではない。

「調べは万全か？」

「地方の尼僧院まで出かけてしらみ潰しに調べたんですから。地下の倉庫に眠る膨大な量の文献もあさりましたし、件の巫女の著作もすべて調べました。それと地質調査を照らし合わせるに、まず、間違いありませんね」

女王カイラはどうやら把握していない。レイトリンの、禁断の森と呼ばれる広大な針葉樹林のその先に、氷河を見下ろす山がある。地元の人間に炎の神であるオネリスと呼ばれている、切り立った山だ。深い森と氷河に阻まれ人を寄せつけないその山には、秘密があった。なぜ、雪と氷の王国に、炎の神でもある竜の名をいただいた山があるのか。それは、オネリスが鉱山であり、良質な鉄鉱石が眠る宝の山だからだ。

レイトリンは現況、貧しい国だ。しかしそれは、気候や土地が農業に適していないからであり、実際は、どこの国も喉の奥から手が出るほど欲する鉱物資源に恵まれている。

グリフィスの王サミュエル二世がそのことを知ったのは、一年ほど前。北方から来た流民が、分不相応のモノを所持していた。それは純度の高い、赤子の頭大の鉄鉱石で、流民は占いの道具にしていた。

ひょんなことからこの鉄鉱石を手に入れたグリフィスの専門家は、レイトリンの秘めたる可能性を興奮気味に国王に報告した。それから一月後には、エドワードに密命がくだされた。

遊学を装い、秘密裏のうちにレイトリンの〝可能性〟を調査すること。そして、女王の娘たちのひとりに求婚すること。

皇帝を中心に五王国が結束していた平和な時代は終わった。大陸での限りある資源を互いに奪い合う時代が遠からずやってくるのだ。それは農作物だけとは限らない。

「オネリスが鉱山であることは間違いないでしょう。それも天文学的な埋蔵量の。問題は、その手前に横たわる広大な森と氷河です。女王に協力を要請すれば、さくさく開発が進められるかもしれませんが」

「相手はあの女王カイラだ。他国との協力など受け入れるものか。父も同じ考えだ」

「ですよねえ」

となれば、先々はきな臭い話になってくる。つまり、事と次第によっては戦争となり、その時、女王の直系の娘を妻にしていれば、エドワードは大義名分を掲げてこの国に乗り込むことができるのだ。

「……吐き気がする戦略だな。今さらだが」

エドワードはつぶやき、額に手をあてた。ローガンはにやりと笑う。

「それを罪悪感といいますよ。それだけ、殿下はあのお姫様に本気になってしまわれた」

「不遜だぞ」

「申し訳ございません。わたしへのお叱りの続きは、帰国後ということで」

ローガンは優雅な礼をひとつして、部屋を出ていった。

エドワードは再び窓の外を見る。初夏はこの国でもっとも美しい季節だという。見渡す限りの木々が、陽光にきらめいている。

同じ輝きを放つ、彼女の瞳を思う。

確かにエドワードは、自らの術中に陥るようにして、ミアに夢中になった。普段の自分では考えられない。女にこれほどの情熱を感じるなど。

「間抜けだな」

エドワードは苦々しくつぶやくが、悪い気分ではないのだ。何よりも、ミアのあの飾り気のない仕草や、屈託のない笑顔が好きだ。

そうだ。忘れ物をしている気分になるのは、彼女らしい、あの笑顔を見ていないからだ。

思い起こしてみれば、森で互いの気持ちを確かめ合ったあとから、一度もまともにふたりきりで、話をしていない。すれ違いの日々がずっと続いている。

最近までは、無理もないことだと考えていた。何しろミアはレイトリンの第一王女としての誕生日の儀式と、続く披露目の準備で忙しかった。またエドワードも、調査のあらましを文書にまとめて父王に報告する必要があり、その作業に追われていた。

この間、女王カイラから、正式に婚約の打診があった。すでにグリフィスの父王にも使者がたてられており、父王からの婚約許可の手紙も受け取った。エドワードは、自らそれを画策したとはいえ、カイラの手回しの良さに驚いた。しかし、そのことを冷静に分析するよりも、目論見通り婚約をなし得たことに安堵し、喜んでもいた。

しかし、あの宴で――カイラが婚約を発表した時のミアの反応は、決して初恋が成就した喜びに溢れるものではなかった。

正直、エドワードはミアの反応の薄さにがっかりした。違和感をねじ伏せるようにダンスに誘い、話がしたくてテラスに連れ出した。そこでもミアは、終始こわばった顔をしていた。そうしてまだなんの具体的な話もしていないのに、エドワードを置いて去ってしまったのだ。

まるでなにかから逃げるように。以降、ふたりきりになる機会はなかった。ミアはあれこれと理由をつけて王城に寄りつかず、エドワードは神殿のラヴィーシャを訪ねてみたが、森の巫女は行方知れずという不穏なことになっていた。

今日、エドワードは先に帰国し、ミアは結婚の支度をととのえてから、数ヶ月後に嫁いでくることになっている。

このまま別れるのは問題だ、とエドワードは考えている。しかし、肝心のミアが城にいない。女王にそれとなく聞いてみたが、明確な答えは得られなかった。

「殿下。お時間です」

従者に促され、部屋を出る。出立の前に広間に立ち寄り、女王に挨拶をすることになっていた。

広間に入っていくと、女王とその家族の中に、ミアもいた。青白い顔で、手前に立っており、エドワードと目が合うと、丁寧にお辞儀をする。

違う、そんな儀礼的なやり取りをしたいわけではない。エドワードは今すぐに彼女を抱き寄せ、ひだまりのにおいがする赤い髪に触れたかった。

「道中気をつけられよ」

決まりきった女王の言葉に、エドワードは頭を垂れる。

「世話になり、ありがとうございました。これにて御前を辞します。ミカエラ王女様の輿入れの準備を抜かりなくととのえますので、王女様には安心して我が国にお輿入れください」

仕方なく儀礼的な言葉を述べると、ミアは瞳を伏せて再度お辞儀をした。

「ありがとう存じます。殿下」

殿下。

鈴を転がすように笑うあの声で、エドワード、そう呼んでいたのに。

決まりでは、このまま広間を辞し、正門から出立することになっていた。

「不躾ながら、お願いがございます」

エドワードは思い切って言った。ミアが、ぴくりと肩を震わせて、不安そうにこちらを見る。その不安の原因を確かめなければ、このまま去ることなどできない。

「なんなりと申されよ」

「わが婚約者殿に、お見送りをいただきたく」

「国境までか」

本当は、そうしたい。いや、国境といわず、このまま連れ帰りたい。

「……いいえ。せめて城の門まで」

ほっほほ、とカイラは笑った。

「王子は我が娘にご執心と見ゆる。ありがたいことだ」

「……恐れ入ります」

「もちろんかまわぬ。ミカエラ、そのように」

ミアはこわばった顔のまま、小さくうなずいた。

こうしてエドワードはふたりきりの時間を持つことが叶った。

正門へ、広い回廊を並んで歩いてゆく。従者たちは気をきかせて、かなり後方にいた。

「ミア。正直に教えてほしい」

エドワードは切り出した。

「君はこの結婚が本意ではなかったのでは？」

ミアは短い沈黙のあとに、答えた。

「結婚は正直驚きました」

「僕は嬉しかった」

でも、君は違ったのか。そう問おうとして、横を見たエドワードは、驚いた。ミアは苦悶の表情を浮かべている。

「どうしたのだ」

立ち止まり、思わず、彼女の華奢な肩をつかんだ。

「何をそんなに苦しんでいる」

「いいえ」

ミアは目を合わせようとしない。エドワードはますます苛立った。

「お願いだ、ミア。何を考えているのか正直に言ってくれ」

「わたしは……ただ、とても緊張して」

ミアの唇は細かく震えている。エドワードは、思い出した。彼女がこの城で、決して幸福な年月を過ごしてきたわけではなかったことを。ローガンに探らせたところによると、ミカエラ第一王女は、王女として扱われてこなかったばかりか、住まいも衣服も、食事にいたるまで、下働きのもののほうがよほどマシといえるような扱いを受けてきた。王女とは名ばかり、冷遇され続けてきた。エドワードは実際に、女王がミアを冷酷な言葉で拒絶する場面も目の当たりにした。

それがにわかにふってわいた両国の和平のために、ミアは利用された。

それもこれも、もとを正せば、エドワードが仕掛けたからだ。己の戦略の駒として利用した。彼女を恋しく思うのとは別に、政治的な思惑が確かにあった。そのことで、エドワードも負い目を感じている。だからこれ以上彼女を追い詰めることはできない。

「……悪かった。君の混乱と驚きは、いかほどだっただろう」

まだ十六なのだ。エドワードの妹姫フランセットと同じ歳。妹は、ミアよりずっと恵まれているが、ずっと幼い。

　ミアがこのたびの母親の仕打ちに傷ついていないはずがなかったのだ。

『わたしも。わたしも、エドワードが好き』

　あれが本当の気持ちだったとしても。やはり、王族同士の婚姻という事実そのものが、彼女に重くのしかかり、苦悩させているのではないか。

「思いやりが足りなかった。許してくれ」

　エドワードは自分を呪った。普段から、女性の細やかな機微には疎い面があった。

「エドワード……」

　ようやくミアが名前を呼び、そっとエドワードに身を寄せてきた。エドワードはミアを抱きしめる。

　ミアは震えていた。

　待ち望んだ笑顔を見ることはできない。でもそれがなんだというのだろう。彼女はこうしてエドワードの腕の中にいる。エドワードの胸に顔を寄せ、細かく震えている。

　守ってやらねばならないのだ。

「……安心して。君が嫁いできてくれたら、誰よりも幸せにする。二度と寒さや飢えで苦しむことのないように。二度と肉親の仕打ちで泣くことがないように」

ミアがかすかに身じろぎした。エドワードはさらにぎゅっと彼女を抱きしめた。

彼女がこの城で過ごした不遇の年月を、エドワードが埋め合わせるのだ。

引き返すのであれば――ここが最後の時であったかもしれない。


エドワードの馬が遠い城門の向こうへと消える。ミアは王城の塔のてっぺんから、彼の姿を見送った。

静かな涙が頬を伝い落ちる。これでよかったのだろうか。笑いもしなければ泣きもしない妻は、この先、彼を苦しめることになるだろう。

本当は、エドワードに何もかもを打ち明けて、婚約をなかったことにするべきだとわかっていた。

でも、それはできないのだ。すべてを打ち明ければ彼は死んでしまう。打ち明けずに婚約を破棄することは、王女としてできない。

エドワードは、勘違いをした。ミアのここ最近の態度は、母親との関係で苦悩しているせいだと。国家間の取り決めに利用され、そのことに苦しんでいるだけだと。

そしてミアに謝った。

ミアは叫びたかった。違う。あなたは何も悪くはない。

たとえ政略結婚だったとしても。たとえ冷酷な母親に政治的に利用されたのだとしても。あの呪いさえなければ、ミアは喜んだだろう。エドワードと結婚ができるのだ。相手は強国の王子。今までのミアの立場なら、望むことなどできない相手なのだから。

『僕が悪かった。思いやりが足りなかった』

エドワードの言葉に、ミアは精一杯の愛情表現として、身を寄せたのだ。笑いかけることができなくても、相手との距離は縮められるはずだと。エドワードは優しかった。抱きしめられた時、くぐもった声で、愛しているとも言った。

ミアも小さく答えた。

「わたしも」

と。あの言葉に嘘(うそ)はない。しかし、つぶやいたとたん、灼熱の痛みが胸のあたりに生じた。今も、まるでやけどをしたように熱を帯びている。

この痣は鋭いトゲを持つイバラの形。ミアが受けた呪いは、イバラの檻。

今はまだ何もわからない。

それでも。もしもこの先、長く、呪いをとくことができなくても。あんなふうに精一杯のことをすれば、エドワードはわかってくれるかもしれない。そしていつか、ラヴィーシャの言ったように、真実の愛で、呪いがとけるかもしれない。

その可能性にかけて、ミアは旅立つのだ。

4

ミアはキリアンと共にあらためてラヴィーシャの家を訪れた。主の消えた小屋は静寂に包まれていた。不思議なことに、屋内は綺麗に掃除され、隅々まで片付けられている。特に顕著なのが小さな台所で、パンのかけらも残っていないし、ミルク壺や油壺にいたるまですべて空で、容器は洗われ、丁寧に棚におさめられていた。だいたい家の鍵も開きっぱなしだったのだ。それもラヴィーシャには珍しいことだ。

「……まるでもうここに戻ってこないことが、わかっていたみたい」

キリアンは肩に舞い落ちる埃を軽くはらう。

「そうなんだろうな。あの人のことだから」

「だとすれば、なにかを残してくれているはずよ」

ミアがここを訪れることも想定内なのだとしたら。だからこそ、鍵も開けたままだったのだとしたら。

それからしばらくの間、小屋のあちらこちらをキリアンと手分けをして探し回った。この惨事の解決につながる、手がかりを求めて。

台所、寝室、貯蔵庫。どこもきちんと片付けられ、ベッドやソファには布で埃よけもしてある。

裏手にある畑にも行ってみた。ラヴィーシャが毎日手入れを怠らなかった畑には、雑草が生え始めている。ミアは腕まくりをして、まずはその雑草を抜きにかかった。

「それ、今やること?」

キリアンが呆れている。

「すぐにすむから」

畑の手入れをすると、無心になれる。こうして土や植物に触れるのも、ずいぶん久しぶりな気がした。結局ミアは一通りの作業をして、手を洗い、ついでに収穫したえんどう豆を氷室にしまおうとして……気づいた。

この豆は氷室にしまわず、すべて持ち帰らなければならない。でも、もしかして。

「……キリアン、ちょっと来て」

ラヴィーシャは、小屋の北側に迫った崖にある横穴を氷室として利用していた。ミアはキリアンと一緒にそこに行ってみた。案の定、扉の錠は外れている。中に入ると、ひんやりとした冷気が全身を包んだ。

氷室は大人が立てるほどの天井高がある。ラヴィーシャはここに野菜の他に魚や肉、ワイン、バターなどを保存していた。

それらの食料品も綺麗に片付いている。しかし、壁に設えた棚に、小さな瓶を見つけた。すぐに中身をあらためると、麻の小袋と、手紙が出てきた。

「ミカエラへ――」

見慣れているはずのラヴィーシャの字だ。いったいどんな言葉を残してくれたのだろう。ミアは泣きそうになりながら、続きに目を走らせた。しかし。

「ラヴィーシャおばさんの特製林檎ケーキの作り方」

そこに記されていたのは、ケーキのレシピだ。材料や作り方、注意点が細かく記されている。何度手紙をひっくり返しても、レシピ以外の文章は記されていない。横から手紙を見たキリアンがつぶやいた。

「ふざけてる」

本当に。あれほどの出来事があって消えてしまったラヴィーシャは、惨事を予感して住まいを片付けていたらしいのに、ミアに残したのがケーキのレシピとは。正直、拍子抜けした。どんなにありがたい、この先の困難に立ち向かうための言葉が記されているかと、期待したのに。

でも。

ミアはなんだか急におかしくなった。笑いがこみあげてきて、声を立てて笑った。キリアンがぎょっとしたようにミアを見ている。その顔もおかしくて笑い続けた。

涙が出てくる。こんなに笑ったのは、誕生日からは初めてだ。

「……大丈夫?」

キリアンが心配している。それはそうだろう。ミアが変になってしまったと思っているに違いない。

ひとしきり笑ってから、ミアは言った。

「この林檎ケーキの作り方。何度聞いても、絶対に教えてくれなかったんだよね。もち麦と蜂蜜(はちみつ)を使うことはわかったんだけど」

「へえ?」

「キリアンの好物だから、わたしも作りたくて。でも、今はまだ駄目ですよーって、いつもはぐらかされて。じゃあいつ教えてくれるのって、聞いたら……」

『ケチだなあ。減るもんじゃないし、今すぐに教えてくれてもいいのに』

そう訴えたミアに対して。

「あなたがお嫁に行く時にって」

ミアはそこから押し黙って、手紙を胸に押しあてた。キリアンも黙っている。

それもまたわかっていたの？

ミアがグリフィスに嫁ぐことが。誕生日の儀式で呪われることも？

わからない。具体的なことは何ひとつ教えてくれなかった。ただわかっているのは、ラヴィーシャは、己ができる精一杯のことをしてくれたのだろう、ということ。

巫女のひとりとして儀式に参加してくれた。悪意に満ちた謎の女の呪いを、身をはって弱めようとしてくれた。

ミアはすん、と鼻をすすって、手紙と共に収められていた麻袋を確認する。小さくて硬いものが入っている。手のひらに出してみると。

「……種？」

黒く、乾燥したものが、ほんの数粒。

「なんの種だ？」

「わからない。見たこともない」

ミアが見知っているどんな野菜や穀類でもない。ひとつひとつが大きくて、小指の先ほどもある。

ラヴィーシャは、農作物を研究していた。だからこれは、彼女が手に入れた価値ある種に違いない。どんな宝石よりも価値がある植物の種。

ミアは種を袋に戻し、レシピと共にスカートのポケットにしまいこんだ。ラヴィーシャのメッセージは、つまり、前を向けということだ。何が起ころうとも、誰と結婚しようとも、ミアがやりたいことに変わりはない。黄金の穀倉地帯ヌーサに出かけ、冷害や病気に強い作物を持ち帰り、領地を、国を豊かにする。

グリフィスに行き、エドワードと添い遂げることになったとしても、その夢を封印する必要はないのだとしたら。

「これから、どうする」

氷室を出て、キリアンが聞いた。冷えた体を日差しが柔らかく暖めてくれる。ミアはキリアンを見上げた。

「ラヴィーシャがね。儀式の前に、足をよく洗いなさいって言ったの」

「うん」

「それで、あの夜……わたし、思い出したんだ。オーロラの道を歩いて、気づいたら、八年前のあの日に戻っていた」

「八年前?」

「キリアンと初めて会った日。ずっと忘れていたけど、わたし、キリアンと会う前にダグ・ナグルと会ったの」

キリアンは少し眉を寄せて、ミアを見ている。ミアは笑った。

「本当だよ。ダグ・ナグルと会って、その直後にキリアンが倒れていて……連れ帰ったら、ラヴィーシャが、湖の精霊の名前をつけたでしょう。あの時は深く考えなかったけど、今は思うんだ。もしかしたら、キリアンは本当にダグ・ナグルの精霊のひとりかもしれない。わたしを哀れに思った白い狼が、キリアンを貸し出してくれたのかもしれない」

「なんだそれ」

キリアンは顔をしかめた。

「俺は貸し出し可能な男ってこと？」

「確かに都合のいい話かもしれないけど、少なくともわたし、キリアンのおかげでいつも助かってる。今回だって、自分の運命にキリアンを大きく巻き込んで、グリフィスについてきてほしいと思ってる」

キリアンは真顔になって、ミアを見つめた。

「俺は一緒に行く。そう言っただろ。君が望むからじゃない。俺がそうしたいから、そうするんだ」

　でもやっぱり、ミアが望むからだ。キリアンは絶対にミアを見捨てはしない。

　ミアは先程の種のことを考えた。人と人との縁は不思議だ。ひとりだったら、ミアは、とっくに飢え死にしていたかもしれない。でも、グリンダに会い、ラヴィーシャやキリアンにも出会えた。

　そんなふうに、人との出会いを重ねていけば、間違ったことにはならないのではないか。いつの日かミアは、ラヴィーシャに託された種を、ふかふかの土壌に植え、手入れをし、やがて実り豊かな大地を見渡す日が来るのではないか。その時、大事な人たちと、「ラヴィーシャおばさんの林檎ケーキ」を食べているかもしれない。

　それは素敵な想像だった。

「キリアン知ってた？　サヴィーニャの共有地の責任者って、うちのおばあちゃんと、セルダ爺さんなの」

「それが？」

「おばあちゃんは常々言ってる。共有地を豊かにするためには、村人ひとりひとりに役割を与えて、それぞれの得意分野を生かして存分に働いてもらう必要があるって。そのために、全員と話して役割分担をした。種籾の手配、農具の保管責任、朝夕の見回り、土壌確認、柵の強度確認も。それで、問題があればその都度全員で話し合ったりもした」

「まさか、ミア」

キリアンは奇妙なものを見る目つきでミアを見た。

「グリフィスの王子妃になってまで、鋤（すき）を握るつもりじゃないよな」

「そうしたいけど、そっちは様子見。つまりわたしが言いたいのは、人材が必要だということよ」

「人材ねえ」

「募集して、面接したいの。将来のことなど何も保証できない、力のない王女のわたしについてきてくれる人。キリアンみたいな奇特で物好きな人がいるとして、自分の意志でグリフィスに同行してくれる人を」

女王は、自分の近衛兵（このえへい）であるキリアンを手放してくれるだろうか。随行人を選ぶ権利を与えてくれるだろうか。

キリアンは少し考え込む様子だったが、やがて言った。

「そういうことなら、何人か心当たりがある」

5

風がない夜の湖は、鏡面のように静まり返り、少し欠けた月を映している。森では、短い夏の夜を惜しむ虫たちが、懸命に鳴き声をあげている。

グリンダはショールの胸元を引き寄せた。夜半の水辺は、夏でも冷える。じっと静かな水面を見つめていると。

馬が軽くいななく声がして、闇の中から女が現れた。

グリンダは深く頭を垂れる。

「久しいな。十年以上ぶりか」

馬上の女は、鷹揚(おうよう)に言った。グリンダは顔を伏せたまま答える。

「十六年半でございます、女王陛下」

「……確かに。最後に会ったのはあの者を産み落とす前であった」

カイラはするりと馬から下りると、グリンダに並んで湖のほうを見やる。

「そなたは、考えたことはあるか？　もしも過去を変えられるなら、そなたの息子は死なずにすんだのではないかと」

　グリンダは顔をあげ、女王と同じように湖を見る。

　今夜、ここに呼び出された。話には聞いていた。湖が一望できるこの場所で、この国の女王が初めての恋を育んだのだと。

「生死は個人の思惑でどうにかなるものではありませぬ。エルネストは若くして死にましたが、ミカエラは生まれてきた。命の理を改ざんし、封じ込めれば、世界に歪みが生じましょう。わたしは運命というものを信じております」

「その運命のせいで、わたくしは、イバラと共に歩むこととなった」

　ぽつりと、カイラは言う。そこには確かに苦しみと悲しみが混ざり合っている。

「過去の繰り言のためにわたしめを呼ばれたのですか」

「いいや。一度そなたに、謝っておきたくてな」

　カイラはグリンダに向き直ると、頭を下げた。グリンダは大いに驚き、思わず口元を覆う。

「女王陛下――なにを」

「後にも先にも、一度だけ、そなたにだけだ。今宵、一度だけ、頭を下げよう。わたくしはそなたの息子を奪い――また、再び、大切な者を奪おうとしている」

「陛下」

グリンダは顎を引いた。

「ミアは……ミカエラは、どうなってしまうのですか？」

誕生日の夜を境に、孫娘が変わったことはグリンダもわかっている。ミアは必死に明るくふるまっているが、物思いに沈むことが増えた。彼女がグリフィスの王子に恋をしていたことは知っていた。しかし、ミアの様子は、初恋の相手に嫁ぐ娘のそれではなかった。

「イバラはあの者を選んだのだ。アリステアではなく、あの者を」

グリンダは息をのむ。

「……では」

「だが、イバラと共に歩む強さを得られねば、あの者は穢れ、苦しみのあとに死ぬであろう。その時わたくしは、あれを躊躇なく見捨てる。わたくしにとって大事なのは、この国そのものだからだ。それゆえに——許せと、先に謝っておく。二度も、そなたを悲しませることを」

「陛下は、お信じにならないのですか？　ご自分の娘の強さを」

「……わたくしが信じるのは、わたくし自身だけだ」

カイラはそう言うと、再び馬にまたがった。あっという間に夜の森に吸い込まれ消えてゆく背中に、グリンダは叫んだ。

「陛下！　ミカエラです！　あなたとエルネストの間の、奇跡のような娘の名です！　どうか、一度だけでも、名を呼び、抱きしめてやってください！」

答える声は当然ない。

ミカエラ――暁（あかつき）の女神と同じその名を付けたのは、他ならぬ女王本人だったのに。

やがて再び訪れた静寂の中、グリンダは、やりきれない思いで湖を見た。月も、水面も、周囲の森も、すべてが美しいこの国で、あと幾度、心をえぐられるようなことが起きるのか。

自分しか信じないと言い、娘の名を呼びもしない冷酷な女王は、しかし、一介の農婦に頭を下げるためだけに現れた。

十六年半ぶりの短い邂逅（かいこう）。

あの女王がそのようなことをするなど、誰が想像できるだろう。

しかし、グリンダはわかっていた。カイラがどれほど繊細で、時に心弱く、どれほど愛というものに飢えていたのか。

ミアに、同じ思いをさせたくなかった。雪の中、初めてグリンダの家にやってきた小さな王女。

『はじめまして。おばあさま。信じてもらえないかもしれないけれど、わたしは、あなたの孫です』

まさに、あの夜。

どんなことをしても、この娘を、溢れんばかりの愛情で包むのだと、どんなに過酷な目にあおうと、愛という名の武器で己を守れるようにするのだと、決意した。

決して彼女の母親と同じような、孤独で凄惨な道を歩むことがないように、と。

女王はそれを、イバラの道という。

その道を、ミカエラも歩むというのか。

「……エルネスト。お願いだよ。あの子を、どうかこの先も守っておくれ」

情けないことに、グリンダは年老いた。孫娘に、狩りを教え、農業を教え、料理を教えた。薪の割り方、ナイフの使い方、食べられる野草やきのこの見分け方。自分の持てる知識のすべてを教え――愛を教えた。

もう、グリンダが彼女にしてやれることはなにもない。だから、亡くなった息子に願うしかないのだ。ミアの強さを信じる一方で、その境遇をあまりにも哀れに思う。グリンダはひとり残された水辺で、ショールをきつく握りしめ、嗚咽を漏らした。

第三章　光の都と箱庭の城

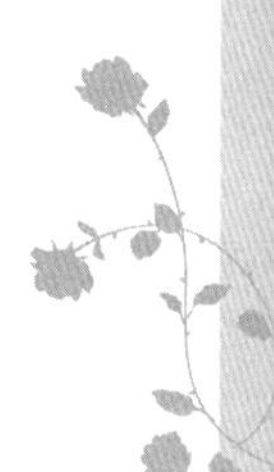

1

どの国の王女も、輿入れの時は、大きな街道を馬車に揺られていく。

ただ国境を越えたからといって、いきなり雰囲気ががらりと変わるわけではない。そもそも言語は基本的に同じアルトガン系と呼ばれる公用語だ。ただし微妙な言い回しの違いや、発音の違いもある。レイトリンでも地方へ行けば行くほど、意味がよくわからない表現や、うまく聞き取れない古くからの言葉が存在した。

この広大な大陸で、国境を越えたつながりを普段から意識し、共有できたのは、五王国が会議で皇帝を選定し、結束していたからだ。

五王国の間には、共通して守らねばならない法も存在した。互いの領土を侵さないということはもちろん、皇帝の許可なく、他国の王族との婚姻も禁じられていた。政治的結びつきは第三国にとって驚異となりうるし、王国間の均衡を崩す。

しかし皇帝という強力な要は失われ、王国間の結びつきは弱まった。小競り合いが勃発し、それを収束させるため、あるいは相手の腹の中を探ろうと、王族同士の結婚が行われるようになったのだ。

ミアは埃っぽい街道を、馬車の窓から眺めていた。南下するにつれ、景色は徐々に変化してゆく。針葉樹の代わりに、幹が太く大きく枝葉を広げた広葉樹が増え、空気は乾燥して暖かく、なだらかで青々とした牧草地帯の道端には、名も知れぬ鮮やかな花をたくさん見かけるようになった。

本当は自分も馬車ではなく馬に乗りたい。愛馬のアンナ・マリアは、グリンダに託してきた。馬車の左右には警備隊がいて、その中にはキリアンもいる。

女王カイラは、ミアが随行人を選ぶことを黙認した。女王の近衛兵であったキリアンを連れていくことも、特に異を唱えなかった。

また、主が名ばかりの王女とはいえ、嫁ぎ先が大陸一豊かな国ということで、随行人の希望者はそれなりにいた。それでも実際にミアが面談し、決定したのは、キリアンとは別の護衛兵がもうひとりと、侍女と従者がひとりずつ。王室の体面もあるということで、内務省が強制的に数十人を選出しようとしたらしいが、その話も立ち消えになった。グリフィス側から、侍女や従者は優秀な人材を多く用意するので心配ない、という通達があり、あっさりとそう決まった。

もっともグリフィスまでの道中は、レイトリンの国境警備隊が同行し、結婚式が終わって一ヶ月の間は、王都近くの丘に駐屯（ちゅうとん）することになっている。

少し前にレイトリンに届けられた結納品は、それは立派な品々だった。ミア個人にも、エドワードから、優しい言葉を綴（つづ）った手紙と共に、数々の宝飾品が贈られた。

「楽しみですねえ、王女様」

斜（はす）向かいに座っている娘が、にこにこと笑ってミアに話しかける。彼女の名前はハンナ・ヴェルン。十九歳。砂色の髪を太い三つ編みにし、茶目っ気たっぷりの榛（はしばみ）色の目をしている。レイトリンに多い髪と瞳の色で、色白の宿命かそばかすが目立つ。背はミアより頭ふたつぶんは高く、身幅は倍以上あり、骨太で、侍女のお仕着せのドレスもなんだか窮屈そうだ。初めて彼女と対面した時、侍女というよりも女戦士のほうが似合いそうだな、という感想を持った。しかし意外にも手先が器用で、機転もきき、出発の準備やら何やら、ずいぶんと助けてもらった。

「今ごろグリフィスの王子様は首を長くしてお待ちですね。次の宿場町についたら、再会に備えておしゃれしましょうねっ」

明るく屈託のない、申し分のない侍女だが、ミアは人にあれこれと世話をされることにまだ慣れない。ネリーも尽くしてくれたが、もうずいぶん歳（とし）だったから自分でできることはネリーに頼らなかった。おかげでミアは自立した王女になれたのだ。

しかしハンナは有無を言わさずミアの髪をくしけずるし、寝起きで少しぼんやりとしている間に、あっという間に着替えをさせてくれる。

「別にこのままでいいと思うけど」

今着ている旅装用のドレスは実用的だ。布地の量や飾りはごく控えめだし、歩きやすい。けれどハンナは譲らない。

「だめですって。お会いになるの、四ヶ月ぶりくらいでしょう？　記憶にあるよりずっと美しいって、そう思っていただかないと」

ミアは黙り込む。確かにここ数ヶ月で、ミアは変わったかもしれない。鏡に映る顔は、美しいどころか、どこか陰鬱な影を帯びていた。

あまり、笑わなくなった。胸に残る刻印が呪いを忘れることを許さず、自然と笑うことが少なくなった。

忙しかったせいもある。女王との約束通り、ミアはギルモアの領地を譲り受け、新たな領主となった。グリンダの家屋の修復を監督し、領地内の畑も自由に改良した。セルダ爺さんを領地代理人に選んだ。もともと狩猟用に女王が所有していた館を手入れし、そこにネリーを住まわせた。ネリーの身の回りを世話する小間使いも村人から募り、不自由がないよう手配した。

毎日、ラヴィーシャの家に通った。しかし、とうとう、彼女は姿を見せなかった。本当に、あのまま消えてしまったのかもしれない、と現実を受け入れざるを得なくなった。

それからグリンダは……。

「王女様。はい、どうぞ」

急にハンナが包みを開いて、ミアの前に差し出した。ぷんと甘い香りがする。焼き菓子だ。

「どうしたの、それ」

「街道沿いで商売をしていた行商人から買ったんですよ。大丈夫、毒味済みです。寂しい時は甘いものを食べれば回復しますよ」

ミアは目を瞬いた。

「わたし、寂しがってるように見えた？」

「ええまあ。出発した時から、ずっと」

ミアは差し出された焼き菓子をひとつつまんで食べた。

「美味しいね」

「でしょう。食の楽しみも旅の醍醐味ですからね。どうせなら楽しまないと」

ハンナは明るく言い、それから、少し声を落とした。

「寂しくなって当然ですよ。おばあさまともお別れなさったし、今まで一度も故郷を出られたことがなかったんですから」

「わたし、先々は祖母と暮らすつもりでいたの。もうずいぶん前から」

だからこそ領地が欲しかった。ミアは大陸を旅して農業を学ぶ予定だったが、いずれは帰国し、グリンダの老後をそこでみるつもりでいた。

しかしグリフィスの王家に嫁ぐとなれば別だ。ミアはレイトリンに帰れない。一時帰国が許されるのかどうかもわからない。

だから思い切って、グリンダに提案した。

グリフィスで生活が落ち着いたら、グリンダを呼び寄せたい、と。しかしグリンダはそれを笑って一蹴(いっしゅう)した。

『わたしはこの森で生き、ここで死んで眠りたいね。森も湖も、すべてがわたしの一部であり、永遠に別れることはできない』

おまえは違う、とグリンダは言った。まだ若いし、どんなところへでも出かけられるし、どこに骨をうずめてもいい。

「祖母が言うの。自分にぴったりの場所は、自然とわかるものだって」

だから臆(おく)せず旅立て、とグリンダは言った。寂しいのは仕方がない。お互いこんなにも愛し合っている。でもその愛があるからこそ、お互いに幸福で、強くいられる。

『望まぬ政略結婚なら女王に直談判でもなんでもやるが、ミア、おまえは、その王子さまに惚れているんだろう？』

涙を見せないようにしようと思ったのに、祖母に抱きついて泣いた。グリンダもミアを抱きしめて泣いた。そうして笑顔いっぱいに送り出してくれた。

「素敵なおばあさまですね」

微笑んで言われて、ミアははっとした。故郷に別れを告げなければならなかったのは、この侍女も同じだ。

「ハンナは本当によかったの？　レイトリンを離れることになって」

「立候補したんですから、当然です。むしろ感謝して、喜びでいっぱいです。理由はもうお伝えしてありますね」

面接の時に確かに聞いた。ハンナいわく、自分はこんなにいかつい容姿だから、誰も嫁にもらってくれない。父親はかつて男爵だったが貧乏で、爵位を従兄弟に売り渡した。女ばっかり四人もいて、ハンナは長女で、妹たちはそこそこ器量がよかったために、老貴族の後家やら、住み込みの家庭教師の職を得た。ハンナのみ行くあてもなく、傾きかけた粉挽き小屋の隅で年老いた両親の面倒を見ていたが、その両親も黒い夏の年に相次いで亡くなった。仕方なく、城に洗濯女として奉公していたところ、ミカエラの侍女として国を出る話を耳に挟んだのだという。

「もう運命かと思いました。初めてお会いした時から、きっと、こうなる定めだったのだと」

ハンナの話によれば、五年ほど前に、一度だけミアと話したことがあるらしい。城の外堀を流れる川で洗濯をしていた際、洗濯物が流され、それをミアが泳いで拾ってくれたのだという。

言われてみればそんなこともあったような気がするが、ミアのほうは当時のことをほとんど憶えていない。夏であれば、湖や川に飛び込むのは日常だったからだ。

それにしても、ハンナもなかなか苦労の多い娘だ。彼女の大きな手は、今もあかぎれだらけだ。ミアはその手を見ながらつぶやいた。

「波乱万丈なのは自分だけのような気でいたわ。あなたも大変な人生ね」

「大丈夫です。こっからあたし、幸せになるんで」

ハンナは豪快に笑う。

「南の国には、あたしみたいな女が好きっていう変わり者がいるかもしれないじゃないですか。まだ十九なんで、その可能性を捨てちゃいないです。王女様に幸運が訪れたみたいに、人生、苦あれば楽ありってことですよ」

「わたしに幸運？」

「だってお城じゃあ有名な話ですよ。異国の美しい王子様が、ミカエラ王女様を見初めて、そのおかげで、女王様もようやくご自分の産んだひとり目の王女様の処遇を考え直したって……あ」

ハンナは、しまった、という顔をして口を覆った。

「す、すみません。あたし、立場を忘れて無礼な話を。王女様が飾らないお方だからって、つい」

ハンナは大きな体を小さく縮こまらせている。ミアは笑った。レイトリンの城にいる者なら誰しも知っている。女王には北の塔に遠ざけた第一王女がいて、顔を見るのも嫌なほど疎んじていることを。

「大丈夫。無礼だなんて思わない」

「ほ、本当ですか」

「むしろ清々しいくらい。それに、なんだか前向きになれる。幸せになるんだって、その考え、わたしは好き」

「王女様」

ハンナの顔がぱっと輝く。少し前まで、自分だってこんなふうに、屈託なく笑える人間だったはずなのだ。

「でも、そういうことなら、次の宿場町で着飾るのはわたしじゃなくてハンナ、あなたよ。出迎えの人たちの中に、運命の相手がいるかもしれないじゃない」

「……王女様。いや、勘弁してくださいい。あたしが悪うございました」

困ったように太い眉を下げる侍女を、ミアは好きだな、と思い始めている。別れはあったけれど、こうしてすでに、新たな出会いもあった。

レイトリンでは、村人とは交流があったが、城内でミアに近づく人間はほとんどいなかった。ハンナの他の随行人も、個性的で優秀な面々だ。

もう一度窓から外を見る。すぐそこを走るキリアンはちらともこちらを見ない。それでもミアは、彼がそこにいることに安堵(あんど)していた。どこまでもついていくと言ってくれたとおり、実際、本当に来てくれた。真っ直ぐに前を見据える完璧に整った横顔に、ミアは心の中で、そっと感謝の言葉を述べた。

ずっと緊張はしている。

エドワードに再会する。そうしてすぐに婚姻の誓約書に互いに署名し、結婚式を挙げることが決まっている。

大神イデスは大陸を創造した偉大な神として、五王国全体で信仰されている。創世記より昔には、土着の神もたくさんいた。レイトリンでは、イデスは主神でありながら、唯一絶対神ではなく、他にも地母神ネメスや豊穣神オクル、夜の神ダグ・ナグル、それに馬小屋や竈の中にも神がいるとされている。一方で、多神を認めず、唯一イデスへの信仰のみが許されている国もある、ということは、ミアも学んでいた。

グリフィスはそんなイデス一神教の国のひとつだ。他にも神々は存在したが、はるか昔にイデスに統合、整理されたという。神が居る場所も違う。レイトリンでは神殿は王宮の奥、禁断の森との境に、森に抱かれるようにして存在した。グリフィスの教会や聖堂は、都市の目立つ場所に建てられている。

王都オルセールもそうだ。王宮は都の城門から入って最奥に、大聖堂は中心部に、王宮と向かい合って建てられている。大聖堂は堅牢な石造りで、屋根は黄金で葺かれ、まばゆく巨大な鐘が設置されており、色とりどりのステンドグラスがふんだんに使われていた。

十一月。レイトリンでは雪が降り始める頃、グリフィスには秋の穏やかな日差しが降り注ぐ。この日、ミアはエドワードと、オルセールの大聖堂で婚儀を挙げた。

ミアは重く豪奢な純白のドレス、トレーンもヴェールも同じくらい長く、凝った刺繍をさらに際立たせるように、芥子粒ほどの真珠や金剛石で装飾されていた。エドワードとふたり、大司教と参列者の前で誓いの言葉を述べ、指輪を交換し、署名をした。

王や王妃、たくさんの王族や貴族たちが参列し、祝福を受けた。レイトリンからは、女王の縁戚で国境警備隊を束ねるヴァンクリード将軍が参列した。

結婚式をやり過ごす間、ミアは、終始頭痛をおぼえていた。式というと、どうしてもあの日の夜を思い出す。あまりにも荘厳な式や、自分を含めた人々の、贅を尽くした装いも現実離れしている。また、エドワードと夫婦になるのだという、この大きな現実と、いよいよ対峙しなければならない。必死に自分を叱咤し、客観的に見るように務めなければ、倒れ込んでしまいそうだった。

大聖堂での式が終わると、エドワードと並んで馬車に乗り、王宮までのパレードが待っていた。

沿道は人、人、人で溢れている。これほど多くの人間を一度に見るのは初めてだ。

オルセールは華やかな街だ。目抜き通りには白っぽい漆喰の壁にオレンジ色の屋根の建物が整然と並び、街路樹が等間隔に植えられている。レンガが敷き詰められたなだらかな道の両側に、新しい王子妃を一目見ようという人々が待機し、歓声をあげて祝福してくれている。

花びらが舞い、グリフィスとレイトリンの国旗があちらこちらで翻り、鮮やかな衣装に身を包んだ子供たちが必死に手を振っている。ミアが手を振り返すたびに、歓声がひときわ大きくなった。

なんだか泣きそうになる。これほど歓迎されるとは、思ってもみなかった。

「怒っている、ミア?」

笑顔で手を振りながら、エドワードがそっと聞いた。

ミアは驚き、隣を見た。今日のエドワードは、記憶にあるよりもずっと、素敵だ。

「わたしが怒っている? どうしてそう思うの」

「口数が少ない」

「それは……圧倒されて」

街も人も、気候も、故郷とは何もかもが違う。違いすぎる。

「トーランまで迎えに行かなかったから、がっかりしたんじゃないかと思ってね」

確かに、少々驚いた。エドワードからの手紙では、ミアの到着が待ちきれない、宿場町トーランまで迎えに行く、とあったから。しかし結局、トーランまで出迎えてくれたのはエドワードではなく、彼の叔父にあたるという侯爵だった。エドワードは結婚前の公務で忙しく出迎えができなくなった、と伝言があった。

失望？　怒り？　いいや、ミアは、安堵したのだ。ほんの数日でも、問題を先送りできたことに。

エドワードに再会することが怖かった。オルセールに到着したのは二日前で、慌ただしく国王夫妻や他の王族たちとの顔合わせをすませた。当然エドワードとも会ったが、幸いにも式の予行や準備に追われて忙しく、ふたりきりで過ごさずにすんだ。

さすがにその状況がかえってよかった、などとは言えず、

「少しも気にしてないわ」

とミアは答えた。エドワードはちらりとミアを見たが、それ以上は何も聞いてこない。もしかしたら、答えを間違えたのかもしれない。寂しかった、とすねるくらいが、可愛いのかもしれない。けれど、こんな時どうするのが正解なのか、ミアにはわからない。馬車の中の空気が悪い。頭痛がいっそうひどくなる。顔をしかめそうになるのを必死にこらえて、微笑んだまま手を振り続ける。

王宮は白亜の宮殿だ。白色大理石に彫刻を施した太い柱、天井に描かれた極彩色の宗教画。金を惜しげもなく使った調度品や建具、大きな鏡や絵画、そこかしこに生けられた溢れんばかりの花の数々。どれほど広いのか見当もつかない。建物と建物の間には大小の庭

が散在し、美しく刈り込まれた生け垣や、どういう仕組みか彫像が水を吐き出す噴水、東屋(あずまや)など、レイトリンではまったく馴染(なじ)みのない世界が広がっていた。

ミアに用意されたのは、王宮の西翼の最奥にある、中庭に面した明るい居室だった。ガラス張りの私的な図書室や居間、寝室もいくつかあり、侍女や従者たちも近くで寝起きできるようになっている。

この棟の中央には公的な居間があり、反対側がエドワードの居室になっているらしい。

そのエドワードは、今夜、ミアの寝所を訪ねることになっている。

結婚式が終わり、続く祝宴が終わった。全身がこわばり、くたくたに疲れ切っているが、眠気など微塵(みじん)も感じない。頭痛はずっと続いている。

そこでミアは、入浴前に、故郷から持参した薬湯(やくとう)を用意した。ナツシロギクとラベンダー、ヤロウを配合したお茶は、緊張性の頭痛に効くはずだ。いちいちラヴィーシャを思い出し嫌になるが、今はしんみりとしている状況でもない。

薬湯を飲み、ハンナに手伝ってもらって、ぬるめの湯を満たした浴槽につかった。

これまで、毎日の入浴の習慣はなかった。故郷では、夏は農民と同じように湖や川で水浴(あ)みし、冬はたらいひとつのお湯と布で全身をさっぱりさせる程度ですませていた。浴槽にたっぷりの湯を満たして使うのは、一部の王侯貴族たちにのみ許された贅沢(ぜいたく)なのだ。

その贅沢が、今後は習慣になるのだろうか。肌当たりが柔らかな湯には薔薇の花びらが浮かび、よく泡立つ石鹸も花と精油の香り。入浴後には、先程飲んだ薬湯の効果もあり、頭痛がだいぶマシになった。

夜着を素肌にまとって、長椅子に深くもたれかかり、ハンナに髪を拭いてもらう。そうしてぼんやりと、豪奢な部屋を眺め渡す。

到着した日に驚いて、まだ慣れることはできない。

今は夜だが、ここに案内された時、まず、その明るさに感心した。中庭の緑に反射した光がふんだんに降り注いで、開け放したガラスドアから花の香りが漂ってきていた。近くで小鳥がさえずっている声もした。

調度品は金と白、それから緑で統一されている。石の床に敷かれた毛足の長い絨毯に、白い布張りの長椅子やスツール。巨大なベッドは柱が白、天蓋は金で、リネン類は純白だ。続く小部屋には呆れるほど大量の衣装や靴がおさめられ、持参した品々も収納せねばならず、ハンナは嬉しそうな悲鳴をあげていた。壁際のチェストには繊細な絵柄が美しい陶磁器が並び、いつでもお茶が飲めるようにサモワールもある。

今、中庭に面した窓は厚いカーテンが引かれ、それを少し残念に思う。外の光を、ずっと感じていたかった。

今夜、どういうことをするのかは、ミアも理解している。森で野生動物の営みを幼い頃から見てきたのだから。

一昔前まで、王族の最初の営みは衆人環視のもとで行われたらしい。確かに結婚が成立したという証のために。

そんな時代でなくてよかったと安堵しつつ、それでも、緊張している。

ほどなくして、ドアがノックされ、エドワードがやってきた。戸口のところで従者に一言二言何かを命じ、部屋に入ってくる。ミアは慌てて立ち、ハンナは一礼して出ていった。

長椅子の前に立つミアは、部屋の薄暗さに感謝しながらも、身じろぎもできず、じっと待った。

エドワードがすぐ前まで来る。

「ミア」

低く名を呼ばれ、ゆっくりと顔をあげた。結婚式の時は、あまり顔が見られなかった。馬車の中の気まずい空気を思い出す。祝宴では、何を話したのか憶えていない。きっと意味のない会話だったのだろう。今、すぐそこに立つミアの夫となった王子は、じっとミアを見下ろしている。

「エドワード。あの……お茶でも飲む？」

エドワードは首を振る。

「そうか。お酒がいいかしら。今ハンナを呼んで……」

これにも首を振る。ミアは早々に口を閉ざした。何か話すべきだとは思うが、会話の糸口が見つからない。

エドワードも無言のまま、ミアを抱えあげる。

怖気が走るが、必死に否定する。違う、緊張のせいだ。わたしはエドワードを愛している。とても、愛している。こうなるのは必然だった。

身震いをごまかすために、エドワードにしがみつく。矛盾している。でもどうしようもない。離れたいのに、近づきたい。彼の目を間近にのぞき込みたいのに、自分を見てほしくないと思う。

胸の痣を見て、彼はどう思うだろう。

生まれつきなのだとごまかすつもりではいた。しかし、その痣に彼が触れることを考えると、猛烈な吐き気がした。いっそその痣を見て、醜い娘だと拒絶されるほうが、何倍もマシな想像に思える。そんな自分が恐ろしく、情けなくて、今すぐに外に飛び出したい衝動と戦いながら、エドワードに身を任せる。

エドワードはベッドまで行き、ミアを横たえると、すぐに覆いかぶさってきた。

花の香りが、むせかえるほどだ。部屋に、花がありすぎるのだ。まだ雪が残る森で、待ちかねた季節に、そっと頭をもたげる福寿草(ふくじゅそう)。あのくらいでちょうどいいのに。

手折(たお)られて、鑑賞される。

奪いつくされる。

わたしのように。

違う。なぜ、そう思うのか。これは政略結婚で、呪いのこともある。それでもわたしは、確かにエドワードが好きなのに。

顔が近づいて、口づけを受ける。右手でミアの顎(あご)をとらえ、口づけをしながら、エドワードはもう片方の手でミアの夜着の、胸元を緩めた。

全身が硬くこわばっている。こんな時に限って、頭の中でメトヴェの呪いの言葉が、生々しく再現される。

『そなたは未来永劫(えいごう)、恋しい男と結ばれることはできぬ』

肉体の交わりがすめば、恋は成就したことになるのだろうか。

しかし、ミアの体の奥で、何かが猛烈にこの行為を拒絶する。

嫌だ。

触ってほしくない。

こんなふうに。

全身に鳥肌が立ち、口づけを受けながらくぐもったうめき声が不満の色を帯びる。抑えようもない吐き気。やめてちょうだい、今すぐに。

わたしに触らないで！

声には出さなかったはずだ。しかし、エドワードは実際に手を止めた。そして、さっとミアから飛び退くように横にずれる。

「……エドワード？」

ミアは、恐る恐る目を開いた。エドワードが、背中をこちらに向けて座っている。

長く、重苦しい沈黙。ミアは動けなかった。永遠とも思えるほど長い間のあと、彼は背中を見せたままつぶやいた。

「どうやら君は……違ったらしい」

なにが？　なにが違ったと？

「エドワード。どうしたの」

「それはこちらが問いたい」

エドワードはようやくミアのほうを向いた。ミアは細かく震えながら、自分も枕に体を押しつけるようにして上体を起こす。

「君は本当に、ミカエラ王女か？」

「何を……」

「僕が恋をしたミカエラは、君のように冷たい女じゃなかった」

息が止まった。ミアは蒼白となり、言葉を失う。エドワードはベッドを降り、ドアに向かう。

「待って！」

ようやく言葉が出て、ミアは声をあげた。

「エドワード。ごめんなさい。わ、わたし、緊張して……」

エドワードは立ち止まり、こちらを少しだけ振り向いた。

「緊張？　僕も最初はそう思った。でも、違う。君は全身で僕を拒んでいる。もうずいぶん前から」

「事情があるの」

「どんな？」

呪いのせいなのだと、叫びたかった。でもそれは明かすことはできない。

「ごめんなさい。わたし、ちゃんとできるから。がんばるから」

ミアは完全に言葉を間違えた。エドワードは、絶望した顔をした。

「わかってないんだな、ミカエラ王女」

彼はつぶやく。

「努力しなければ体を重ねられない女を妻に娶るのは、拷問に等しい」

そうしてそのまま、部屋を出ていってしまった。

ミアはひとり、広い寝室に取り残された。花のにおいが思考をさらに乱し、こういった場合いったいどうすればいいのか、ただただ、途方にくれた。

のろのろとベッドを降りると、夜着のまま、中庭に通じるガラスドアを大きく開け放つ。清涼な夜の空気を深く吸い込み、裸足で外に出た。庭の植え込みのところでかがみ込むと、じっと身動きもせず、考えをめぐらせる。

わたしは失敗してしまったのだ。

どう考えても、浅はかだった。エドワードは頭もいいし、勘も鋭い。ミアの表面だけの愛情表現が偽物なのだとすぐに気づいたのだ。

だから、抱くことも拒絶した。

この先どうするのが正解なのだろう。ミアはレイトリンの王女としてこの婚姻を成功させる義務がある。

そうでなければ、故国は数年分の食料を失う。あの黒い夏と同じくらいの飢饉が再び起きた時、国は持ちこたえられるだろうか。

だから。エドワードの心をなんとしてもつかまえて、この体を受け入れてもらうしかないのだ。

「……ふ」

なんという浅ましさだろう。昔、食べ物に困った時には、頼る相手がいた。その後は自分で狩りをしたし、作物を育てた。王女という身分がなくても生きていけるだけの知恵が身についたはずだったのに。

今、ミアは、その身分が枷となり、ひとりの男の温情がなければ、存在価値がなくなってしまう弱い立場に陥った。

抱いてもらわなければならない。

もう一度、愛してもらわなければならない。

でも、どうやって？

「ミア」

静かな声がかかり、ミアは身じろぎした。

「……キリアン」

背後に立っているのはキリアンだ。

「そんなところで何してる」

怪しまれても仕方がない。初夜の日、恋した相手と寝所にいるはずの王女が、庭の暗がりで隠れるようにしてうずくまっているなんて。

格好悪いところを見られてしまった。ミアは羞恥心で振り向くことができない。

「あのね」

話そうとして、言葉に詰まった。キリアンは無言のまま、待っていてくれる。ミアが次の言葉を継ぐのを。

「……わたし、土いじりが、したくなって」

声が震えるのをどうしようもできない。馬鹿、何が土いじりだ。この完璧な庭には雑草一本生えていない。王子妃がひとりで庭に出ている理由など、どこにもありはしないではないか。

すると、ふわりと暖かなものが肩にかけられた。キリアンのマントだ。いつかの夜と同じように、深く清涼な香りに包まれる。

「部屋に入れよ。ここはレイトリンの森じゃないんだから」

ミアは座ったまま、頭上を仰いだ。

レイトリンの森の夜。ふたりで、幾度も剣の稽古をした。見ているのは月と、フクロウくらいのものだった。

ミアはマントで自分を抱くようにする。

「王子はどこに?」

当然の質問だ。

「嫌われたの」

「そんなはずない」

「本当よ。わたしがあまりにも……愚(おろ)かだから」

愚かな、世間知らずの田舎(いなか)の王女は、結婚というものを安易に考えすぎていたのだ。愛情表現ができなくても、時間をかければ愛は通じると考えていた。しかし、エドワードはミアを拒絶した。

彼を責めることはできない。約束が違うと罵(ののし)られても、仕方がない。先に彼を拒絶したのはミアのほうなのだから。

「大丈夫」

キリアンは言った。

「君は時々浅はかだけど、愚かじゃない。君を嫌う男なんていない」

それはキリアンが、すべての事情を知っているから言えることだろう。ミアはゆらりと立ち上がった。

「じゃあ、キリアンはわたしを好き?」

振り向いて尋ねる。キリアンの青い瞳の色が一瞬濃くなったような気がした。

「ああ」

望む答えを、彼はくれる。

「好きだよ」

ミアだって彼が好きだ。愛している。大事だ。でもわかっている。エドワードとの間に築かねばならない関係は、これとは別の種類の好意によるものだと。

「……部屋に戻れ。君がここにいたら、俺たち護衛も休めない」

それはそうだ。ミアはキリアンのマントを脱いで、彼に返した。

気持ちをさらに落ち着けるために、深く夜の空気を吸い込んだ。


若い王子夫妻の床入りがうまくいかなかったことについては、すでに噂が広まってしまったようだ。

無理もない。エドワードはミアの部屋を早々に退出し、同じ建物の反対側にある自室で夜を過ごした。

「正直なところ、どういった話になってるの？」

翌朝、ミアは運ばれてきた朝食をハンナに給仕してもらいながら、尋ねた。

「王女様、あいや、妃殿下が幼くいらっしゃって怯えきってしまい、優しい王子殿下が無理をしなくていいとおっしゃって、時間をかけることにしたということですね」

なるほど。それならエドワードもミアも体面を保てる。

「他には？」

「妃殿下に女の魅力を感じなくて、王子様が男としての機能を十分に発揮することができなかったという者も」

歯に衣きせないのがこのハンナのいいところだ。下手な気遣いを見せられたら、それはそれで落ち込んでしまう。

「自分が体面を気にする日が来るとは思わなかったな」

ミアはつぶやき、朝食を食べ始める。小麦粉を水で溶いた生地をバターで極限まで薄く焼き、重ねて、甘酸っぱい果実のソースや砂糖をまぶして食べるという、究極の食べ物。一口で魅せられ、以来三日、連続してこれを食べ続けている。

それにしても、グリフィスの王宮で出される食事は豪華だ。朝食だけなのに、パンも焼き菓子もたくさんの種類が籠に盛られている。砂糖や、上質な小麦、バターをふんだんに使っている。果物の種類も豊富で、あれほど憧(あこが)れたオレンジも、当たり前のように毎日届けられる。ふわふわのオムレツや新鮮なサラダ、ハムもある。

「ミカエラ様はどんな時にも食欲がおありですね」

ハンナは少し呆れている。ミアは三個目のパンに手を伸ばしていた。

「どんなに絶望的でも栄養は摂(と)る」

「絶望されているのですか」

「初夜がうまくいかなかったから」

「あの夜着だめでしたかねえ。もっと露出が必要だったんですかね」

「露出は十分よ」

「じゃあ、お色気ですか」

「うーん……それも含めた、魅力、とか」

もしもミアが美しい娘だったら。多少のぎこちなさは許されたのではないだろうか。

そうだ。ミアだって経験がないのだ。呪いのことがなかったとしても、緊張してぎこちなくなることだってあるではないか。

ミアは懸命に自分を正当化しようと試みた。しかし、わかっていた。圧倒的に、ミアに問題がある。その苦悩を、キリアン以外には話せない。そして今は、どうしようもできないのだから、せめてできる努力はしなくてはならない。

「ちょっとどこかから秘薬でも調達しますかね」

　ミアは驚いた。

「く、薬？」

「その気にさせる薬ですよ。こういう大きなお城だと、百戦錬磨のやり手おばばみたいな人がいて、貴族のお嬢様や若い侍女にこっそり渡したりするもんですよ」

「……そういうものなの？」

「南の国の人々は性に奔放だって言いますよ。まあ、王宮の侍女たちと仲良くなって情報収集しますから」

　ハンナは本当に頼もしい。

「でも薬っていうのは、ちょっといやだな」

「甘いですよ、妃殿下」

　爽やかな朝にふさわしいとも思えない会話をしていると、エドワードから大きな花束が届けられた。

　カードには、「愛する奥さんへ」とも書かれている。

「あら。あんまり心配いらないんじゃありませんか」

花を、これ以上どこに飾るというのだろう。今だって食傷気味なほど溢れているのに。

しかしミアは正直、ほっとして嬉しかった。

「わたし、エドワードに会いに行くわ」

それで、誠心誠意、昨夜のことを詫びるのだ。エドワードは許してくれるだろうか。もしも許してくれるなら、どんな夜着だって着てみせる。今夜こそ抱かれなくては、とミアは真剣に考えていた。


「殿下は朝駆けにおでかけになりました」

エドワードの書斎から、若い貴族が出てきて言った。ローガン・ウォリック子爵だ。王子の公務における補佐官を務めていると聞いている。また彼は、ミアがこの国に一日でも早く慣れるよう、王子妃の秘書官も兼任する。

ミアは気合を入れて真新しいドレスに化粧までしたので、拍子抜けした。

「朝駆けって、どちらまで？」

「近隣の丘ですよ」

野駆けなら、ミアも行きたかった。もうずいぶんと手綱を握っていない。でも、やはり、エドワードは怒っているのだろうか。肩を落としたミアに、ローガンは優しく言った。

「近いうちにお誘いがあると思いますよ」

「そうだといいけれど。子爵、今日、わたしのやるべきことは？」

ローガンはにっこりと笑う。

「今月は方々からお誘いのサロンにご参加していただく予定がぎっしりと詰まっています。なので今日明日くらいはゆっくり過ごされてください。もしお疲れでなければ、我が国の歴史学と宮廷作法、舞踏の練習をさっそくにも始めさせていただきたいですが」

「宮廷作法や舞踏は、故郷で学んできたけれど、一応」

「一応では困るということですね。それに国が違えば作法も違いますし。言葉も、失礼ですが、少し発音を直していただく必要があるかと」

ミアは驚いた。そこを指摘されるとは思っていなかった。

「わたしの言葉、わかりにくいですか？」

「いえいえ。十分に通じますよ。しかし、王子妃ともなれば、我がグリフィスの象徴ともいうべき高貴なお方ですから。正しい公用語の発音を身につけていただくほうがよろしいかと」

わかっている。ローガンは決して意地悪で言っているわけではない。ミアが恥をかかないよう考えてくれているのだ。それが彼の仕事でもある。それにしても、言語は五王国共通であるはずが、グリフィスで話されている言葉こそが正しい発音と言い切れるところに、国としての矜持や強さを感じる。

レイトリンはしょせん、地方の弱小国なのだ。ミアは素直にうなずいた。

「わかりました。勉強します」

「ご立派ですよ。さっそく今日の午後から家庭教師がまいりますので」

「勉強の他に……あの、わたしも遠乗りや、街や農場の見学に行きたいのだけれど」

ローガンは笑みを深める。

「それは殿下にご相談ください。まだ我が国に慣れておられぬ妃殿下の外出は、ままなりません」

出かけなければいつまでたっても慣れないじゃないの……とは、言えない。今はまだ。

「エドワードには、いつ会えるの？」

「晩餐の時に。しばらくは一緒に晩餐を召し上がれるように調整いたしますので」

しばらく、ということは、そのうちそれもなくなるということか。

ミアが思っていた以上に、異国の王宮は窮屈そうだ。

そしてエドワードは、晩餐の席に姿を見せなかった。疲れているので自室で食事をすませたという。

夜も、ミアの部屋のドアは閉ざされたまま、夫がその前に立つことはなかった。ミアは結局薄い夜着のまま、まんじりともしない夜を過ごすはめになった。

2

エドワードは、嘘の微笑が嫌いだ。

幼い頃から、女たちの虚構の世界を垣間見せられてきた。

グリフィスの王族は一見穏やかだが、不死鳥を紋章にするほど、情熱的な血族だ。時に熱すぎる思いが多くの事件を生み、流血騒ぎも起こしてきた。

表向きには常に冷静で穏やかな人間を装い、情熱は上手に隠す。そんな処世術に似たものを、あまたの王族が身につけている。

父王サミュエル二世は、温厚で優しく、巷では良心王と呼ばれている。しかし、実際は、冷徹な為政者だ。完璧な王政を敷くために、政治的に邪魔になる貴族はことごとく嵌めて処刑した。そのあたりは氷の女王と呼ばれるカイラと変わらない。

先の皇族がイバラの森に沈むまで、グリフィス王家は幾人もの皇帝を輩出していた。サミュエル二世は、平和で陽気な王を演じながら、陰では大陸を牛耳るため、中央に支配を及ぼそうとしている。

そんな王には、側室も数人いる。エドワードには腹違いの姉や妹がいる。ただ、男の兄弟は、母が同じ兄王太子コクランしかいない。

母も、側室たちも、互いに美しい友好関係を築いている。茶話会を定期的に催して、偽りの微笑で美辞麗句を並べ立てる。

そんな中で育ったエドワードは、それが女の世界の普通だと思っていた。

エドワードに言い寄る女は星の数ほどいた。誰もが皆、エドワードを讃えて、すり寄った。母や、父の愛妾たちとそっくりな上辺だけの微笑。エドワード自身も、王族のたしなみとして、同じように柔和な微笑でやりすごしていた。

だからこそ、ミアは衝撃的だった。

あの、夏でさえ空気が冷たく冴え渡る北国で出会った、不思議な少女。初対面の時は、風変わりだがそれほど美しいとは思わなかった。

しかし、一日一緒に過ごし、部屋に帰ると、懐のあたりが奇妙に寂しかった。翌朝再会し、ミアが笑うと、胸の奥に甘美な痛みが生じた。愛しいと思い、同時に彼女が他の誰とも比べ物にならないほど美しい事実に、打ちのめされるほど驚いて、会うたびに呼吸を忘れ、彼女の小さな横顔を見つめる喜びに打ち震えた。

初めて森で口づけし、思いを打ち明け合った時。エドワードは、自分が誰よりも幸福な男であると思った。

禁断の森のさらに奥、氷河に抱かれたオネリス山の鉄鉱石。その潤沢な資源を得ようという野心を、忘れるほどに。ひとりの娘に惹(ひ)かれ、自分だけのものにしたいという欲望を抑えることはできなかった。

それなのに。

『わたし、ちゃんとできるから。がんばるから』

これは裏切りなのか？

本当は、疑問視していた。会えない間、エドワードは幾度か手紙をミアに送ったが、返事があったのはただ一度。それも当たり障(さわ)りのない内容で、あの森で生き生きと笑い走り回っていた王女と同一人物の手紙には、とても思えなかった。

もしかしたら、彼女の人となりを、見誤ったのではないか。そんな自分を落ち着けようと、あえて、迎えには叔父に行ってもらった。

そうして再会を果たしたミアは、やはり別れた時と同じように緊張はしていたものの、記憶にあるより美しく、さらに独特な雰囲気を身にまとっていた。

喜び、疑念を払拭(ふっしょく)しようとした矢先。

結婚式で、ミアが浮かべた微笑は、エドワードがもっとも嫌悪する、嘘をつく女たちのそれと同じ種類のものだった。


貴族の朝が遅いのは、レイトリンと変わらない。ミアは初日から早起きをしすぎて、時間を持て余した。故郷なら、農地の手入れや馬の世話など、やることは朝から山積みだったのに。

それでも午前中は歴史学と言語学の教師が派遣され、グリフィスの歴史や正しい公用語の発音、伝統的な言い回しを習う。午睡(ごすい)の時間が組み込まれていたがミアは眠らず、自室で本を読んで過ごし、庭の草木を観察したりした。

エドワードは晩餐の席に現れない。避けられていることは明白だ。代わりにローガンは毎日のようにやってくる。今日もたくさんの招待状を届けに来て、目の前に広げられた。

「王子妃として、参加するべきもの、見送っていいものとありますから、わたしのほうで選んでおきました」

「そう」

「基本的に身分の高い夫人のサロンは順番に訪れるべきです。政治色の強い方の奥方のサロンもありますが、理由をつけて断りますのでご安心を」

それから、とローガンはちらりと背後で控えているハンナを見やった。

「恐れながら。側仕えの者が少ないようですので、こちらで優秀な者を選出し、妃殿下付きにする手はずをととのえました」

ミアは驚き、一瞬言葉に詰まった。

「もう、選び終えたの？」

「はい」

「わたしに相談もせず？」

「申し訳ございません。一刻を争う事案かと判断いたしまして」

ローガンは柔らかな口調で言う。優しげで温厚な態度に騙されてはならない。こういう時ほど頑固なのだ。すでにミアはそれを学んでいた。

「掃除はこの宮専任の者にやらせるとしても、侍女と従者がそれぞれひとりきりでは、妃殿下の身の回りの細々としたところにまで手が届かないでしょう」

「失礼な！」

声を荒げたのはハンナだ。

「どこが不足だというんですか。妃殿下はあたし、もといわたくしひとりで十分にお世話できますとも」

「午後のドレスへのお着替えが毎度遅いように見受けられますが」

「あのそれは」

ミアは慌てた。

「わたしが必要ないって、ハンナに言っているの。一日に何度も着替えるなんてもったいない」

「何がもったいないのですか」

「時間が」

はー、とローガンはいやみったらしいため息をつく。

「妃殿下。お国では、日に一度のお着替えで問題ない生活をなさっていたかもしれませんが」

日に一度どころか、下手したら数日、冬場は一週間も同じ服を着ていたことがある、とはとても言えない。もちろん下着は取り替えていたが、よほど汚れない限りは同じ服で問題なかった。なにより、それほど服は持っていなかった。その頃の習慣で、どうにも、溢れかえるほどの衣装を前に尻込みし、着こなせないと思っている。ハンナはがんばってくれてはいるが、その気のない主を日に二度、三度と飾り立てるのは容易ではない。

「これから王族や貴族のご婦人方のサロンにお出かけになりますと、妃殿下の身だしなみが、殿下の評判に大きくかかわってくるのでございます」

つまり、ミアがみっともない様子だと、エドワードに恥をかかせるということだ。それは、ミアとてできれば避けたかった。だからといって、新しい侍女など必要はない。

「わかりました。必要に応じて着替えるし、できるだけ清潔にいたしますね」

「清潔?」

違った。

「えーと、身ぎれいにいたしますね。殿下に恥をかかせないように」

「よろしくお願いします」

「でもね、子爵。わたし、こう見えてすごく人見知りなの」

「ええ?」

ローガンは目を瞬いた。

「それは意外ですね」

「見かけ倒しなの。がんばっていろんな人に不快感を与えないようおしゃべりはするけれど、あんまり気を使いすぎると、熱が出ちゃったりなんかしちゃったりして」

ちらりと同意を求めるようにハンナを見やると、ハンナははっとした様子で、大きくうなずく。

「さようでございます。妃殿下は、本当に見かけ倒し……いや、見た目によらず社交性に乏(とぼ)しいお方で」

「そう。だから、身近にいる者は、このハンナと、ごく限られた従者や護衛だけで大丈夫」

今もキリアンはドアの外で控えているはずだ。ミアは幼少期からずっと孤独ではあったがその分自由だった。いまさら、気心が知れない人間をそばに増やすなんてぞっとする。

「わかりました。では、侍女の件は殿下とも相談し、いったんは保留ということで」

ローガンはにっこりと笑って、部屋を出ていった。

とたんにミアは、長椅子に崩れ落ちる。

「はー、肩凝った」

「本当に面白みのない男ですよね」

ハンナがすかさずやってきて、肩をもみほぐしてくれる。

「でも妃殿下。あの男の言うことにも一理ありますよ。衣装部屋には妃殿下が一年かかっても試着しきれないくらいのドレスがうなってますから」

「……ドレスの夢見そう」

「まあまあ。ということで、お着替えしましょう。午後のドレスとやらに」

午後のドレスに着替えても、晩餐の前にはまたより華美なドレスに着替えなければならないのだ。その華美なドレスも、見る人はいないというのに。ミアはうーん、と唸(うな)って、ぱっと長椅子から立ち上がると、自室のドアを開けた。

「キリアン。いたいた」

「……なんでしょうか、妃殿下」

「やめてよ、そんな他人行儀な」

「他人です」

「友達でしょ」

「そんな畏(おそ)れ多い」

キリアンは神妙な顔で否定する。まったく、時々意地悪なのだ。ミアはめげずに、キリアンの後ろにいるふたりの男を交互に見た。

「みんな揃(そろ)ってるのね。どうしたの」

ひとりはキリアンと同じ護衛で、ひょろりと背が高い銀色の髪の男、ジーク・フェロウ。二十五歳と年長だ。もともとは、キリアンの義父であるデール侯爵の私兵らしい。もうひとりは従者で、名はルイス・エルギン。こちらは鍛冶(かじ)屋の三男坊。歳はキリアンと同じ十九歳、金髪で筋骨たくましい大柄な青年だが、赤ら顔でどこか可愛らしい。

「ルイスがあまり剣が使えないというので、今から稽古をつけるところだ」

「剣の、稽古？」

ルイスが恥じ入った様子でさらに顔を赤める。

「そのう、剣は鍛える専門で、実際に使うとなると素人同然で。でも従者とはいえ、いざという時はミカエラ様をお守りできるくらいの腕はないとって、ジークさんたちが」

「えらい！」

「え、えら、えら……？」

戸惑うルイスの肩に、ミアは手を置いた。

「ひ、妃殿下」

「そういうことなら、わたしも付き合うわ」

「いやそんな」

ルイスがキリアンに助けを求める。

「わたしも体がなまっちゃって。遠慮しないで、そこの中庭で一戦交えましょ」

はー、とキリアンが息を吐いた。

「……それはちょっと。どうかと思う」

「あらなぜ」

「この国の王子妃は護衛や従者と手合わせなんかしない」

「お願いしても、聞いてくれないの？」

「諦めてください」

「じゃあ命令」

「承服しかねます」

キリアンは譲らない。すると、

「あらあ、別にいいんじゃない？」

うっふふ、と笑うのはジークだ。

「我らが妃殿下は、けっこうな腕前なのでしょ。でもいくら剣豪だって日々の鍛錬をおろそかにすればあっという間になまってしまうし。いざって時にご自分でご自分の身を守っていただければ、より安心よ」

「そう、そうなのよ」

ミアは神妙な顔をして、ジークの手を取った。

「ジークは話がわかるわ」

「光栄ですわ、妃殿下」

ジークは細身で綺麗な顔立ち、話し言葉も女性っぽいが、剣を握らせれば一流と聞いている。それにデール侯爵のところでは、諜報(ちょうほう)の仕事もしていたとか。

「やむにやまれずの稽古なのよ、これは」

「そうですとも。それに、軽めの運動ですわよね、妃殿下」

「そうそう」

話は決まりとばかり、ミアは急いで部屋に戻ると、かつて普段着にしていたシャツとズボンに着替えた。こっそりと荷物に入れておいたものだ。髪を束ね、耳飾りを外し、長靴(ちょうか)を履(は)く。庭に飛び出すと、キリアンとジークが、ルイスに剣の型などを教えている。

使っているのは真剣ではなく、木刀だ。それでも、

「お怪我させせるんじゃないわよ」

とジークはルイスに注意し、キリアンは逆に、

「怪我させられるなよ」

とルイスの肩を叩いた。ルイスは木刀を手に、途方に暮れた様子だ。

「妃殿下。本当にやるのですか」

「もちろん。手加減はなし。三本勝負ね」

久しぶりの木刀の重みを確かめる。昔、キリアンに稽古をつけてもらいたての頃は、やはり木刀だった。

それから中庭で、手合わせが始まった。ルイスは大きな体で右、左とよく動き、重い木刀も軽々と扱う。最初こそミアに対し遠慮している様子だったが、すぐに手加減無用と判断してくれたらしく、本気で挑んできてくれる。その間にも、キリアンやジークから指導が入る。

間合いは大事。剣を繰り出すタイミングも。ミアはしなやかに動き、連続してルイスから二本を奪った。その都度、ハンナとジークがきゃあきゃあと喜んでくれる。しかし三本目、ついにルイスが渾身(こんしん)の力で打ち下ろしてきた木刀がまともにミアの木刀を直撃して落下、一本を取られた。

「わあ、残念」

じーんと痺(しび)れる手首を押さえ、ミアは笑う。

「ルイス、十分に強いじゃないの」

「だ、大丈夫ですか妃殿下」

ルイスは慌てた様子で駆け寄ってくる。

「平気平気。やっぱり勘が鈍ってるわ。明日から毎日鍛錬しないと」

「え、毎日ですか？」

「これも身を守るためよ、ルイス。一緒に強くなりましょう」

困惑するルイスをよそに、ジークがまたしても同意してくれる。

「そうよルイス。あんた従者としても半人前なんだから、せめて妃殿下の稽古のお相手くらいなさい」

「そ、そうか。確かに、この僕でもお役に立てるなら……」

大きな体なのに、生真面目な様子がおかしい。それに久しぶりに汗をかき、気持ちがよかった。

「ハンナ、みんなでお茶にしましょうよ」

「畏(かしこ)まりましたわ、妃殿下」

中庭の一角で、そんなふうに和気あいあいとしている時だった。

「ミア」

咎(とが)めるような声が響き、一同は、驚いてそちらを見た。

「エドワード」

そう、彼だ。居室の掃き出し窓のところに立っている。ひどく不愉快そうに。

「何をしている。こちらへ」

「あ……はい」

ミアは急いで、彼のそばに行った。彼の声音(こわね)や、顔が怖かった。

「手合わせをしていたの。運動不足だから。何も問題はないでしょう、エドワード」

「問題は大ありだね」

エドワードの声は硬い。

「王子妃ともあろう女性が男装し、護衛や従者と庭先で剣を交え、嬌声(きょうせい)をあげていたとなれば」

嬌声だなんて、嫌な言い方をする。

「何も後ろ暗いことはないわ」

「わかってないな。もしも傷のひとつでも負ったら、僕は君の従者を処分しなくてはならなくなる」

「処分って」

「この国では、王族は絶対的な存在だ。配下の者に傷を負わされたとなれば、相応の罰を与える。君は胸が痛むだろうが、それも上に立つ者の、守らねばならぬ規則だ」

ミアは、思わずエドワードを凝視した。

なにかがおかしい。

こういう人だった？　レイトリンの森で、一緒に裸足でピクニックをした。馬の競走もしたし、狩りにも行った。弓矢の競い合いもした。ミアが弓で日々の食料を得、日常的に鍛錬をしていることも、エドワードは知っていたはずだ。獲物を解体し、土を耕す王女であることも。知っていて、それでもなお、ありのままのミアが好きだと、そう言ってくれたのに。

わかっている。先に態度を変えてしまったのはミアのほう。しかし、そのことを棚にあげてしまいそうになるほど、今、目の前で不機嫌さを隠そうともしないエドワードは、見知らぬ青年になってしまったようだった。それもミアが、本来もっとも苦手とする、身分差を口にし、貴婦人らしさを強要する人に。

「エドワード。わたしは」

「申し訳ございません！」

叫ぶように言い、膝を折ったのはキリアンで、ミアは目の裏がかっとするほど、強い感情に揺さぶられた。

キリアンが膝を折り、深く頭を下げている。あのキリアンが。美しい、湖の精霊と同じ名前の、ダグ・ナグルが貸し出してくれた……いや、ミアが長い年月をかけて見てきた、誇り高い黒の貴公子が。

キリアンだけではない。気づけばルイスやジーク、ハンナも跪き、額を地面にこすりつけんばかりだ。

「妃殿下に非はございません。我らが側近として守るべき分をわきまえなかっただけです」

「やめてキリアン！」

耐えきれず、ミアは叫んだ。驚いた顔をしたのはエドワードだ。

「ミア」

ミアは、強い瞳でエドワードを見た。

「わたしがルイスに無理を言ったの。わたしの責任よ。怪我なんてしていない。細心の注意を払ってくれていた。主のわがままが配下の者の罪になるというのなら、わたしが今後わきまえるようにする。だから、どうか、責めないで」

「ミア。僕は、君が心配なんだ」

エドワードは眉を寄せ、ミアに手を伸ばす。ミアは歯を食いしばって、咄嗟に避けようとする反応を抑え込んだ。

エドワードの手は、ミアの、乱れて額にかかった赤い髪をそっとはねのける。

「嫁いできて間もない。万が一のことがあったら、君のお母上に顔向けができない」

レイトリンの氷の女王は、娘に何が起ころうと、きっと、顔色ひとつ変えないに違いないのに。

「約束して。もう二度と剣など振り回さないと」

「木刀よ」

「木刀でも。王子妃が剣を振るう必要などない。この王宮は安全なはずだ。特にこの西翼は、何重もの警護の中にある」

ということは、勝手に逃げ出すことも不可能ということか。そう考えて、はっとした。逃げ出す？　そんなことを考えるなんて、どうかしている。

「エドワード。わたしは、新しい生活に慣れるよう努力するべきね」

ミアは神妙に言った。

もう、森を駆け回っていた自由な少女時代は終わったのだ。あの誕生日の儀式の夜に。

「窮屈な思いはしてほしくない。もう少ししたら、僕が街や、郊外にも連れ出してあげるから」

「ありがとう。とても楽しみ」

ミアは、うっすらと笑ってみせた。エドワードの目を正面から見つめなければ、これくらいは笑えるようだ。

「エドワード？」

一瞬、エドワードの目が暗くなった気がした。しかしエドワードはすぐに微笑む。

「迎えに来たんだ。君が来てから、ご婦人方の誘いがうるさくてね。たくさん招待状も来ていると思うが」

「ウォリック子爵が整理してくれているわ」

「ローガンはいいやつなんだが、融通がきかないところがある。個人との交流はこの先時間をかけていくとして、手っ取り早い方法があると、母が」

イザベラ王妃が、多くの貴婦人を招いて、ミアをお披露目する園遊会を催すというのだ。

それも、今日。

「突然で申し訳ないが、こういった面倒なことは早いほうがいい」

「では、着替えを」

ハンナがすかさず言って、ミアを屋内へいざなう。ミアはエドワードのそばから離れられたことに安堵し、足早に寝室に入った。

「……ミカエラ様。お顔が真っ青です」

ミアは、知らないうちに拳を強く握りしめていた。爪のあとが残るほどに。ひどく緊張していたのだ。

ミアは初夜で失敗した。次にエドワードと会えたら、今度こそ、可愛らしく素直に、甘えてみせるのだと決意していたのに。

よりにもよって、剣の手合わせの時に現れるとは。甘さなど微塵も演出できなかった。

いつにもまして緊張し、顔ばかりか全身がこわばってしまった。エドワードを前に、どうしたら自然に振る舞えるのか。努力しても無駄なのか。それぱかりを考えている。

「なんだか、意外だわねぇ」

ジークが、ぼそっとつぶやいた。エドワードがミアを伴って出かけたその直後である。当然、護衛も同行するものと思ったが、エドワードに退けられた。王宮内の警備はグリフィスの者で十分に間に合っていると。

従者のルイスも含め、男たち三人は西翼の一角にある小部屋で寝起きしている。やることがなくなったため、仕方なく、そこで休憩をとった。

「グリフィスの王子殿下は、ミカエラ様のこととなるとずいぶんと余裕がないようね」

「どういうことですか、ジークさん」

ルイスが上着を脱ぎながら問う。キリアンは黙って剣の手入れを始めていた。

「一目惚れって話だったわよね？　強国グリフィスの王子が、レイトリン王家と婚姻を結ぶのは、そもそも既定路線じゃなかった。しかも、当初はアリステア様を見に寄られたという話だった。それが蓋を開けてみりゃ、王子が惚れたのはミカエラ様で、どうしてもお嫁にしたいってんで、グリフィスの王や大臣たちを説得したんだと」

「一目惚れかあ。わかる気はするな」

ルイスはへへっと笑う。

「我らが王女様は気立てもいいし、僕らにも分け隔てなくお優しい。第一王女の噂は前々から知ってたけど、実際にお会いした時はびっくりしました」

「まあ、ワタシはもうちょい、育ってるほうが好きよ」

ルイスは驚いたようにジークを見る。

「なによ?」

「いや、ジークさんって、男が好きなのかと思ってました」

「あんたね、人を見かけで判断しないでくれる?」

「違うのですか」

「違わない。今はキリアンに夢中よ」

「やっぱり！　だから護衛に立候補したんですね」

「そう。すべてはこの子鹿(こじか)ちゃんのため」

ジークは悩ましい仕草で、キリアンの肩に手を回す。すでに日常だったので、キリアンは反応しない。

「あんたは?　ルイス。確かあんた、王室専門の鍛冶屋の息子よね。真面目に修業すりゃ、それなりの将来があったんじゃないの」

「そうかもしれないですけど、若いうちに見聞を広めとこうかと思って。鍛治屋は兄が継ぐんで、三男の僕になにかあっても問題ないですし」

ルイスはあっけらかんとした様子だ。

「なるほどねえ。でも、余裕のない王子の嫉妬のせいで首とられるのは、ちょっとごめんだわね」

「あれは嫉妬だったんですか！」

ルイスがまた目を丸くする。

「勉強になります、ジークさん」

「だから、意外だっての。互いに一目惚れなら、護衛とはしゃいでたくらいで目くじらたてないわよね？　それが血相変えて、まるで本当に怪我でもしたみたいに。あんたはどう思った、キリアン」

話をふられ、キリアンは「さあ」と答えた。

「どうも思わない」

「だけど、お姫さんの幼馴染みのあんたこそ、用心しなくちゃでしょ？　ひょっとしたら旦那よりよほど、あんたのほうが、気心知れた相手なんだろうから」

「立場はわきまえてる」

「男の嫉妬もなかなか厄介なのよ、子鹿ちゃん。あなた、本当に気をつけなさいよ」

「何が」

「時々、愛しくて仕方がないって目でお姫さんを」

キリアンは無言で手入れをしていた剣の切っ先をジークの首元に突きつけた。

あわわ、とルイスは慌てたが、ジークはにやりと笑う。

「図星でしょ」

「思い過ごし」

ジークとの付き合いはそこそこ長い。彼は、ふざけた態度が鬱陶しいが、義父のデール侯爵が重用する諜報部員でもあった。剣の腕もさることながら、身軽で行動力に優れ、常に三歩先を見据えて行動する。一方で、ルイスは陽気で力持ちなばかりでなく、真面目で我慢強い。

「まあまあ、キリアンが妃殿下を大事に思うのは仕方ないですよ」

そのルイスがのんびりと言って、キリアンの剣の切っ先を、ひょい、と横にずらした。

「何しろ幼馴染みで、家族みたいなもんだろうから。ね、キリアン」

ルイスはこういうところがある。天然なのか、計算か、ごく自然に空気を和らげる。

「しかしねえ。我らが王女は、あんましあの王子が好きじゃないのかもしれないわね」

ジークの言葉に、キリアンは再び黙り込み、剣の手入れを再開する。

それが事実でないことは、キリアンが一番よくわかっている。

ミアはエドワードに恋をした。屈託なく笑い、どんどん美しくなり、キリアンが髪を梳(と)かさなくても、自ら身なりに気を配るようになっていた。

だが、今はどうだ。エドワードを前にすると、異様なほど緊張している。周りは騙せても、キリアンはわかってしまう。ミアは本当の笑顔を、レイトリンの森の奥に置き忘れてきた。

その理由も、わかっている……。

『じゃあ、キリアンはわたしを好き?』

キリアンは立った。

「どこ行くのよ」

「そのへん見回ってくる」

「グリフィスのやつらと喧嘩(けんか)しなさんなよ」

ジークの忠告を背中に聞いて、キリアンは中央棟に続く白い柱廊へ出た。レイトリンとは違う、強い日差しが斜めから差し込んでいる。光が、遠くで陽炎(かげろう)のように揺らめいた。

ふと懐かしい感覚に見舞われる。子供の高い笑い声がして、柱の陰に、幼い黒髪の少年が見えた。少年は笑いながら柱を縫うようにしてこちらに近づいてくる。

キリアンは戦慄(せんりつ)し、思わず声を漏(も)らした。

少年の顔は、自分にそっくりだ。柔らかな質感のブラウスとズボンに、腰には鮮やかな青いサッシュを結んでいる。独特の幾何学(きかがく)的な文様(もんよう)が刺繍された靴に、腰に斜めに差した細いレイピア。柄(つか)の部分は黄金と宝石で象嵌(ぞうがん)され、小さな手にも黄金の指輪がきらめいている。

「おまえは」

声をかけたところで、陽炎と共にゆらめき、少年の姿は消えた。キリアンは深く息を吐き、その時初めて、自分が長い間呼吸を止めていたことに気づいた。

笑い声は聞こえず、ただ、柱廊を吹き抜けてゆくさやさやとした風の音ばかりが聞こえる。キリアンは高い天井画を見上げた。そこには宗教画が極彩色で描かれている。大神イデスが聖人たちを祝福する場面だ。どこかで見たことがある、とまた思う。

ここは奇妙な場所である。レイトリンの王城よりよほど明るく、開放的な雰囲気なのに。あの北の城は、寒くて陰鬱(いんうつ)だが、何かに強く守られているかのような、聖域と呼ぶにふさわしいものがあった。

しかし、この王宮は。強い太陽が、強い陰を生む。そこに何かが潜んでいる気がする。

エドワードは、厳重な護衛を誇示したが、キリアンは到着したその日から、落ち着かなかった。それで暇さえあれば、神経質に西翼の周囲を見回っている。

3

柔らかな光の洪水が押し寄せてきた気がした。王妃イザベラの園遊会は日差しが降り注ぐ半屋外の場所で開催され、庭にも屋内にも、着飾った人々で溢れていた。

ミアは薄桃色のシフォンを重ねたドレスに、髪は背中におろし、きらびやかな宝飾品を身につけている。とくに耳飾りはエドワードからつい先程贈られた品で、大粒の涙型の真珠に緑柱石をあしらったものである。

庭には大小のテーブルに花と菓子がふんだんに用意され、白い陶磁器までもが眩しく輝いていた。

ミアはまず、王妃に挨拶をした。髪色や面差しがエドワードに似ている美しい人だ。王妃は優しくミアを抱擁し、頰にキスをしてくれる。

「ごめんなさいね。こんなに急に」

「いえ。光栄です、王妃様」

「どうぞくつろいでね。あなたはもうわたくしの娘も同然なんですから」

優しく言われ、素直に嬉しく思う。母親という存在とは、今まで、複雑で冷たい関係性しかのぞめなかった。

王妃のそばで短いおしゃべりを楽しんだあと、ミアは再びエドワードに手を取られ、庭園中を動き回った。公爵夫人、伯爵夫人、幾人もの貴婦人と挨拶を交わし、微笑み、当たり障りのない短い世間話をして、移動する。正直、ひどく疲れるが、顔に出ないよう注意する。できるだけエドワードに恥をかかせないよう、控えめな態度を心がけ、静かに笑うようにし、会話も選び、相手のおしゃべりに熱心に耳を傾けた。

しかし、中には会えて嬉しい相手もいた。

「お兄様！」

明るい声が響いて、小柄な少女がドレスの裾をたくし上げるようにして駆け寄ってきた。

「出たな、お転婆娘」

エドワードが目を細め、優しいまなざしを向ける。少女はそばまで来ると頬を上気させたまま、うふふと笑った。

「お姉様。結婚式のお疲れが残っておられるでしょうに、こんな窮屈な場所に連れてこられて、とってもお気の毒ですわ」

ミアは微笑みを深くする。

「フランセット王女」

エドワードの、腹違いの妹姫だ。さらさらの褐色(かっしょく)の髪に、エドワードと同じ温かみのある灰色の瞳。淡い色のドレスがとてもよく似合う。到着日に一度挨拶をしただけだが、その時から人懐こく感じがよかった。お姉様と呼んではくれるが、年齢は確か同じ。

「こんなお天気の日は、ピクニックにでも行ってのんびり木陰でお昼寝したいものですわ。それなのに、噂好きのご婦人たちのお相手なんて」

エドワードは苦笑する。

「ミカエラは王子妃だ。気楽な立場のおまえとは違うよ」

「お兄様ったら。そんなつまんないことおっしゃってると、お姉様に嫌われますわよ」

会話の流れに内心ひやりとしたミアだったが、エドワードは笑い、フランセット王女の小さな鼻をつまんだ。

「そっちこそ。生意気ばっかり言ってると、いいものやらないぞ」

フランセットの顔が輝く。

「持ってきてくださったの！」

エドワードは上着のポケットから、何かを取り出した。琥珀だ。親指の先くらいの石で、陽光を受けて輝いている。

「嬉しい！　お兄様大好き！」

フランセットはエドワードの首に手を回し、頬に口づけした。その屈託のない愛情表現を、ミアは素直に羨ましいと思う。エドワードのほうも嬉しそうだ。

「見て、お姉様。この琥珀には小さなハチが閉じ込められているの」

フランセットは琥珀を載せた手のひらをミアに近づけた。確かにハチが閉じ込められている。それに琥珀自体も色が濃く、陰影も複雑だ。

「先日の視察の折に手に入れられたんですって。見た瞬間に欲しくなって、どうかちょうだいとおねだりしたのに、なかなかくださらなかったのよ」

「忘れていただけだよ」

「もう。ご自分が幸せでお忙しいからって」

ははは、とエドワードは愉快そうに笑う。

「おまえにねだられるもの全部やってたら、僕は丸裸だな」

エドワードの軽口に、フランセットは頬をふくらませる。本当に、仲の良い兄妹なのだ。

レイトリンの森でもそのようなことを言っていた。

しばらく三人で談笑していると、従者が近づいてきて、何事かをエドワードに耳打ちした。

「すぐにと仰せか？」

「はい」

エドワードは嘆息し、ミアに向き直る。

「ちょっと席を外すが、構わないかな」

「ええ、どうぞ」

「フランセット。ミカエラを頼む」

「もちろん。でもお兄様、この穴埋めはきちんとなさらないと。お姉様にはこの琥珀よりずっと素敵なものを贈ってさしあげてね」

エドワードは微笑み、ふと上体を傾けるとミアの耳にそっとささやいた。

「埋め合わせは今夜」

そうして、去っていった。

ミアはしばらく、呆然とした。今夜――それは再び、機会が得られるということ。頬が赤くなるほど恥ずかしく、嬉しいのに、同時に吐き気がする。今すぐに、耳を洗ってしまいたい。

「お姉様」

いけない。フランセットに呼ばれ、はっと目線をあげる。

「ご用心を。三羽烏がやってきますわ」

確かに、それまで遠巻きにこちらを見ていた華やかな一団が近づいてくるところだった。

「妃殿下」

「王女殿下」

三人の娘たちは、ミアやフランセットに次々にお辞儀をした。フランセットはそっけなく横を向いたが、ミアは礼儀作法にのっとって会釈する。

「妃殿下。お目にかかれて嬉しゅうございますわ」

娘たちが次々に名乗りだす。とても憶えきれない。最後にひときわ美しい娘が、はにかむような笑みを浮かべて名乗った。

「ロクサーヌ・ラ・トゥールと申します、お妃様。以後お見しりおきくださいませ」

なんという美しい娘だろう。ミアは彼女に見とれた。父親違いの妹、アリステア以上の美貌だ。レイトリンでもめったにいない、こっくりと深い金の髪は豊かに波打ち、卵型の白い顔、透き通る肌、淡い紫色の瞳。

「あの……」

狼や獰猛な野生動物を前にしても動じない自分なのに、ロクサーヌのようにいかにも高貴な娘を前にすると、気後れしてしまう。ミアは、おずおずと言った。

「どうぞよろしく……あの、よければ、わたしのことはミカエラ、と」

「まあ」

周りの娘たちが曖昧な微笑を浮かべる。

「妃殿下をそのように呼ぶなど畏れ多いことですわ」

「本当に。わたくしたちが殿下に叱られてしまいます。ねえ、ロクサーヌ様」

ロクサーヌは柔らかな微笑を浮かべたままだ。

「殿下はそのように狭量な方ではないわ。妃殿下、もしよろしければ、ミカエラ様とお呼びいたします」

「あ、ありがとう」

ミアはほっとし、思わず聞いた。

「エドワード……殿下とは親しいのですか」

素朴な疑問だったが、空気が一瞬張り詰める。

「ロクサーヌ様は、エドワード王子様の幼馴染みでいらっしゃるんですわ。ロクサーヌ様のお兄様がご学友で。ラ・トゥール伯爵家は代々王室とも懇意な家柄ですから」

「そうなのですね。では、わたしも今後はぜひ親しくさせてください」

ミアにしては精一杯の社交を述べたつもりだった。ロクサーヌは、にこりと笑う。

「ええ、ぜひ」

しかし、空気はなぜか微妙なままだ。すると、フランセットが、少々わざとらしいあくびを漏らした。

「お姉様。あちらでわたくしとウサギを見ましょうよ」

「ウサギがいるのですか？」

「たくさんいるわ。わたくしが特別に取り寄せて飼っているの」

飼っている。ウサギを？　食べるためではなく？　ああ、豚や牛と同じように、家畜として飼われているのだろうか。

「では、失礼」

フランセットはミアの腕を取り、歩き出す。しばらく行くと、彼女は言った。

「お姉様ったら。ロクサーヌたちとなど、親しくなさらなくてもよろしいのよ」

「殿下の幼馴染みだと」

「ロクサーヌは昔からお兄様にお熱で、自分こそが未来の王子妃になれると信じ込んでいたの。エドワード兄様はそんなつもり全然なくて。何しろお兄様は綺麗なだけで退屈な女は、何より苦手っておっしゃってたから」

　そうだったのか。道理で、ロクサーヌたちはなにか含んだ感じの笑い方をしていた。

　全体的にとても疲れる催しだが、無邪気なフランセットのおかげで、ずいぶん救われた。ウサギたちと触れ合う時間も楽しいものだった。ただ、フランセットは肘までの長い手袋をはめたままで、ウサギに餌をやる時も、それを外さない。ミアの視線に気づいたのか、彼女は気まずそうに言った。

「実はね、ひどい火傷のあとがあるの」

「そうなの」

「昔、侍女の真似事をしてみたくって、熱いサモワールをひっくりかえしちゃったのよ」

　ミアはウサギを撫でるフランセットを静かに見つめた。

「殿下が以前、言っていたわ。フランセット様とわたしは似てるって」

「え、本当に？　それは嬉しいわ」

「お転婆なところがそっくりですって」

　フランセットはミアと顔を見合わせ、ふたりでふふふ、と笑った。

　それにしても。飼われたウサギが食肉用ではなく、愛玩用だと知った時には、それなりの衝撃を受けたミアであった。

その頃、エドワードは父王の私室に呼び出されていた。

エドワードは母親似だと言われる。サミュエル二世は、白髪交じりの褐色の髪、深く皺が刻まれた顔に、常に柔和な微笑を浮かべた初老の男。しかし時に眼光鋭く、相手を観察、分類する。自分の役に立つ人間か、そうでないか。役に立たない人間は冷酷に切り捨て、利用価値がある者には、相手にとって心地よい言葉を耳にささやき続け、たらし込む。

それは実の息子に対してもそうだった。

「王妃の園遊会の途中であったか。呼び出して悪かったなあ」

「とんでもございません」

エドワードは頭を垂れた。サミュエル二世は自らティーポットを掲げ持ち、琥珀色の液体を均等にカップに注ぎ入れる。その数は三つ。部屋には王の他、国防軍総帥のルーベン将軍もいた。

「〝鷹〟から報告があってな。先程ルーベンも同席のうえ、確認したのだ」

鷹とは、サミュエル二世の放っている隠密のことだ。大陸中に散らばっている。

「女王が犬を動かそうとしているとな」

大陸に女王はふたりいるが、この場合、レイトリンのほうだろう。犬とはおもに各国境付近に配置している軍隊を指す。

「ラウロスのほうは？」

ラウロスはレイトリンの隣国。国境は平坦な森だが、件（くだん）のオネリス山の東の端でも接している。

「そちらも同じだ。レイトリン方面に中心部隊を微妙に配置換えしている」

「戦（いくさ）ですか」

「おそらくはなあ。娘を嫁がせたばかりだというのに、忙（せわ）しないことだ」

ラウロスとレイトリンは、隣国同士、これまでにも小競り合いが頻発（ひんぱつ）していた。どちらも貧しい国だ。かつて現ラウロス王が、女王カイラの美貌に惚れ、結婚を申し込んだこともあったらしい。しかしカイラはこれを断った。それも、「醜男（ぶおとこ）は好かぬ」と身も蓋もない言葉で。嘘か本当かはわからないが、以来、何かとラウロス側がレイトリンに難癖をつけ、兵を進めては雪に阻まれ停戦する、という無駄なことをやっている。

「レイトリンから援軍の要請が来ますか？」

女王カイラは抜け目のない女だ。両国の縁組に賛成したのは、ほんの数年分の食料だけが目的ではないはずだ。ラウロスと決定的な戦を起こすことを前提に、グリフィスの援軍をあてにしたとしたら？

ルーベン将軍が首をかしげるようにする。

「北方はもう冬です。我が軍も奥地までの進軍は不可能ですし、両国もわざわざ冬に開戦はしないでしょう。春の雪解けと同時に宣戦布告できるよう、今から互いの軍を少しずつ移動させているのでは？」

「将軍。では、この冬の間に女王から要請があると？」

「おそらくは」

サミュエル二世はカップに注いだ茶の香りを吸い込み、満足そうに微笑んだ。

「そなたたちも試してみよ。アルナディスの商人から買った一級品であるぞ。まこと茶は東国のものに限る」

アルナディスは東の端の国。確かに茶や絹織物を特産品としているが、そこを行き来する商人もサミュエル二世の鷹だ。

サミュエル二世は茶を堪能し、ふう、と嘆息した。

「北の女王にも困ったものよ。我が国をあてにするならするで、もう少し腹の中を見せてくれんとな。まったく、アルナディスの女王もそうだが、女の為政者は一癖も二癖もあって困る」

サミュエル二世こそ、人のことは言えない。何しろ今回の縁談は、こちら側にも目論見あってのことだった。

「オネリスへの足がかりは抜かりないか？」

「はい」

レイトリンを去る前に、ローガンと共に貧乏貴族の幾人かを買収した。実際に乗り込むのは先になりそうだが、それまでにオネリス開発の土台作りは進めておかなければならない。エドワードは細かな報告をいくつかあげた。王は柔和な顔でそれを聞いていたが、

「そなたがやらねばならぬことは、他にもあろう」

微笑みながら、言った。

エドワードはほんの少し身じろぎした。王宮内でささやかれるさまざまな噂は、ほとんどがこの王の耳に入っている。

「一日も早く孕ませよ。それが他国の姫を輿入れさせた王族の務めだ。男子でも女子でも、どちらもいい。ひとり産んでくれれば、こちらもさらなる名分が得られる」

いつかグリフィスが、援軍ではなく、敵国軍として彼の国に進軍する時。オネリスの利権を得るために、女王の血を引く娘とその後継までいれば、完璧だ。

こちらの話が本筋か。

「……尽力いたします」

エドワードはそっと唇を嚙み、頭を垂れた。

もう一度だけ、ミアと向き合おうと思っていた。だから日にちを置いて頭を冷やし、彼女の部屋を訪れた。

そこで見たのは、ミアが中庭で自身の従者と手合わせをしているところだった。陽光の下、身軽な格好で汗を流す彼女は、レイトリンにいる頃の彼女と同じだった。生き生きとして、護衛たちと喉を鳴らして笑い合っていた。

エドワードが失った笑顔だった。

嫉妬するなというほうが無理な話だ。

ミアは嘘の笑顔の合間に、ぞっとするほど冷たい瞳でエドワードを見る。しかし決まってその後、本人が、非常に苦しそうな顔をするのだ。

笑顔だけを約束して結婚を申し込んだはずだった。あのような顔を、目を、させるためではない。

それでも。

今夜行くと告げた時、ミアは耳まで赤くなっていた。

もう一度。彼女を、妻となった娘を抱くべく、部屋を訪ねる。

エドワードは従者に小さな花束を用意させた。薔薇ではない、もっと素朴で可憐な花だ。それこそが、宝石や薔薇より彼女にふさわしい。

王子妃の部屋のドアをくぐる。砂色の髪の大柄な侍女がそそくさと出てゆく。初夜と同じように長椅子に腰掛けるミアは、先日よりもさらに薄い夜着に身を包んでいた。

素肌が完全に透けて見えている。それでも精一杯、顔をあげ、膝の上で両手をきつく握り合わせていた。

エドワードは、深く息を吐いた。

「……エドワード？」

不安そうに、彼女が名を呼ぶ。必死に、がんばって笑顔を作り、エドワードに抱かれようとしているのだ。

エドワードは長椅子の背にかけられていた白絹のガウンを取ると、ミアに着せかけた。

ミアが、途方に暮れた顔をする。

「心配するな」

彼は言った。

「……僕たちは、もう少し時間をかけるべきだ。急ぐ理由はどこにもない。そうだろう？」

「でも……」

「グリフィスのぶどう酒を持ってきた。君は確か、お酒も好きだったよね」

ミアはこれを聞き、明らかにほっとした顔をした。

『一日も早く孕ませよ』

そう、王は言った。女王や王の目論見など、ミアは知らないのに。夫であるエドワードが、恋心だけで彼女に求婚したわけではないことも。

孕ませる。その言葉に、エドワードは自身の心を土足で踏みにじられた気がした。とてもではないが、ミアの心の準備がないまま、彼女を無理やり抱くことなどできない。そうしてもしも子ができたとしたら、エドワードは永遠に、彼女の笑顔を失う気がした。

だから時間をかけるべきだ。たとえ笑い者になったとしても。エドワードが欲するのは彼女の体ではなく、あの、心からの笑顔ひとつなのだから。この時、エドワードは本気でそう思っていた。

第四章　氷の女王の裏切り

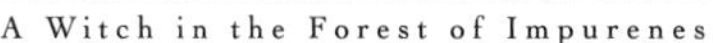

1

ミアはその後、来る日も来る日も、退屈な茶話会に参加した。言葉の問題はなかったが、話の内容が恐ろしくつまらない。貴族の奥方や令嬢たちの関心はもっぱら新しい流行のドレスや化粧、髪型のこと。ミアが顔も名前も知らない貴族の噂話。カードで誰が勝ったか負けたか。何ひとつ共感できる楽しい話ではなかったため、ミアはおとなしくそこに座って聞き役に徹した。微笑みだけは絶やさないよう気をつけていたためか、皆概ね好意的だった。

「本当に可愛らしい方」

「妃殿下、評判の仕立て屋をご紹介いたしますわ」

「北方の方の肌は本当に美しいですわね。神秘的な目のお色とドレスがぴったりですわ」

中にはミアが王子と寝所を共にしていないと知っている年配のご婦人方がいて、焦らず待っていればそのうちきっとお情けをかけてもらえる、というような慰め方をした。

ミアは引きつった顔でその場にいるのが精一杯だった。ちょっと失礼、と少しだけ席を

外し、化粧室で呼吸を整えてから笑顔の練習までして、サロンに戻ろうとした。すると、

「本当にお気の毒。政略結婚とはいえ、一度も殿下に抱いてもらえないなんて」

　意地の悪い声に足が止まる。

「いっときの気の迷いで小国の王女なんて娶られるからですよ。わたくしは反対でしたよ、ええ。エドワード様といえば王太子殿下よりよほどお美しく、そのうえ賢くて、どんな大国の王女様だってご令嬢だって望めましたのに」

「それほどお美しくもありませんものねえ。わたくしは断然、ロクサーヌ様がよかったですわ」

「わたくしも。本当におふたりは絵になる恋人同士でございましたのに。どうしてエドワード様は彼女を選ばなかったのかしら」

　ロクサーヌ・ラ・トゥール。花の化身のように美しい娘の顔を思い出し、ミアは鼓動が激しくなった。

「ロクサーヌは野心家だから、コクラン王太子殿下に乗り換えたのよ。エドワード王子がいくら素敵でも、未来の王妃にはなれませんもの。その点、コクラン様はこの国の王になられる方。伯爵家としてどちらがいいかなんて明白ですわ」

「あら、コクラン様と結婚できたら、将来は王妃に留まりませんわよ。噂では、円卓会議

が百二十年ぶりに催されるとか」

ミアはそっとその場を離れた。無人の渡り廊下をひとりで歩いてゆき、途中で立ち止まる。いけない。ハンナやルイス、護衛たちを控えの間に残してきた。少し気持ちを落ち着けてから、戻るべきだ。

目の前には、人工的に整えられた緑の庭が広がっている。

豊かなグリフィス。豪華絢爛な王の城。しかし、帝都ナハティールの皇城はここよりはるかに巨大で荘厳なのだという。

グリフィス王家は幾人もの皇帝を輩出した名門だ。レイトリン王家からは皇帝が出たことはない。はるか昔、平等な条件で割譲されたはずの大地は、決して平等ではなく、極寒の北国レイトリンの国力は、グリフィスに敵うべくもなかった。他の王国の中でもこの国の豊かさは群を抜いている。

そんなグリフィスは、選帝会議の開催をはかり、王太子コクランを新たな皇帝にしようとしているのか。

一国の王女としてこの国に嫁いできた自分は、これから先どうあるべきなのだろう。

ふと、軽やかな笑い声が響いて、ミアは声がしたほうを見やった。

柱廊の真下の通路を、エドワードが歩いてくる。どきりとした。彼の傍らには、あのロクサーヌがいた。ふたりで、顔を寄せ合うようにして話し、明るい笑い声を立てている。

刃物で胸の奥を切りつけられたような痛み。

ロクサーヌの眩しい笑顔。

あんなふうに、ミアだって、エドワードに笑いかけていたはずなのに。

エドワードも楽しそうだ。久しぶりに彼の愉快そうな笑い声を聞いた。ミアは彼のあの笑顔と声が好きで、好きで、遠いこの国まで嫁いできたのだ。

たまらなかった。

「エドワード!」

思わず声をあげていた。エドワードとロクサーヌは驚いた様子でこちらを見上げる。もうこの時には後悔していた。声なんて、かけるべきじゃなかった。

ミアは顔を引っ込めると、踵を返し、柱廊を駆け出した。

「ミア!」

階段を駆け上がる足音がして、すぐにエドワードが追いかけてくる。足の速さには自信があったが、あっけなくエドワードに手首をつかまれた。

立ち止まり、振り向かされる。ミアは顔を伏せた。

「ごめんなさい。特に用事はないわ」

「ならなぜ声をかけた」

「邪魔をするつもりはなかったの。ただ、ただ……」

あなたたちが、とても楽しそうだったから。

「どうぞ戻って。ロクサーヌ嬢が待ってる」

「いや、彼女は」

エドワードは何かを言いかけ、じっとミアを見つめた。

「……嫉妬(しっと)を？」

エドワードの目が見開かれている。ミアは顔をそむけた。

「そうよ」

「どうして」

「どうしてって。あなたが好きだから」

結局率直になることしか、ミアにはできないのだ。

「でも君は僕に心を開かなくなった」

「事情がある」

「君はいつもそれを言う。何があった？」

すべてを打ち明けることができたなら。ミアは顔をそむけたまま、震える唇を開く。

「……あなたがわたしを信じられないのは無理もないわ。でもわたしは変わらずあなたが好きだし、あなたが国一番の美姫と一緒のところを見ると胸が苦しくなるの」

エドワードは低く唸るような声をあげて、ミアを抱き寄せる。

怖気が背中を駆け抜ける。触れてほしくないのだ。それは、どうしても変えることができない。

「君は残酷な女だ」

エドワードはミアを抱きしめたまま言う。

「僕を弄ぶのか。あの森の城で出会った時から、会うごとに僕を翻弄する。君の目的はいったいなんなんだ」

ただ、エドワードに愛されること。それこそが、ミアがこの国に来た最大の理由であるのに。

「エドワード。苦しい」

容赦のない力で抱きしめられる。と思ったら唐突に柱に押しつけられ、動きを封じられる。そのまま、優しさのかけらもないキスをされた。

唇をこじあけ、相手のすべてを奪い尽くそうというようなキス。

「や……めて！」

唇が一瞬離れた時、悲鳴のように叫んだ。

すると急に力が弱まり、ミアは石を貼った床に投げ捨てられるようにして無様に転んだ。

「王女！」

高い声がして、キリアンが駆けつける。いったいいつから控えていたのか。確かに彼はミアの護衛だ。見れば、少し離れた場所にジークやルイスもいる。

「……殿下。どうぞお鎮まりを」

「僭越だぞ、兵士の分際で」

「お言葉ですが、我々の任務は妃殿下をお守りすることです」

キリアンはミアを立たせて、自身は膝を折って頭を垂れる。

「守る？　いったい誰から守るつもりなんだ。夫である僕か？」

挑発的な物言い。キリアンは動じず、ひたと王子の瞳を見据えるようにした。

「何者からでも」

エドワードの目の光が強くなる。今にも剣を抜きそうな殺気を感じた。

「控えなさいキリアン」

ミアは鋭く命じた。

「殿下はわたしの夫。わたしを傷つけることはないわ」

「……は」

懸命にエドワードを見る。しかしエドワードは、ミアから視線を外した。

「好きにすればいい」

切り捨てるように、そう言った。

「僕もそうする……数年して、子ができなければ十分に離縁の理由となる」

彼が背を向ける。マントを翻(ひるがえ)し、去ってゆく。

「……殿下、お待ちを」

ロクサーヌがエドワードを追いかけてゆく。ちらりとミアを、勝ち誇った顔で見るのを忘れなかった。

あと幾度、エドワードの背中を見送ればいいのだろう。

「キリアン。今後、エドワードにさからってはだめ」

キリアンはうつむき、自分の首の後ろに手をあてた。

「あまりにも狭量なんで、つい」

「わたしがそうさせているのよ。無礼もほどほどにしないと、本当に首がとぶからね」

「それでも構わない」

「このお馬鹿(ばか)！」

ジークがごつん、とキリアンの頭を拳（こぶし）で叩く。

「あんたが死んじまったら誰がお姫さんをお守りすんのよ」

「あ、僕もいます」

と名乗りをあげるルイス。

「かーっ、ばっかかねえ！　図体さえでかけりゃいいってもんじゃないのよ。気持ちの強さが大事なんだからね」

「それはキリアンに負けません、ええ」

彼らのやり取りに、ミアは小さく笑った。張り詰めていたものが、少しだけ緩む。

同時に悪かったな、と思う。彼らを王宮の茶話会などに付き合わせていては、もったいない。ミアの時間ももったいない。

「わたし、明日から茶話会の招待はできるだけ減らしてもらう」

「そんなこと勝手に決められるのか」

「ウォリック子爵にお願いするわ。この騒ぎを耳にしたら、しばらくは好きにさせてくれるかもしれないでしょ」

言いながら、惨（みじ）めな気持ちになった。夫に床に投げ捨てられたのだ。観客は多くはなかったが、皆無ではない。きっと今夜中には、あちらこちらのサロンで尾ひれをつけながら広がるに違いない。

もちろんこの国の王子妃として、社交も大事だろう。しかし、どういう立場であろうと、自分らしさを失っては、結局、王子妃としても役に立たない人間になってしまう。

自分の頭で考えること。行動すること。ずっとそうやって生きてきたのだから。


ミアは早速行動に移した。ローガン・ウォリック子爵に許可をもらい、茶話会をかなりの数減らした。その代わり、歴史学と宮廷作法の授業は熱心に受け続け、早朝と午後の一時間は、土いじりができることになった。それも王宮の裏手にある菜園の一画で。温室や倉庫も近くにあり、理想的な場所である。

数種類の野菜の種も手に入れた。貸し出された場所に、小ぢんまりとした畑を作った。早朝の時間を有効に使い、地面を掘り起こし、畝（うね）を作る。王子妃が妃（きさき）らしからぬ作業をしているとは、あっという間に噂で広がったらしい。しかしハンナは愉快そうだ。

「頭がおかしくなってしまったのでは、なんて言われてましたよ」

「そのようだ、とでも言っといてよ」

「まさか。おかしいのは人のことばっかり気にしてる暇人たちのほうだ、って言ってやりました」

「それもそうね」

そんなやり取りをしながら、ふたりで畑を耕した。ハンナは、

「せっかく憧れの侍女になれたのに、またなんでこんな泥仕事を」

などと言ったが、案外楽しそうだ。聞けば、実家が没落し食料に困った時、細々と畑を作って芋など植えたりしていたのだという。道理で手際がいいはずだ。また力もあるので作業は順調に進んだ。

「何を植えるんですか。妃殿下」

「野菜をいくつかと、秋蒔きの小麦よ。ほら、レイトリンでは秋蒔きは不可能だけど、グリフィスならできるのよ。雪が降らないから」

「なるほど。そりゃ楽しみですね」

「ちょっと遅いかもしれないけど、ここの気候なら試す価値ありよ」

この秋蒔きの種が芽吹き、来年、収穫ができる頃には、ミアはエドワードとの関係を修復することができているだろうか。

あの柱廊での激しいやり取り以来、エドワードが部屋を訪ねてくることはなかった。時折、夫婦の義務として公式行事には揃って参加した。エドワードは両親の前では儀礼的にミアの頬にキスをして手をとったりもしたが、あくまでも表面的なものだった。

贈り物だけは続いている。しかし、添えられたカードの文字はエドワードのものではない。たまに共に食事をしても、会話はなく、こちらの顔も見なかった。ミアはそれでも懸命に話しかけ、一緒に庭を散歩しないかと誘ってみたりしたのだが、冷たい微笑で断られるか、無視されるだけだった。

ミアはすっかり、西翼と畑の往復だけで一日を過ごすようになり、閉じこもりがちになった。あれほどうるさかった貴婦人たちの誘いも、日に日に少なくなっている。

ハンナによれば、王子夫妻の不仲はもう広く国民にまで知られるようになり、数年後には離縁しレイトリンに送り返すことになるだろう、と言われているらしい。グリフィスの国民は皆、明るく美しい金髪の王子を誇りに思い、その王子に愛されないミアのことは、冷たい異国の政略結婚の相手にしかすぎず、エドワードが気の毒だという流れが主流らしい。ミアのせいで、初恋の美しいロクサーヌ嬢との結婚が叶わなかったのだ、という説まで流れている。ふたりは幼馴染み（おさななじみ）で結婚したかったのに、レイトリンの女王がそれを邪魔して、自分の私生児を押しつけたのだと。

さすがにハンナはそこまでは教えてくれなかったが、王宮内の噂は嫌でもミアの耳に入ってきた。家庭教師は最初からミアを軽んじてものを言ったし、小間使いも口さがなかった。

部屋にいると鬱屈するので、そんな時こそ、隙間を見つけて畑に出た。ルイスは快く水くみや雑草の処理を手伝ってくれた。キリアンは相変わらず汚れ仕事だけは手伝おうとせず、涼しい顔で護衛を務めていた。

事態が動いたのは、ミアがグリフィスに嫁いで三ヶ月経つ、冬の頃だ。

この頃にはミアは宮殿の庭師や菜園担当の者たちと親しくなり、早朝から昼頃まで畑仕事をするのが日課となっていた。この日は朝からキリアンとジークがグリフィスの近衛兵たちとの共同練兵で留守にしており、ハンナは西翼の厨房へ昼食を受け取りに行っていた。ルイスも含む三人で、畑の横にある大きな栗の木の下で、昼食を食べる予定でいた。

「妃殿下、見てくださいよ！」

ルイスが嬉しげな声をあげる。

「僕が蒔いた種がもうこんなに！」

「ほんと」

それはカブの芽で、ふたりで手を取り合って喜んだ。その時、ふと、妙な気配を感じてミアは振り向いた。

その、栗の大木の後ろから――――するりと男が現れたのだ。

王宮の近衛兵と同じ格好をしている。頭部をすっぽり覆う銀の兜と、緋色のマント。たったひとりで、無言のままこちらに近づいてくる。

確かに近衛兵と同じ装いだが、兜の面当てをすべて下ろし、顔を隠しているのがおかしい。ここは戦場ではない。

「ルイス」

呼ぶと、彼はすぐに異変に気づき、ミアと兵士の間に入った。

「誰だ」

鋭い声で誰何するも、兵士は無言のまま、やや小走りになった。その頃にはルイスはそばにあった鍬を構えていた。

「妃殿下、離れてくださ……」

兵士が剣を抜きざま、走り寄ってくる。ルイスが鍬を振り上げ、硬質な音が響いた。

「何者っ……」

ミアは声をあげた。

「誰か！　誰か来て！」

しかし真昼の菜園はしんと静まり返っている。今日に限って王宮の兵士たちの数は少ない。いや、練兵のあるこの日を狙ったのか。庭師たちもそれぞれが担当する場所へ出払っている。ミアは武器になるものを探した。遠くにほうきが転がっているだけだ。躊躇している間にも剣と鍬が激しくぶつかり合い、ルイスがくぐもった声をあげる。

「ルイス！」

とうとう鍬の柄が折られ、続けて血しぶきがあがる。斬られたのだ。ルイスは後ろのめりに倒れてしまった。刺客が容赦なくとどめをさそうとする。

「待ちなさい！」

ミアは叫び、駆け寄った。素早く折れた鍬の柄を拾い、刺客に突きつける。

「誰の命令？」

相手は無言のまま、剣を繰り出してきた。ミアは飛び退き、後方に下がる。今は相手の注意をルイスからそらさなければならない。もちろん刺客の狙いは自分だろう。案の定、鍬の柄を手に下がるミアを、相手は剣を繰り出しながら追い詰めてくる。

落ち着け、落ち着け、とミアは自分に言い聞かせる。キリアンとの稽古を思い出すのだ。大丈夫。目の前のこの刺客は、体格差こそあれ、キリアンの腕とは比べ物にならない。

しかしそれは、こちらも武器があっての話だ。

剣が振り下ろされる。辛くも斜め後方に倒れる形で凶器を逃れた。相手の剣はミアの左頬と耳をなぶり、髪を散らして空気を裂いた。

もう次がない。ミアは倒れて、尻もちをついたまま、相手を見上げる格好となる。

面当てが少し持ち上げられ、相手の目が見えた。黒く、暗く濁って、なんの感情も読み取れなかった。ただ、ほんの少しのぞいた眉間に、斜めに入った疵が確認できる。

「恨むなら女王の血を恨むのだな」

ミアは瞳を見開いた。死ぬ瞬間を想像した。何も思い浮かばなかった。しかし、刺客が動きを止めた。倉庫の向こうからジークの軽口が聞こえてきた。

刺客は素早い動きで身を翻した。ミアは立ち上がろうとしたが、腰が抜けてしまい、動けずにいた。

「……ミア！」

キリアンが叫んでいる。必死の形相でこちらに駆け寄ってくる。その頃には刺客は姿を消していた。

助かった。すぐにキリアンが助け起こしてくれ、顔を両手で挟まれる。

「斬られたのか！」

言われて初めて、頬と耳の痛みと、シャツに散った鮮血に気づく。

「かすり傷だわ。それよりルイスを。ルイスが」

倒れて目を閉じているルイスのところに、ジークが駆け寄った。

「大丈夫、息はあるわ……」

安堵の息を吐いたミアを、キリアンがきつく抱きしめる。どうしてか、彼は細かく震えていた。

宮殿内は大騒ぎになった。異国から嫁いだばかりの王子妃が暗殺されそうになったのだ。兵士の数は増え、厳しい捜査が開始されたが、何ひとつ有益な情報は得られなかった。

ミアもローガンに事情を聞かれた。刺客に心当たりがあるかと問われ、首を振った。

『恨むなら女王の血を恨むのだな』

嫌な想像ばかりが次々に浮かぶ。口に出したら、現実になってしまう気がした。

いくらいらない王女だったとはいえ、嫁いだばかりで謎の死をとげれば、大きな国際問題に発展する危険性をはらんでいる。よくよく考えなければならない。

幸い傷は大したことはなかった。頭部にかけて包帯を巻かれているが、命に別状があるわけではない。疵も残らないだろう、と王宮の侍医に言われた。

しかし、その侍医に安静を命じられている。大げさな、と思っていたのに、なんだか頭が重い。侍医は、熱が出るかもと言っていた。

ミアはハンナが用意してくれた薬湯を飲んだ。侍医が処方したものだ。妙に甘ったるく苦手な味だった。

「……いらっしゃらないですね」

眠りに落ちていく中で、ハンナとキリアンが会話している声が聞こえた。キリアンはずっと部屋から下がらない。

話しているのは、エドワードのことか。命に別状はなかったのだから、現れなくてももちろん問題ない。

問題ない？　もしも怪我をしたのがエドワードだったら。ミアは何をおいても駆けつけただろう。

つまりふたりの間にはそれほどの温度差が生じてしまっているということだ。

「ねえ」

ミアが声をあげると、キリアンとハンナがすぐそばに戻ってきた。

「わたし、起きたら、ナマズのクリーム煮を食べるからね」

体力が落ちている時にはナマズのクリーム煮を食べるからね」

「馬鹿だな」

「本当ですよ、ナマズなんて……」

「熱々のやつ、お願いね」

ミアは真剣に言って、瞳を閉じた。

心配そうな灰色の瞳がじっとミアを見下ろしている。エドワードだ。なんだ、やっぱり来てくれたのだ。

「エドワード」

「すまない」

と、彼はつぶやいた。何を謝るのか聞きたいのに、言葉を発するのも億劫な感じだ。丈夫なのが取り柄なのに、これはどういうことだ。体感からいって、高熱が出ていることに間違いはない。

あの剣に毒でも仕込んであったのか。まさか。

「刺客は必ずとらえる。君の安全は夫である僕の責任なのに、申し訳ないことをした」

責任、という言葉を聞いて悲しく思ったのはこれが初めてだ。ミアは熱で潤んでいる瞳でじっとエドワードを見た。

熱のせいなのか、あの呪いによる嫌悪感や恐怖は薄れている。ただただ、エドワードが慕わしい。

「エドワード……」

ミアはささやくように言った。

「ごめんね。わたしは、あなたが、大好きよ」

エドワードははっとした顔になる。

「ミア……」

「憶(おぼ)えてる？　前に、グリフィスの果樹園の話をしてくれた」

「ああ。憶えてる。元気になったら一緒に行こう」

「よかった。もう、嫌われてしまったのかと思った」

「君を嫌いになれる男がいるわけがない」

キリアンもそう言ってくれたのだった。もちろんふたりとも、本当はすごく優しいから。

エドワードはミアの汗ばんだ額から髪を払い除けてくれた。それから冷たい布で額や首の汗を拭(ぬぐ)ってくれる。優しい手つき。なんだ。呪いはもうおしまいになったのだ。だって何ひとつ嫌じゃない。エドワードに触れられても、嫌どころか、むしろ嬉しい。

今なら。きっと、きっと大丈夫だ。ミアは必死に震える手を伸ばした。

「エドワード。わたしを抱いて」

エドワードが目をみはり、それから、苦々しく笑う。

「何を言い出す」

「今すぐに。お願い。大丈夫だから」

「……ミア」

エドワードは目を細め、ミアの手をそっと戻した。

「早く元気になって。何も心配しなくていい。元気になったら……僕と果樹園へ行こう」

エドワードは優しく言って、立つと部屋を出ていってしまう。

行かないで。

そうつぶやいたつもりだったが、ミアは目を閉じ、こんこんと眠り続けた。

宮殿には目に見えて厳戒態勢が敷かれた。キリアンは刺客の痕跡を詳細に調べるために動こうとしていたが、その行動も制限されている。西翼全体がグリフィスの兵士に囲まれているのだ。

「なんだか物々しいわねえ。当たり前っちゃ、当たり前だけど」

ジークが考え込んでいる。キリアンとジーク、ハンナは、ミアの居室の外にいた。ルイスは負傷したため、下がらせている。

ミアを襲った刺客の行方はようとして知れず、どこの手のものかまったく見当もつかない。さらに、ミアは怪我を負ったばかりでなく、高熱を出している。意識は時々はっきりするが、次の瞬間には混濁し、眠り続ける。当然食事も摂れず、ナマズのクリーム煮などとんでもない話だった。

「キリアン様。これなんですけど」

そんな中、ハンナが陶器の壺を持ってきた。中身は薬草で、いくつかの小袋に分けられている。

「侍医が処方して、日に三度煎じて飲むように指示があったものです。でも、珍しく妃殿下が飲み渋って」

キリアンはにおいを嗅いだ。わからない。ミアであれば薬草に詳しいが、本人はその判断ができないくらいに弱っている。何を飲まされたとしても、気づけないほどに。

当初はキリアンも、刺客の剣に毒物が塗られていたのでは、と疑った。しかし同じ剣で、ミアよりよほど深手を負わされたルイスは、熱は出ず、順調に回復している。

「それ預かるわよ」

ジークが言った。

「ここの連中は信用できないわ。ひそかに街に出て、詳しいやつをつかまえて調べさせるから」

「ミアは自分で薬草を持ってきているはず」

「解熱鎮痛の薬草ですね。あたしも妃殿下にもらって、たいそう効きました」

「とりあえず、そっちを飲ませて。医者にはまだ何も言うな」

ハンナはうなずき、部屋に戻っていった。ジークがやれやれ、と息を吐く。

「案外、敵は身近なところにいたりして」

滅多なことは言えない。だが、ミアが高熱で苦しんでいる中、夫であるエドワードは楽しく過ごしているらしい。

ミアが邪魔になったのか？　これほど早く？

ミアを苦しめ、泣かせている。それだけで、万死に値する。その上もしも、刺客があの男の手の者だとしたら。

その時、キリアンは、どうするのか。

「ねえキリアン。最悪なことを想定して動くのが、ワタシの性分なのよ」

ジークは彼にしては珍しく、真顔で言った。

「わかってる」

ジークはレイトリンのデール侯爵が私兵として重用し、最後まで手放すのを惜しんだ男だ。

「この薬草は調べるとして。このまま妃殿下の周りにグリフィスの兵が増えて、身動きが取れなくなる前にね、ちょっと手を打っとこうかと思うんだけど」

「どうするつもり？」

「オルセールの街ってね、洒落た酒場がいっぱいあるのよ。ワタシは不真面目な護衛だから、そういうところにしばらく入り浸ろうかと思ってるの。職務放棄して」

キリアンは少し考え、うなずいた。

「気兼ねなく遊んでくればいい」

「ありがと、子鹿ちゃん」

ジークは悩ましい顔つきで片目をつぶってみせた。

『心から愛する男に笑顔を見せることができなければ、相手の心を捉えておくことなどできるはずがない』

ざらついた声が耳の奥に響いている。ミアにはわかっている。呪いは確実に作用しているけれど、これは夢だ。ミアがいるのは息さえ凍るレイトリンではない。南の王国、楽園グリフィス。それなのに、この寒さはどうしたことだろう。

白い獣が心配そうにミアを見ている。

「ナグル……」

レイトリンの深い森の奥で知り合った狼は、ミアを心配している。ミアはナグルに抱きついた。七歳の時のように。ふわふわの毛が温かくミアを包み込む。犬くさい。冬の夜空と同じ瞳が、じいっとミアを見つめる。それから、くんくん、とおもむろにミアのにおいを嗅ぎ、顔をしかめた。

(なんかおまえ臭う)

えーっ、とミアは内心でショックを受けた。神とはいえ、自分だって犬くさいのに、とは言えず、自分の全身を見下ろす。

「お風呂入ってないからかな」

何しろ熱が下がらないから。高熱を出したのは、記憶にある限りでは二回目だ。一回目は、七歳、森にダグ・ナグルを探しに行くきっかけになった出来事。侍従のホワンに、意地悪を言われて熱が出た。

おまえは、神にも女王にも嫌われていると。生まれてきてはならなかったのだと。

(違う)

ダグ・ナグルは鼻をひくひくさせている。声が聞こえるというよりも、耳の奥に直接響く感じだ。

(死者のにおいだ。早く目覚めねば、死の穢れを受ける)

「わたし、眠ってるの？」

死。ミアは、ぎくりとした。そこで目が覚めた。

「あ、起こしちゃった」

視界に飛び込んできたのは、明るい褐色（かっしょく）の髪。普段は茶目っ気たっぷりの灰色の瞳が、優しく細められ、ミアを見下ろしている。

「フランセット王女」

エドワードの妹姫だ。白い手袋をはめた手が、ミアの額にそっと触れた。ひんやりして気持ちがいい。

「だいぶ下がってるわね。よかった」

「どうして……」

体を起こそうとしたが、力が入らない。フランセットは枕をミアの頭の後ろにひとつ入れて、上体を少し起こすのを手伝ってくれる。

「心配で、時々様子を見に来ていたの」

ミアは、思わずまじまじと義理の妹の顔を見つめた。ミアにとって妹とは、これほど優しい存在ではなかった。

フランセットは悲しそうな顔をする。

「警備が手薄だったために、怖い思いをさせてしまったって、お兄様やお父様が。王妃様も一度いらしたのよ」

「それは……申し訳ないことを」

どう反応していいのかわからない。王妃がミアを見舞うなんて、畏れ多くてめまいがする。

「いろいろ言う人はいるけれど」

フランセットはおずおずと切り出した。

「わたくしはあなたが好きよ。エドワード兄様が選んだ方ですもの。それに、動物好きな人で悪い人はいないって思ってるし」

ミアは思わず笑った。

「……また、ウサギを見せてくれますか」

フランセットの顔が輝く。

「もちろん！　ウサギだけじゃなくて、わたくしの馬も見せてあげる。栗毛で、とても賢いのよ」

栗毛の馬。故郷に置いてきたアンナ・マリアを思い出し、ミアの鼻の奥がつんとする。

「元気になったら、一緒に乗馬をしましょうよ。王宮の丘から森へのコースがいいわ。この季節なら、渡り鳥がたくさん見られるはずよ」

　フランセットの優しさが身にしみる。

「さ、薬湯を飲ませてあげる。さっき侍医に作らせたばかりだから、まだ温かいわ」

　フランセットは侍女から椀を受け取り、自ら匙をミアの口元へ運んでくれた。そこへ、

「王女様。妃殿下のお薬は、こちらです」

　ハンナが別の椀を手にやってきた。

「そうなの？　でも、侍医は……」

「処方に変更があって、最近はこちらを妃殿下に服用していただいています。お体に合うようで、解熱にも効きましたので」

　フランセットは不思議そうに小首をかしげたが、

「わかったわ。では、そちらを」

　とハンナから受け取った薬湯を、ミアに一匙ずつ飲ませてくれた。

　それはミアにも馴染みのある味で、ほっとした。エキナセアやウイキョウを中心にジンジャーとネトルも配合されている。前にハンナが不調の時に渡したこともある。風邪のひきはじめはもちろん、高熱が続く時、月のものが重い時にもたいそう効く。

「ありがとう……フランセット王女」

口元に優しく自分のハンカチをあててくれた王女に礼を言うと、フランセットはにこにこと笑った。

「フランでいいわ。病なんて早く治して、一緒に楽しいことしましょうね」

王宮内では、刺客に襲われたミアがショックを受けて病になってしまった、ということになっているらしい。ミアは反論したかった。違う。自分はそんなにひ弱ではないと。

しかし反論する気力もない。まずは体をもとに戻さないと、思考も停止している。

（……死者のにおいだ）

ダグ・ナグルの忠告も、夢と思うには生々しい。フランセットが帰ったあと、ミアは再び、眠りに落ちていった。

2

結局、回復には半月を要した。エドワードにはずっと会っていない。ハンナは薄情だと罵(ののし)ったが、ミアは、きっとゆっくり休ませたくて気を使っているのだと思い込もうとした。

それである日目覚めると、ずいぶんと体が軽く、本当に回復したことを実感した。

のだ。

「ミカエラ様、ごらんくださいよ」

ハンナが籠に盛られた野菜を嬉しそうに持ってきた。

「これって」

「菜園の野菜です。ルイスが持ってきたんですよ」

ミアは顔を輝かせた。そうか。自分が寝ている間にも野菜たちはすくすくと育っていたのだ。

「ルイスの様子は？」

「もうすっかり元気で、仕事にも復帰しています。今朝一番に菜園に出かけて、収穫してきたらしいです」

「よかった」

自分も熱に負けている場合ではない。ミアは、ツヤツヤの赤カブや、葉まで柔らかそうなニンジンをそっと指先で撫でた。なんていい香りだろう。土と、爽やかな外の香りがする。今すぐに、これをエドワードに見せたい。

「ハンナ、出かけましょう」

「え、どちらに？」

エドワードに、自分から会いに行って悪いわけがない。彼はミアの夫なのだから。レイトリンでも、エドワードはラヴィーシャの畑を熱心に手伝ってくれた。ミアがこの国に来て始めたことの成果を見せたら、喜んでくれるに違いない。それがほんの少しの野菜でも、一緒に笑い合えるかもしれない。

ミアはハンナに手伝ってもらい、入浴し、念入りに身支度をした。山ほどあるドレスの中から清楚(せいそ)なミルク色のドレスを選び、華奢(きゃしゃ)な靴を履(は)いて、化粧もした。髪は肩におろし、エドワードから贈られた真珠と緑柱石の耳飾りをつけた。

鏡の中のミアは、一年前に比べると、ずいぶんと変わったと思う。こうして化粧をし、最新のドレスを身にまとう日が来るとは思わなかった。

野菜の籠を携(たずさ)えて、ハンナと部屋を出た。キリアンとルイスがいた。ルイスはミアを見て、すぐに膝を折った。

「妃殿下。僕が不甲斐(ふがい)ないあまりに、本当に申し訳ありませんでした」

「ルイスってば。何を言うの」

ミアは驚き、ルイスを立たせる。

「もちろんルイスがいなければ、わたしは死んでたわ」

「でも結局、情けなくも真っ先に敵の刃(やいば)に倒れてしまい、妃殿下にお怪我を」

「怪我はかすり傷だったでしょう。それにこうしてお互い無事だったのだから。これからもよろしくね、ルイス」

「は、はい」

ルイスは赤ら顔をさらに真っ赤にして涙ぐむ。

「それに、野菜を届けてくれてありがとう。あんまり嬉しくて、今からこれをエドワードに見せに行くのよ」

ルイスはふと不安そうにキリアンを見た。キリアンは呆(あき)れた声で言う。

「もう少しおとなしくしていられないわけ。まだそのあたりに刺客がいるかもしれない」

「まさかここまでは来ないでしょ？　そこらじゅうに衛兵がいるもの。それに、キリアンもついてきてくれるでしょう？」

あまり大げさにしたくはなかったが、刺客はまだ捕まっておらず、不安が拭えないのも確かだ。キリアンはうなずいた。

「どこへでも」

言い方はそっけないし、仏頂面(ぶっちょうづら)のままだったけれど、ミアは微笑んだ。

「ところで、ジークは？」

「夜遊びに出かけて、まだ戻っていない」

ジークが時々市街に出ていることは知っていた。彼は、遊びに出かけても必ず、ミアやハンナにお土産をくれる。街で流行りの紅だったり、茶や菓子だったり。それとも暗殺未遂事件が起きた今だからこそ、なにか調べようとしているのだろうか。

考え込むミアに、キリアンは言った。

「ほら、王子のところに行くんだろ。しかめ面はやめとけば」

確かに、今日一日だけは、難しいことは考えたくはない。久しぶりに頭がすっきりとして、体も軽く、とにかくエドワードに会いたい。

王子の居室は、同じ建物の反対側にある。間には公的な居間があり、大きな扉が隔てていた。そこで控えていた従者たちにハンナがミアの訪問を告げると、若い従者たちは一瞬、困惑した表情を浮かべた。

「……殿下は今、取り込み中ですので」

片方が歯切れ悪くそう言う。

「お部屋にはいらっしゃるのね」

ミアは確認した。公務であれば外出しているか、書斎のほうにいると言うだろう。しかし、まだ午前の早い時間だ。ミアはエドワードが早起きであることは知っていた。朝の鍛錬が終わって、朝食を摂る時間だろう。可能なら、一緒にテーブルについて、久しぶりに話をしたい。

この時までミアは、夫婦というものは、気軽に互いの部屋を行き来できると思っていた。実際、エドワードもミアの部屋に来る時は先触れなどなかったし、ハンナが取り次ぐくらいで、急に寝室にやってくることもあった。

それにミアは、王女とはいえ、家族というものを城ではなく村で学んだ。庶民の多くは夫婦の寝室は同じであり、祖母グリンダの家で寝起きする時も、気兼ねのない距離感だった。

だから、間違えたのだ。

「大丈夫よ。もしまだ寝てらっしゃるなら、わたしが殿下を起こすわ」

あまりにも能天気だった。ひょっとしたら頬にキスでもして起こせばいいかもしれない、などと夢見心地で考えていた。従者がどう返答したらよいか困っていることにも気づかず、ミアはするりと彼らの間に身を滑り込ませ、自ら扉を開いた。

「あ、妃殿下……」

室内は暗い。まだカーテンがかかったままだ。私的な居間の奥に寝室があるのは、ミアの居室と同じ。間のドアは開いたままだ。ミアは軽い足取りで居間を横切り、寝室に入ると、ベッドに近づいた。エドワードの金髪が見える。

「エド……」

そっと声をかけようとして、息を止めた。掛布が不自然に盛り上がり、エドワードの胸のあたりに、誰か別の人間がいる。

喉（のど）が、きゅっと狭くなった気がした。ミアはとっさに窓辺に駆け寄ると、カーテンを引いた。

眩しい光が室内に差し込む。絶望と悲しみの入り交ざったような感情のうねりに支配され、ミアはその場に立ち尽くした。

光に腕をかざすようにして、エドワードが半身を起こす。同時に彼の首のあたりから白い腕がほどかれ、彼女もゆらりと起き上がった。

なまめかしい白い肌が陽光にさらされ、つややかな光を放っている。豊かな巻毛がベッドの上に広がり、紫色の瞳が一瞬だけ勝ち誇ったようにミアを見つめ、それから、

「きゃっ」

と小さく声をあげて、顔半分のところまで掛布を引きずりあげる。一方で、裸のエドワードは、ミアから顔をそむけると、不愉快そうに眉をしかめてつぶやいた。

「……回復したのか」

まるでそれは、喜ばしくはないことのように。ミアはゆっくりと持参した籠をテーブルに置いた。ゆっくりとでなければ、震えのせいで、せっかくの収穫物を床にぶちまけてし

わたし。何を言えばいいのだろう、この場合。つまりエドワードは、ミアが体調を崩している間、妻ではない女と愛を育んでいたというわけだ。

二の句が継げず、足早に部屋を去ろうとドアに向かう。すると、

「君は僕を責めることはできない」

エドワードがそんなことを言った。

ミアは深く息を吸う。泣いてはならない。震えてもならない。どうにか毅然と顎をあげる。そして無言のまま、部屋を出た。

「少し前からのようです」

夕方には、ハンナが情報を仕入れてきた。

「表向きは、王妃様付きの侍女、ということで、王宮に入られたと」

貴族の娘が王族の侍女になるのは珍しいことではない。もちろん下働きのような仕事をするわけではない。多くは王族の話し相手や、花嫁修業の一環だという。時には王妃の侍女が王に見初められ愛妾になることもあるのだ。

それが、王ではなく王子であったというだけのことだ。

「口さがない者の中には、ミカエラ様は近々お国に返されるので、ロクサーヌ嬢が側室に甘んじるのも一時のこと、すぐに新しい正妃になるだろうと言う者も」

相変わらずハンナの報告は歯に衣きせず明快だ。しかし、内容はさすがに今のミアには堪(こた)える。

「わたしが、国に返される?」

「……床入(とこい)りが済んでいないと知れ渡っています。その要因は、ミカエラ様にあるとも」

それは事実だ。ミアがエドワードを心から受け入れないから、床入りができない。そして、夫はその日をおとなしく待つつもりはなかったということだ。

ミアは窓から外を眺めた。雨が降っている。窓ガラスに、痩(や)せた女の顔が映りこんだ。生気がなく、笑うことも忘れ、泣くこともできない女の顔。

レイトリンに帰る?

それもいいのかもしれない。多くの人間を巻き込んでしまったし、政治的にそう簡単にいかないのも理解できる。しかし、肝心(かんじん)のグリフィス王家がもうミアをいらないというのなら、仕方がないではないか。

それとも、努力をするべきなのか。失った夫の愛情を取り戻すべく、あの美しいロクサーヌに対抗して？

そんなことが、できるのだろうか。

「……ハンナ。先触れを出して」

どうやらそれが正式な手順だったらしい。

「どなたにです？」

「もちろんエドワードに。どういうことになっているのか、本人に直接聞かなくちゃ」

個人の勝手にはできないのだ。


衝撃的な場面を見てしまった翌日の昼、ミアはエドワードと昼食を一緒に摂ることになった。

相変わらず長いテーブルの端と端に席が用意されている。ミアが入室した時には、エドワードは先に食事を始めていた。

席に着くと、従者が次々にミアの分の食事を運んでくる。しかし、まったくといっていいほど食欲がなかった。

生まれてこの方、食事をおろそかにしたことなどないというのに。

「話があるそうだね」

エドワードがこちらを見ることもなく聞く。

ミアは水を一口だけ飲んだ。

「確認したいの。わたしは、レイトリンに返されるの？」

エドワードが手を止める。

「なんだって？」

「そういう話が広まっているらしいから。わたしは王子の妃として失格だから、婚姻を無効にして故国に送り返すと」

「……そんなことはしない」

「でも以前、あなたもそのようなことを言っていたでしょう」

数年の後、子供ができなければ、離縁することもできるのだ、と。エドワードは気まずそうな顔で軽く咳払いをする。

「君は、僕の妻だ。たとえ、形だけであろうとも」

「では、ロクサーヌ嬢の立場は？」

「……側妃ということになるかな。彼女もそれ以上の立場は望んでいない」

「そんなはずはないわ」

少なくとも、ミアに見せる挑戦的な眼差しは、エドワードのすべてを欲していると宣言している。

「君にはわからないかもしれないが、彼女は控えめで無欲な女性だ」

「わたしとは違う」

「……そうだ」

膝の上に置いた手を握りしめる。誕生日に領地をねだった時、エドワードはその場にいた。エドワードにとって、ミアは身の程知らずの強欲な女ということか。いや、そこまで言われているわけではない。けれど、心中穏やかではいられない。

「もちろん、わたしだったら……愛する人を誰かと共有するなど、とても考えられない」

エドワードは、くすりと笑う。

「残念ながら君の考え方は王族にはあるまじきものだ。僕の父王も、側妃や愛妾くらい何人もいる」

「あなたは違うと思った」

「確かに僕自身も驚いている」

エドワードはグラスを傾ける。

「僕は長年、妻以外の女をそばに置く父に疑問を抱いていた。見て見ぬふりをし、関心のない態度を取り続ける母にもだ。まさか自分が同じ道を選ぶとは、思ってもみなかったことだ」

　だが、とエドワードは続ける。

「これもまた想定外のことだった。はるか遠い地で見初め、半ば強引に妻にと望んだ愛しい娘が、僕を拒み、触れれば蛇蝎を見るような目で僕を遠ざけるとは」

「エドワード……」

「つい、近くの美しい花に救いを求めてしまったんだ。美しいだけではない、優しく、温かく、おまけに僕という人間を愛してくれている花にね」

「……そういうことなら、その人を正妃に迎えればいいでしょう」

　ミアは立ち上がった。

「あなたが何かに義理立てする必要などない。床入りができないのだから、妻を離縁する正当な理由になるし、レイトリンの母も抗議はできない」

「ミア。それは、君の本心か？」

　ミアは、エドワードから視線を外す。この時になってもなお、彼の眼差しを正面から受け止めることは苦しい。

「……本心よ。わたしが至らなかったの。だから、国際問題になどならないはずよ。あなたもご存じの通り、わたしは故郷でもいらない王女だったのだから。送り返されたら、ひっそりと、母にもらった領地で生きていくわ」

今度こそ、母はミアを王籍から外すだろう。でも、それで構わないのだ。もともと、それが願いだった。一度は嫁いだのだから、お払い箱になったからといって、身内を殺すことなどしないはずだ。もしもギルモア領を取り上げられても、生きている限り、状況をより良くする努力はできる。領主になれなくても、農民として身を粉にして働き、祖母の面倒を見る。

「王様に話をして。決まったら、母と外務大臣に向けてわたしが手紙を書きます」

ミアはエドワードに背を向けた。すると、がたんと椅子を蹴り倒す派手な音が響いて、エドワードが足早に歩み寄ってきた。

エドワードは、ミアの手首を引っ張り、あっという間に抱え上げた。

「なにするの！」

「既成事実を作ればいいんだろう。そうすれば、君は国には帰らない」

「エドワード！」

エドワードは食堂を大股で出ると、そのまま寝室に向かう。途中で驚愕の表情のキリアンの横を通り抜ける。ミアは必死にキリアンを見た。剣の柄に手をかけようとしている。

「やめて！」

キリアンに向けて叫んだつもりだった。しかしエドワードは、
「今さら懇願しても遅い」
そのまま寝室に入り、ミアをベッドに放り投げた。

ミアに制されたキリアンは、剣を抜こうとした衝動を抑え込み、直立不動で耐えていた。ハンナやルイスは途方に暮れた様子で立ち尽くすばかりで、閉ざされた王子の寝室のドアを眺めるよりほかなかった。

ミアが連れていかれた。キリアンの目の前で、夫である男に抱えられて。ミアが望むなら、何度でも、どんな時でも、キリアンは剣を抜く。このドアを蹴り開けて、この国の王子を絶命させることも厭わない。

しかしミアがそれを望まない。立場のことだけではなく、彼女は、エドワードを愛しているからだ。理想の形でなくとも、今、エドワードに抱かれれば、ミアにかけられた残酷な呪いはとけるのだろうか。ラヴィーシャが言ったという真実の愛とやらを、エドワードがミアに注ぐことができるのなら。

瞳を閉じる。歯を強く食いしばったためか、耳鳴りがする。十二歳の頃からキリアンが慈しみ、大切に見守ってきた少女が、この扉の向こうで、今――。

『あなたはあまりにも、あの娘しか愛さない。他の者の命は、あなたにとって、簡単に切り捨てられるもの』

『その闇を抱えたままでは、あなたはあの娘を愛することはできない。あなたの闇と強すぎる愛が、ミカエラを縛り、殺してしまう』

キリアンはかすかによろめき、柱に手をついた。閉ざした瞳の裏で、緑の閃光がちかちかと瞬く。次々に弾ける光の中に、森が視える。レイトリンの、緑の森――いや、あれはイバラだ。

複雑に絡み合ってすべてを覆い尽くすイバラの森。太い棘だらけの枝は、まるで意思を持つ生命体であるかのように蠢き、確かな脈動を発している。それに呼応するのは己の心臓の音。

『……逃げるのだ、今すぐに！』

悲鳴のような女の叫びに背中を押され、駆けてゆく少年が見える。いつかの日、ここグリフィスの王宮で陽炎の中で見た幻と同じ子供だ。イバラの枝から逃れるように闇の向こうへと走ってゆく。

鼓動がいっそう激しくなる。イバラが蠢き、少年を追いかける。絡め取られた腕に激痛が走り、少年は必死に腕を引き抜く。鮮血が迸り、さらなる激痛が襲う。

キリアンは、はっとして瞳を見開き、思わず己の腕を見下ろした。そこには確かに、古い傷跡がある。それに、蘇(よみがえ)るこの痛みは。

再び眼前のドアをとらえる。助けたいのに、助けられない。今、扉の向こうのミアが、幸福でないのなら。

俺は――――。

ミアに起き上がる隙も与えず、エドワードが覆いかぶさってくる。唇を重ねられ、怖気(おぞけ)が走った。必死に手で突っぱねようとして、いけない、これではあの初夜と同じ結果になってしまう、と自分に言い聞かせる。

この人はミアが恋する人。エドワード以外に好きな男など、この世にいるはずがない。

それなのに。

「……わたしに、触らないで！」

唇が離れた瞬間に叫んでいた。エドワードは、力を緩めた。ゆらりと起き上がった上体から、冷たい瞳がミアを見下ろしている。ミアは歯を食いしばった。泣きたいのに、泣けない。これも呪いのせいなのか。それとも今、エドワードに触れられたくないのは、その手がつい先日、ロクサーヌの肌に触れたものと同じだからか。どちらもきっと本当で、ミアの心は複雑な苦しみにねじ上げられ、口を開けばさらにとんでもない発言をしてしまいそうだった。

エドワードはベッドに腰かけた状態で、襟元を整えている。その背中に向かって言った。

「わたしは、もうここにはいられない」

深く息を吸い込み、さらに。

「レイトリンに帰らせて」

「僕たちの結婚は庶民のものとは違う。簡単にはいかない」

「わたしもそう考えて、今日、あなたと話そうと思ったの。でも、そもそも、お互いの気持ちが始まりだった。家や国の問題は、そこに付随したものだった」

「そもそも、気持ちはあったのか？」

ミアは唇を噛む。

「……今もある」

「嘘をつくな！」

エドワードが振り返る。その顔は苦悩に満ちていた。

「僕はそれほど馬鹿ではない。君は、嫁いでくる前から、ずっとおかしかった。他に好きな男がいるのではないかと疑うほどに」

「そんな人はいない！」

「ではなぜ、僕を拒絶する。君の目が、肌が、全身が、僕を拒んでいるんだ。自分のことなのに、わからないとでもいうのか？」

わからないはずがない。でも違うのだ。これ以上、彼を傷つけていいはずがなかった。

「ここに来たのは、わたしのわがままだった」

「なるほど。君はレイトリンでも、グリフィスの農業に興味があると言っていたな」

「それは否定しない。来るのは楽しみだった」

「僕を利用したということか」

「そうとられても仕方がない。でも、結婚なんて利用しなくても、わたしはいずれ大陸を旅して、ここを訪れていたかもしれない。三年待てないと、あなたも言っていた」

「待てばよかったよ。その間に君の心がはっきりすれば、多くを犠牲にせずにすんだ」

犠牲という言葉に胸をえぐられる。ミアが嫁いでこなければ、エドワードは、ロクサーヌを妃に迎えていたのだろう。

「わたしの体に致命的な欠陥があって、床入りができないことを公表していいわ。そうすれば、グリフィスの体面は保たれる」

エドワードは鼻で笑う。

「それで君はどうする？　国に戻っても、傷物として扱われ、生涯結婚は望めないだろう」

「それでいいわ」

ミアは言った。

「あなた以外の人と結婚するつもりはもともとなかった。国に戻って……畑を耕す。生涯、誰とも、結婚はしない」

「ミア」

エドワードは手を伸ばし、ミアの顎に触れた。ミアは戦慄し、体を硬くする。

エドワードの手が、するりと離れた。そうして寝台を降りると、ドアのほうへと向かう。

「レイトリンの女王が君をよこしたのは、貿易以外に、思惑があってのことだったのか？」

ミアは眉をひそめた。

「どういう意味？」

「君は愛されない王女だった。それを厄介払いしたくてグリフィスに押しつけたのだ、というのが当初の大方の見方だったが」

そんなことを淡々と述べるエドワードは、まるで別人のようだ。彼の横顔は怜悧な大国の王子そのもの。

『泣きたい時はちゃんと泣かないと……あとで苦しくなる』

母に拒絶されたミアを抱きしめてくれたのは、もうずいぶん昔のことのようだ。

ドアの前に立つ王子には、あの日の気配は微塵(みじん)もない。さらに。

「女王は、はたして厄介払いのためだけに君の結婚を画策したのか？　もしくは他に大きな目的があって、君を捨て駒(ごま)として利用したのかもしれない」

「そんなはずない」

ミアは声をあげた。

「わたしには利用価値など何も……」

「君の暗殺」

言葉をのみ込む。あの刺客は、なんと言った？

『恨むなら女王の血を恨むのだな』

ミアが抱いた疑惑と不安を、エドワードは言い当てる。

「あれはいったい、誰が画策したことだ？」

「……誰って、わかるわけがない」

「そうかな。君だって、母親を疑っているんじゃないか？　嫁がせた娘がグリフィス王家の手落ちで命を落とす。もしくは、暗殺された、ということにする。レイトリンは第一王女の死を自国に有利な交渉材料にしようとするのかもしれない」

ミアはまばたきもせず、エドワードを見つめる。

「……君は、王女としても、王子妃としても、あらゆる素養が欠落している」

返す言葉は何ひとつ、見つからない。

3

それからは、針のむしろにいるような、残酷な日々が続いた。エドワードは公式の場所にもロクサーヌを伴(ともな)って現れるようになった。若き王子妃が夫から見向きもされなくなったのは、誰の目にも明らかで、そうなると貴族たちも、一切ミアに近づこうとはしなくなった。

外国の要人を歓迎する催しや、王妃主催の舞踏会、祝賀会など、そのすべての席にエドワードはロクサーヌと共に参列し、睦(むつ)まじさを隠そうともしなかった。

遠巻きに観察され、扇(おうぎ)の陰(かげ)で笑われるのは慣れている。外野はともかく、ミアは、エドワードの態度に傷ついた。それでも、表面上は粛々(しゅくしゅく)と公務をこなした。

「北の姫君は、どうやらまともなお心をお持ちでないご様子」

そんな言葉も聞こえてきた。夫が公然と愛妾と連れ添っているのに、表情ひとつ変えず、日々を過ごしているからだ。

「母親の女王もそれは冷たい女性だとか」

「眉ひとつ動かさず反乱分子を処刑したという話ですものね」

「恐ろしい。殿下も本当にお気の毒ですわ。形だけとはいえ、妃の座にうまうまと収まられて、気が晴れないことでしょう」

「あの方の緑の瞳、わたくしは最初から不吉だと思っていましたわよ。それに赤毛。なんだか禍々(まがまが)しくて」

母のことを言われるのは少し堪えたが、反論もできない。ミア自身が、女王カイラへの疑念を払拭(ふっしょく)できない。

「全員、死ねばいいのに」

そんな物騒なことを言うのはハンナだ。

「雷にでも打たれて死ぬか、なんならこっちも薬盛ってやります」

ミアは力なくつぶやく。

「わたし毒薬は専門外よ」

「腹下しでもいいですよ。気取った連中のお茶にまぜりゃ、色目を使った殿方の前でみっともない羽目になりますもん」

「ハンナ。ありがとうね」

ミアはじっとハンナを見つめた。ハンナはぷい、と横を向く。

「自分のためですよ。主人が悪口ばかり言われると、侍女のあたしも立場が弱くなるんです」

「それについては本当に申し訳ないわ」

「もう！　だから、あたしが歯がゆいのは、妃殿下のそのご様子ですよ。どうしちゃったんですか。爪を切られた猫みたいになっちゃって。国で、妹君にいじめられている時だって、そんなか弱い感じじゃなかったのに」

ミアは目を瞬いた。

「見たことあるの？」

「お城の洗濯女をしていたって言ったでしょう。今だから言いますが、アリステア様は下女たちの間での評判は悪かったですよ。高慢ちきで、あたしらのことは虫けら同然って態度をとって。でもあなたは、下男下女にも礼儀正しかったし、妹姫に対して、決して卑屈(ひくつ)な態度はお取りにならなかった」

これにはミアもふと考え込んだ。確かにミアは、もっとずっとしぶとく、たくましかっしくない。

たはずだ。異国の地で体調を崩し、人の悪口に怯えてばかりいるなんて、まったく自分ら

「……実はあたし、妃殿下に黙っていたことがあるんですよ」

ハンナが、意を決したように口を開く。ミアは目をみはった。

「もしかして、もっとひどいこと言われてるとか」

「あたしのことですよ。ずっと昔、妃殿下にお会いしたことがあるって言いましたよね」

そうだ。面接をした時に、ハンナは言っていた。洗濯物が川に流されて、それをミアが飛び込んで拾ったのだと。

「お城に、奉公に上がったばかりでした。あたしは最初、城の下働きの連中からも馬鹿にされてましたよ。没落貴族の娘で、器量が悪く、図体ばかりでかくて。不名誉なあだ名をつけられ、意地悪で洗濯物を隠されたり、罰として食事を抜かれたりもしました。でもあの日、一番つらい出来事があったんです」

「……なにがあったの」

「数人の男に襲われたんですよ。無人の洗濯室で。頭に麻袋をかけられて……あっという間でした。それで、肌着が汚れてしまって。捨ててしまいたかったんですが、下女には貴重な衣類でした。汚れた肌着を、お城の洗濯室で洗うわけにはいきません。だから川に出

て、こっそり洗ってたんです。でも、どうしたって涙が出て、手が震えて、肌着が流されてしまった……」

ミアは言葉もなく、ハンナを見つめる。まったく知らなかった。目の前の、いつも明るく豪快な侍女に、そんな過去があったとは。

「妃殿下は、おそらくまだ十歳か、十一歳くらいでした。幾度か、妹姫だけでなく、お城の侍従や侍女からも心無い態度を取られている場面を見かけていました。おかわいそうに思ったけれど、あたしも自分のことで精一杯だった。それに、どんなに虐げられてもお姫様には変わりないのだから、あたしよりは恵まれてるだなんて羨んでもいました。でも、あの日」

川で流されたのはハンナの汚れた肌着で、途方に暮れていると、現れたミアが躊躇なく衣服を脱ぎ捨てて水に飛び込んだ。そして上手に泳いで、取ってきたのだという。岸にあがったミアはずぶ濡れのまま、ハンナを見つめて、言ったそうだ。

（お腹痛いの？）

「目の前の小さなお姫様に、あたしが遭遇した悲惨な出来事を見抜かれたのかと思いました。でも、そうじゃなかった。あなたはただ、川べりで泣きながら洗濯をしていたあたしの顔を見て、心配してくれただけ。あなたは半裸で、びしょ濡れで、でも、強い眼差しをしていた。あたしは、わかったんです。この子は小さいけれど、不遇なお姫様だけれど、ちゃんとご自分を生きているって。あなたこそが、レイトリンの、不屈の血を受け継ぐ第一王女その人だって」

ミアはハンナを凝視していたが、視界が煙り、熱いものが頬を滴り落ちた。

泣いていた。この国に来て初めて、涙が溢れて止まらなかった。

「妃殿下。どうして泣くんです」

「……自分が情けない」

ハンナの過去が苦しかった。その苦しみの中で、ミアをちゃんと見つけてくれたのだという事実が喉を焦がした。ハンナは優しくミアの肩を抱き寄せ、エプロンで涙を拭ってくれる。

「その涙を、王子殿下に見せたらどうなんです。あたしじゃなくて、殿下に。大声で泣きわめいて、妃殿下のつらさを訴えてみるべきです」

「それはできない」

ミアは喉を押さえる。

「……できない、事情がある」

「それは、失礼ながら、お胸の痣と関係あることですか？」

　ミアは泣き止み、ハンナを見る。

「言ったでしょう。川に飛び込んでくださった時、半裸のあなたを見ました。あたしの記憶では、痣などどこにもなかった」

「……ハンナ。今は、話せない」

「大丈夫です。ずっと一緒にいますから。もしも話せるようになったら、その時に。それまであたしは、何も詮索なんてしません」

　ずっと一緒に。ミアは涙を拭き、正面からハンナを見た。

「わたし、やっぱり国に帰らされるかもしれないわ。でもあなたは……もしもこの国に留まりたいなら、退職金をうんと弾んで、生活に困らないようにするつもりよ」

「なにをおっしゃるんですか」

　ハンナは大きな体を縮こまらせて、困ったようにミアを見た。

「あたしは妃殿下についていきますよ。レイトリンだろうと、どこだろうと」

「でも、素敵な恋愛をして、結婚したかったんじゃないの」

「残念ながら、グリフィスでは運命の男に出会えそうにないんですよ。みんなあたしより細っこい貧弱な連中ばかりですからね。やっぱり男はでっかくて、力持ちじゃないと」

「そういえば、わたしも理想は熊みたいな人だったわ」

「そうなんですか。気が合いますね。それじゃ、妃殿下。薄情で浮気者の旦那なんかこっちから願い下げにして、あたしと一緒に、熊みたいな男を探しましょうよ。この世は広いですもん、きっとどこかにいますって。あたしは昔、まあまあ悲惨な目にあいましたけどね、だからって男を嫌いになったりしません。あたしを襲った卑劣な連中に負けてなるもんですか。絶対に最高の結婚をして、可愛い子供を五人は産んでみせますから」

「ハンナ……」

「それまで、ずっと一緒に、畑仕事でもなんでもやりますよ、ええ。で、畏れ多くも、あたしのほうが先に幸せになる時が来たら、その時は遠慮なんてしません。退職金代わりに小ぢんまりとした新居でも用意してもらいますから」

そう言ってガハハと笑うハンナの目尻には涙が滲んでいる。それをミアに気づかせまいとしてか、すぐに後ろを向いて、いつも通り鼻歌を歌いながらお茶の支度をする侍女に、ミアはただただ、頭が下がるばかりだった。

4

レイトリンに送り返される気配はなく、日々は過ぎていった。刺客の一件以来、西翼から畑に出ることは禁じられ、行動に制限がかかる日々が続いた。季節は春になり、王宮の庭も日に日に華やかさを増したが、ミアの心は晴れなかった。

そんな鬱々とした日々を過ごしていたある日、キリアンが言った。

「郊外に、聖人マルコスの古い礼拝堂があるらしい」

ミアは自室でぼんやりと歴史書を読んでいた。

「うん、それで？」

ちょうど読んでいたページに、聖マルコスが登場している。大神イデスが従えた聖人のひとりだ。同じ神を信奉しながら、宗教的解釈は国によって違う。グリフィスでは、精霊や他の森羅万象の神は存在せず、聖人が神と同様に信仰される。マルコスはイデスが大陸をならしたあと、人々に勤労と清貧を説いてまわった聖職者だ。最初にこの地に種を蒔いたのもマルコスだという。そのあたりの話は興味深いが、彼に対する信仰心はミアにはない。礼拝堂には、なんの興味もわかなかった。

「そこの司祭に夫婦円満を願い出れば、ありがたい水を飲ませてくれて、万事うまくいった例が多いとか」

ミアは驚き呆れ、キリアンを見た。

「キリアン。あなたいつからそんな信心深くなったの。わたしとエドワードの問題が、礼拝堂の湧き水で解決できるとでも？」

キリアンは肩をすくめる。

「さあね。でも、妃殿下が夫婦円満を願ってひそかに詣でたいと言えば、叶えられるかもしれない」

ミアは、大きく目をみはった。

「それって」

キリアンは涼しい顔だ。

「そう遠くない。途中には、昼食の休憩にちょうどよさそうな農園もあるらしいし」

ミアはキリアンに思いきり抱きついた。キリアンはミアを抱きしめようという素振りを見せたが、結局、ぽんぽん、と頭を叩いただけだった。

「キリアン！」

「君ね。こういうところ、君の旦那に見つかったらまた面倒なことになる」

ふふ、とミアは笑った。それから秘書官のローガンを通じて許可が降りて、ミアは本当に礼拝堂への日帰り旅行を許可された。もっともグリフィスの護衛が必要以上についてくることは絶対条件だったが。

それでも嫁いできて初めて外出の許可が出たことは、何よりも嬉しかった。

礼拝堂への巡礼は三日後には実行にうつされ、ミアは馬車で城門を出た。ハンナとルイス、キリアンも一緒だ。ジークだけは、例によって夜遊びから帰っておらず、不在だった。

ゆるやかな丘を蛇行し郊外へと走る馬車の窓から、王都を見やった。どこから見ても美しい白亜の街――しかし、離れてみれば久しぶりに呼吸ができたような解放感を得られた。遠ざかる街は、白い箱庭のようにも見える。美しいが、不自由な箱庭。ミアは改めて故郷の森を思ったのだった。

郊外のひなびた礼拝堂には、ごく短い時間だけ滞在した。司祭のありがたい話も手短に聞き、水をもらって、帰路につく途中で農園に寄った。

その農園は王家と契約している広大なものだった。まだ黄金に色づく前の青々とした小麦畑に、隣接した丘はぶどう畑で、馬や牛、がちょうに豚と、家畜もたくさん飼われていた。

農園主は気のいい初老の男で、悪評高いレイトリン出身の王子妃にも優しかった。農園の見学にも快く応じてくれた。ミアは男に小麦の品種や肥料、育て方を熱心に尋ね、ぶどうの加工についても聞いた。特にぶどう酒の味は相当なもので、ミアはこの農園に一年でも二年でも滞在したい気持ちにかられた。

出された食事も申し分なかった。農園の恵みをふんだんに使って、シチューやパイ、パン、デザートにいたるまで、ミアは久しぶりに味がする食事をした。

夕刻、外に出て、夕暮れに染まる小麦畑を見やった。護衛兵たちは帰りの準備をしている。あと少しでここを去り、また、あの箱庭に戻らなければならないのだ。

少しひんやりとする風に髪が乱れるまま立っていると、横にキリアンが並んだ。

「もう出立？」

「ああ」

「残念。楽しい時間ってあっという間だよね」

「また来ればいい」

ミアは微笑み、手にした瓶(びん)の中身の水を、どぼどぼと周囲に撒いた。キリアンは軽く目をみはる。

「この水は持ち帰ってもなんの役にも立たない。だったらこの地に捧げるわ。すごく素晴らしい農園だから」

広い空とぶつかる地平まで続く畑。ここは王家の専属農家ということだが、グリフィスには同規模の農園がいくつもあるという。グリフィスはこれほどまでに豊かなのだ。

「不思議ね」

ミアはつぶやいた。

「こんなに美しく豊かな国なのに。わたしは、レイトリンの凍(い)てついた森が恋しいと思う」

「俺も」

キリアンは同意した。

「雪を蹴散らしてアンナ・マリアで森を駆け抜けたい。獲物(えもの)を仕留めて、薪(まき)を集めて夕飯にするの。静まり返った世界で、しんしんと積もる雪の音を聞いて、狼の遠吠(とおぼ)えを聞く」

「狼はごめんだな」

「巣蜜(すみつ)をかじりながら熱いカモミールのお茶を飲むのは？　崖(がけ)の上から夜空を仰げば、星の川がはるか彼方(かなた)まで続いているのを確認できる」

「星は、ここでも見える」

「でも違う。夜の濃さも、空気も、何もかもが違う」

「ミア」

ミアはいつの間にか拳を強く握りしめていた。爪が肌に食い込むほどに。キリアンはミアの手を取り、ゆっくりと手のひらを開かせた。

「昔から我慢するとこうする」

「……心配しなくても王宮に戻るよ」

「高熱が続いた原因は、薬湯だった」

キリアンは唐突にそう言った。

「斬られた傷のせいではなく。君の侍女が気づいて、ジークが街で調べさせた。王宮の侍医が処方した薬湯は、蜘蛛の毒を混ぜたものだ。その蜘蛛は、グリフィス以南にしか生息していない。長く摂取すれば高熱から四肢の痺れが生じ、幻覚や幻聴、ひどくなると体に麻痺が出て、最悪は死に至ることもあるらしい」

「……驚いた」

「黙っていてごめん」

ミアは黙り込み、考える。確かに嫌な味がする薬湯だと思った。それが馴染みの薬に変えられてからは、順調に回復した。

「刺客がね、逃げる前に言ったの。女王の血を恨めって」

キリアンは眉を寄せる。

「それは」

「だから、わたし怖かった。女王が、母上が、わたしを殺そうとしたんじゃないかって。でも考えてみれば、もしそうなら、わざわざそんな台詞言残さないよね。その、蜘蛛の毒だって、加減によっては一発で殺せるわけでしょ。でも、そうしなかった。ということは、狙いは、わたしを疑心暗鬼にさせて、長く苦しめるということだ」

「……言おうかどうしようか迷った。君は弱っていたから」

「でも回復した。誰がわたしを苦しめて殺したいのかわからないけれど、このままでは誰にとってもよくないということはわかる。わたしが心身共に健康じゃないと、みんなのことも守れないし」

「君が望む方向にいつだって動くよ」

キリアンは早口に言う。

「何もかもを投げ捨てて国に帰りたいなら、そうしてやる。追手がかかっても、俺が斬り捨てる」

「物騒だなあ、キリアンは」

「殺されるよりマシだ」

ミアを暗殺しようとしたのが母じゃないのなら、誰だろう。エドワードか……それとも、他の、ミアが邪魔な誰かか。

「ごめんねキリアン」

ミアはうつむいて、水が染み込んだ地面を見つめた。

「なぜ謝る」

「わたしについてこなければ、キリアンは将軍の後継ぎとして、女王陛下のおぼえもめでたく、約束された将来を……」

「そんなのいらない。俺はもうとっくに、一生分の幸運を得たから。それ以上に望むことはない」

初耳だった。

「いったいいつそんな幸運を?」

「昔、禁断の森で、君に見つけてもらった時」

凍てついた森の奥でミアが助け出した、黒い髪の貴公子。

「バカね、キリアン」

本当に、どこまで無欲なのか。

「そんなの、いつまでも恩を感じることじゃない。キリアンは今も昔も自由なの。いつだって、自分の幸福だけを考えて行動する権利があるはずよ」

「それはミアだってそうだ」

「わたしは、違う。わたしはレイトリンの王女だし、少なくとも現時点ではギルモアの領主でもあるわけだから」

たとえ母がミアを切り捨てたのだとしても、ミアの行動はレイトリンに影響を及ぼす。

少なくとも、この国ではミアとレイトリンは同一視されている。

「幼い頃のほうが、ずっと自由だった。今のほうが自分の身を守る技術も身につけているし、知識も豊富なのに」

凍てついた森を歩き回っても死ぬ気はしなかった。自分は常に何かに守られているような気がしたのだ。

あの白くて大きな狼に。

「確かに昔の君は最強だった」

キリアンが真顔で言う。

「何しろ丸腰で猪（いのしし）と格闘して、最終的には無事に胃袋におさめた」

「そんなこともあったねえ」

確か十歳くらいの時だ。あの頃は弓矢の他に、手作りのスリングを愛用していて、それを使ったのだ。森でうっかり巨大な猪と遭遇して、追いかけられて木に登った。ポケットの中を確かめるとスリングとクルミがあったので、それで猪を気絶させた。

「格闘っていうか、苦肉の策だったけど」

「狩りは得意だった」

「それが日常だったよね。実はさ、フランセット王女が可愛がってるウサギも、触るとついつい、こう、肥り具合とか確認しちゃうんだよね」

　キリアンは声を立てて笑い、ミアもつられて笑った。キリアンの笑い声を聞いたことがあるのは、たぶん、ミアだけかもしれない。もったいないなあとも思うし、特権のような気もして悪い気分ではない。

　今だってずいぶん気持ちが軽くなった。

　太陽が沈もうとしている。視界は曖昧になり、キリアンの表情はわからない。ただ、そこにいてくれる。

「結果的に、レイトリンに帰ることになるかも。でも、その場合にも、できるだけ平和に、事が運ぶように考えなきゃ。だから逃げることはしないし、とにかくエドワードには……誠心誠意、謝るつもり」

「何を謝る?」

「ちゃんと愛せなかったこと。務めを果たせなかったこと」

「それは、謝らなければならないことなのか?」

「そうよ」

　ミアは夕風に乱れる髪を押さえ、静かに言った。

「呪いのことは、エドワードのせいでもなんでもない」

「ミアのせいでもない」

「そう思っていたけれど、ここに来て、調べる方向が間違っていたような気がしているの」

「どういうこと」

「わたしたち、この国に嫁ぐまでの間に、いろいろ調べたでしょう」

　神殿の地下書庫にも入り、さまざまな文献にあたった。ラヴィーシャの書棚も調べた。村の年寄りに、それとなく話も聞いた。しかしどこにも、十六の誕生日に呪われた者の話は載っていないし、メトヴェの痕跡も見つからなかった。ラヴィーシャや消えた巫女たちの行方もわからないまま。

　ミアは、呪いの解呪や経緯を明らかにすることを諦めたわけではない。故郷では引き続き調査するべく、何人かの知り合いに資金を渡し、定期的に報告するように頼んできた。報告書は届いているが、これといってめぼしい情報はない。

「わたしは、やはり、女王が何かを知っていると思う」

　儀式の夜。王宮で会った女王は、ミアの身に何が起きたのか、わかっている様子だった。わかっていて、言ったのだ。それでも、王女としての義務と責任を果たせと。

　ミアは、女王を前にすると、緊張し、強く自己主張することができなかった。領地をねだったあの時が最初で最後だろうと思っていた。しかし今や、自分が守る者たちは増えた。

次に女王に会えたなら。より強い覚悟で、気持ちをぶつけなければならない。知っていることのすべてを話すように。

「戻りましょう。日が暮れる」

ミアとキリアンは暗くなった小麦畑に背を向けて、一行が待つ場所まで戻った。

王宮に帰り着いた頃には、夜はすっかり更けていた。しかし、門をくぐったあたりから、常になく明かりが多くたかれ、兵士たちが物々しい様子であることに、キリアンがいち早く気づいた。

「ミア。王子が来ている」

馬車が止まり、窓越しに馬上のキリアンが言った。ミアはハンナと顔を見合わせてから、一緒に馬車から降りる。キリアンやルイスも馬から下りている。前方から、左右を兵士に固められたエドワードが歩いてきていた。

「遅くなったからお怒りなんですかね」

ハンナがやれやれと肩をすくめる。

「それにしても様子がおかしいわ」

グリフィスの兵士たちから発せられているのは、明らかな敵意。場の空気が緊張で張り詰めている。今にも誰かが剣を抜きそうなほどに。

　やがてエドワードはミアの少し手前で立ち止まった。

「戻ったのか」

　と、彼は言った。表情は読めない。ミアは眉を寄せた。

「……もちろん。農園を見せてもらって、少し遅れたけれど、こうして戻ったわ」

「そのまま逃げるかと思ったよ」

「逃げる？」

「しらを切るんだな」

「なにを言っているの、エドワード。わかるように説明して」

　苛立ち（いらだ）が声に滲んでしまう。大変なことが起きているのはわかった。しかし、エドワードが発した言葉は、まったく予想外のことだった。

「レイトリンの女王カイラは、我が領土に進軍した」

「……なんですって？」

　ミアは大きく目をみはり、ただ、エドワードを見た。

「母上が？　グリフィスに？」

「国境の砦（とりで）、ヨルゲン城はレイトリンに落ちた。女王カイラ、君の母親は、長女を我が国に差し出す陰で隣国ラウロスとひそかに手を組み、グリフィスに出兵した。ヨルゲン城主は城壁から吊るされ、すでにレイトリンとラウロス王家の両旗が城門に翻っているという」

「嘘よ！」

ミアは叫んだ。一方で、グリフィスの兵士たちの殺気を理解した。事実かどうかはともかく、そういうことになっているのなら、ミアはこの場で殺されても仕方がないということ。

キリアンがじりっとミアの前に立ちはだかる。その手は剣の柄にかけられている。

「そこをどけ、下郎」

エドワードが目を見開いて恫喝した。

「ミカエラ・ギルモア・レイトリン。君を国家反逆の罪で拘束する」

エドワードが高らかに叫んだのと、キリアンが剣を抜いたのは同時だった。

「やめなさい！」

ミアはキリアンを制した。ここで闘っても勝ち目などない。全員が殺されてしまう。

状況は非常にまずいが、少なくとも、今日のうちに首をはねられることはないはずだ。

時間を稼がなければならない。情報を、今はとにかく、情報を得なければ。

ミアはキリアンを押しのけるようにして前に出た。

そうして、エドワードと向かい合う。エドワードは顔色が悪く、苦悩しているように見える。それはそうだろう。愛がとっくにないとはいえ、妻の故国に陥れられたのだ。

「衛兵！」

エドワードは瞳を伏せ、叫んだ。

「王子妃を連れていけ。従者もひとりも逃がすな。全員、鎖でつなぐのだ」

鎖で？　ミアは信じられない思いで目をみはり、エドワードを見たが、エドワードは顔をあげない。

キリアンとルイスが、衛兵に拘束され、地面に押さえつけられる。ミアはハンナと共に左右を兵士に固められ、歩くよう促された。

こうしてミアたちは、投獄された。

5

牢は王宮の地下にあった。湿気がひどく、空気がよどんでいる。数々の物語では知っていたが、実際に王宮の牢獄という場所を見たのも、そこに入るのも、当然のことながら初めてだ。

レイトリンの王宮にもあるのだろうか。ミアが育った塔も決して環境が良いとは言えなかったが、さすがにこの牢獄と比べれば楽園に等しい。

それほどにひどい場所だ。ミアは両手こそ自由だったが、裸足に鎖をつながれた。じめじめとした汚れた石の上を、北国にはまずいない黒くて大きな虫が這い回っている。寝台と思しき粗末な木の台には黒ずんだ敷布が敷かれ、腐った藁も異臭を発している。天井付近に空気孔としてごく小さな窓があるが、そこも格子がはまっていた。虫は苦手ではないが、外が見えない状況は気が滅入る。

「……妃殿下。ご無事ですか」

壁の向こうから、ハンナの声が聞こえる。彼女は隣の牢に入れられたようだ。

「無事よ。ハンナは大丈夫？」

「ぴんぴんしてます。妃殿下も、どうか気をしっかりもってくださいね。何かの間違いに決まってますから」

ハンナは励ましてくれるが、ミアはそっと嘆息し、鉄格子にもたれかかった。そこが比較的乾いているからだ。

母が、グリフィスに挙兵した。さまざまな感情のうねりに翻弄されそうになるものの、いったん、それを封印する。正しく状況を分析しなければならない。

ハンナには申し訳ないが、おそらくエドワードの話は本当だ。

あの電撃的な婚約。母によって仕組まれた出会いと、結婚。カイラはミアを嫁がせることによってグリフィスから物資を得て、冬を乗り切る段取りをつけた。そうして隣国ラウロス王国と手を結んだのだ。ラウロスは、レイトリンほどではないが、やはり資源に乏しい国だ。

頭の中で、考えろ、考えろと声がする。何かを見落としている。何か、重要なからくりを。

仮説を立てる。もしもカイラが本当にミアを殺そうとしたとしたら？　その目的は？

ひとつしかない。

ミアを殺し、その罪をグリフィス王家に課すため。そして大義名分のもとに挙兵する。

しかし、暗殺は失敗した。当然、そのことはわかっているはず。そもそも、あの女王が娘を暗殺する刺客を放ったとして、失敗に甘んじるだろうか？　ミアは毒を盛られたが、その毒はレイトリンには存在しない。しかも致死量ではなかった。

大義名分を得ないまま、それでも挙兵した？

急いでいる？

なぜ？

ミアは膝を抱え、暗い牢に差し込む月明かりを、じっと見つめていた。

同時刻。キリアンとルイスはミアとは別の、離れた場所の地下牢にとらわれていた。幾度か練兵で訪れたことがある施設の一角にある牢だ。衛生状態が劣悪なことは、キリアンにとって何よりも耐え難い。

「キリアン。女王は本当に出兵したんだろうか」

ルイスは湿った藁の上にどっかと座り、顔をしかめてつぶやいた。よくあんなところに座れると思う。キリアンは壁に寄りかかることさえせずに、立っている。

「真実だろうね」

「そんな。ミカエラ様がいるのに？」

正義感が強いルイスは憤慨(ふんがい)している。

「……女王が娘を見捨てるのはこれが初めてじゃない」

「それは、噂にはいろいろ聞いてたけど。だけど、嫁がせて間もないのに、なぜ」

冷徹な氷の女王は、ミカエラの命など小指の先ほども惜しくはないのか。一方で、キリアンは、いつか見た女王の横顔が忘れられない。非道な決断の陰で人知れず苦悩したはずだと、そう考えてもみる。

　それでも到底、許せることではない。

「妃殿下がおかわいそうだ」

　己の太ももをばん、と打って、ルイスは怒りをあらわにしている。

「このままでは、まずいことになる。キリアン、僕たち、どうしたら妃殿下を助けてさしあげられる？」

「まあ……まずは、自分たちがここから出ないと」

　鉄格子は太く、武器は取り上げられている。

「そうだ。キリアン、ちょっと死んだふりとかしてみてくれないか？」

　唐突な頼みに、キリアンは眉を寄せる。

「死んだふり？」

「それで僕が看守を呼んで、君が絶望のあまり自殺したと騒ぐから。看守が中に入ってきたら、後ろから首を、こう、締め上げる」

　キリアンはふるふると首を振る。

「うまくいくとは思えない」

「やってみなけりゃわからないじゃないか。僕は、剣は苦手だけど、力なら誰にも負けないから。一瞬で看守を気絶させられる」

　しかしそのためには、キリアンはこの、ありえないほど汚れ、虫がうようよいる濡れた床に横たわらなければならない。

「……ルイス」

「うん」

「他の手を考えよう」

「そう？　うまくいくと思うんだけどなあ」

「頼みの綱を忘れてる」

　ルイスは、はっとした顔をした。

「そうか」

「し、誰か来る」

　遠くの扉が開く音がして、石の床を歩いてくる音が響く。

　しばらくして、格子の向こうに、その人物は現れた。

　キリアンは驚かなかった。なんとなく、彼がやってくるような気がしていたのだ。

　格子越しに対面する。考えてみれば、こうして対峙（たいじ）するのは初めてのことだ。キリアンが無言のままでいると、エドワードのほうから口を開いた。

「知っていたのか？」

「……いいえ」

「女王の奇襲のことだぞ。どこまで関与している？」

「俺も王女も関与していない」

「証拠は？」

　キリアンはふっと笑んだ。

「この場合、証拠がないのが何よりの証拠では？　もしも知っていたら、今日、農場からは戻ってはこなかった」

　これにはエドワードも納得した様子だ。

「そのまま逃げようとは思わなかったのか？」

「逃げる理由などない」

「そうか？　もし、女王の挙兵に関与していなかったとしても……おまえは、逃げたかったはずだ。ミアを連れて」

　なるほど。その方面での決着をつけたくて、この男はここに来たのだ。

　ルイスは空気を察したのか、後ろのほうで息を殺して静かにしている。キリアンは答えた。

「俺にその権限はないです」

「だが、おまえはミアを愛している。違うか?」

キリアンはじっとエドワードを見据えた。否定するべきだ。しかし。

「違わない」

エドワードの瞳に炎がともる。この男は、ミカエラを愛しているのだ。変わらずに、ずっと。だからこそ苦しんでいる。

「首をはねられたいようだな」

「ミアはともかく、俺は殺されても政治的な影響はない。正式な裁判など経なくても、王子の胸三寸でどうにでもなる」

「確かにおまえごとき男は今ここで亡き者にできようが、ミアの命もまた、王の胸三寸だ」

「あなたは、王女を助けたいのか」

「……グリフィスはレイトリンとラウロスを退け、戦争はすぐにでも終結するだろう。その時、ミアは生きてはいない」

「何度でも言う。王女は今回のことには関与していない。女王と大臣たちに利用されただけだ」

「そんなことはわかっている」

「ならば、助けろ」

キリアンは鉄格子をつかんだ。

「ミアを、どこかへ逃してやってくれ」

エドワードは無言のままキリアンを見た。その唇が、嫌な形に歪む。

「おまえは、なんだ。ミアにとって、どれほどの存在だ」

「……単なる幼馴染みです」

「いや、違う。おまえがミアを見る目。僕が何も気づかないとでも思うのか？」

「俺の気持ちが問題か？　王女の目にはあなたしか映っていない」

「ではなぜ笑わぬ」

エドワードは唸るように言った。

「あの娘は、僕に笑顔を見せない。おまえには、変わらぬ笑みを見せるのに。声を立てて笑い、心から楽しそうに。それを得られずして、なぜ、愛情を信じられる」

「信じるべきだ」

キリアンは譲らない。

「王女はあなたを愛している。あなたも愛する女なら、とことん信じ抜いて、受け入れるべきだ」

「黙れ！」

エドワードは激高した。

「おまえなどに、僕の立場や心がわかるものか。胸のうちで、何度おまえを殺したと思う。本来僕に向けられるはずの笑顔を、おまえは奪ったのだ。今ここで殺されても文句は言えまい」

「殺せ。そして、ミアを助けろ」

沈黙が満ちる。エドワードが、格子から離れた。ゆっくりと、後退りする。

「……助けよう」

と、彼は言った。

「機を待て」

それからマントを翻して、去っていった。

「キリアン、あの……」

ルイスが何かを言いかけたが、結局押し黙った。キリアンは感情をもてあまし、拳で牢の壁を叩きつける。虫が潰れて、嫌な音を立てた。普段なら考えられない。しかし、今は、心中穏やかではなかった。

エドワードの心を、間近に見た。あの男は、確かにミアをまだ愛している。

　エドワードは公的な執務室ではなく、いったん、西翼の自室に戻って軍服に着替えた。この後すぐに王のところへ行かなければならない。すでに将軍たちが集められ、作戦会議に入っている。

　ほどなくしてローガン・ウォリック子爵が、足早に部屋に入ってきた。エドワードは従者たちを下がらせた。

「どんな様子だ？」

「ヨルゲン奪回に向けて迅速に兵を動かすようですが、妃殿下の処遇についてはひとまず牢に入れたということで、先送りになりますね」

　ただ、とローガンは声を落とす。

「王宮の内外で、早急に妃殿下を火炙りにして報復せよ、という物騒な話も出始めていますが」

「時間の問題だな」

「おそらくは」

　ヨルゲンを取り戻し、グリフィスの敵に回った二王国を退け、実効支配したとしても。

　ミアは遠からず処刑される。

「父上は今頃、快哉（かいさい）を叫んでいるだろう」

エドワードは皮肉につぶやいた。

そもそも、サミュエル二世こそが、大義名分を掲げてレイトリンに挙兵することを目論んでいた。目的は、オネリス山の利権だ。当初は、女王直系の子供が生まれているという前提で、挙兵の旗印に利用しようとしていた。しかし向こうから戦（いくさ）を仕掛けてきた以上、レイトリン王家の血などどうでもいい。もともと軍事力、国力では圧倒的な差があり、王家ごと潰すのは、赤子の手をひねるようなもの。

「それにしても。女王はなぜ挙兵した？　ラウロスと組んだとて、負けは目に見えている」

「雪解けと同時にですからね。以前から準備はしていたのでしょうけど」

ミアを嫁がせた時には、ラウロス王との密約はすんでいたのだろう。

五王国の統治者は、誰も侮（あなど）れない。負け戦を承知で仕掛けてくるはずもない。気の遠くなるほどの年月、あの国は、森にのみ込まれそうになりながらも大人しく自国にのみ目を向けて、細々と生きながらえてきたのに。

「将軍たちも用心はするだろうが、真意がわからないうちに兵を大きく動かすのは危険だな」

「偵察部隊もすぐに戻りましょう。それより殿下、いかがなさるのです」

ローガンが、そっと問う。

「妃殿下を、このまま見殺しにはなさらないでしょう?」

エドワードはしばらく黙ったあと、短く答えた。

「殺さぬ」

ローガンは、なぜかほっとした顔をする。

「わたしが抜かりなく動きますよ。ご心配なく。実はすでに、妃殿下に似た背格好の遺体を探させていますから」

ローガンは用意周到だ。それにしても。

「早いな」

「考えうるすべての道を用意しておくのがわたしの仕事ですからね」

「では、僕が、逆の選択をする場合も想定していたのか?」

「お許しにならないかもしれない、とも思いましたよ。あなたは矜持の高いお人だから」

殺してやりたいと思った。それは確かだ。いっそ、死んでくれれば諦めもつくと。その場合、首をはねるのか、城壁から吊るすのか、火炙りか――ミカエラの最期を、この目で見る覚悟は、できそうにもなかった。

「殿下。わたしが言うのも僭越ですが、あのお姫様は殺しちゃいけませんよ」

る。

エドワードはローガンを見た。

「意外だな。おまえがそんなことを言い出すとは」

良くも悪くも冷静で計算高いのが、この男だ。そのため優秀な補佐官として重用してい

「数ヶ月、おそばで見させてもらいましたけどね。なんというのか、あの方には、強い生命力のようなものがある。問答無用で、対峙するものを強く惹きつける何かが」

「逆境で生きてきて、そうならざるを得なかったのだろう」

「そうは言っても、彼女の境遇なら、普通ならもうとっくに死んでます。それを生き延びてこられたのは、よほど、何かに守られているか……もしくは、何らかの使命を帯び、運の太さを持っているか」

「だから惹かれるのか？」

ローガンはにやりと笑った。

「怒らないでくださいよ。男としてではないです。純粋に、この時代に生まれた者として、見てみたいんですよ。ああいった娘が、この先どこまで上り、何者になるのか。わたしは、運命なんて信じていませんでしたが、今は少し信じたいんです。わたしが生涯の主と心に決めているあなたが、彼女と同じ時代に生まれ、巡り合ったというこの縁を」

そこでローガンは言葉を切り、エドワードを見つめて続けた。

「わたしは帝都ナハティールに上るのは、コクラン王太子ではなく、あなただと思ってますから」

その日、その時のために、ミアを逃せというのか。

エドワードは考える。激動の時代、少年の頃から胸に秘めてきた大いなる野望がある。それなのに、ミアを、ひとりの娘として愛することをやめられなかった。エドワードが彼女を救いたいのは、愛と、それから、申し訳なさのためだ。

彼女を責めた。不誠実だと。嘘つきだと。しかし、不誠実で嘘つきなのは自分のほうなのだ。エドワードは父王の目論見を前提に彼女を娶った。森の奥で、裸足で駆け回っていた少女から自由を奪った。若さに衝き動かされるまま彼女を求め、思うような反応を得られない苦しみを、最低の方法で紛らわせた。

『わたしも。わたしも、エドワードが好き』

甘いささやき声は魔力を持ってエドワードを縛り、責めさいなむ。彼女を心から憎めればどれほど楽になれるだろうか。

「妃殿下の護衛兵たちや、侍女はどうします？」

キリアンの他、従者と侍女は捕らえている。しかし、痩せた長身の男がひとり、事が起きる前に王宮を出て、戻ってきていないらしい。そのままレイトリンへ逃げたか、付近に潜伏しているのか。

「殺せ」

エドワードは乾いた声で命じた。

「ひとり残らず」

6

ミアは地下牢で、壁に寄りかかったまま、うとうととしていた。一昼夜をここで過ごしている。無口な牢番が水やパンを持ってきたが、他に訪れる者はいない。いつ尋問が開始されるのかと緊張するあまり、一気に疲れがきて、眠ってしまった。

(……起きろ)

また、ナグルの声だ。ふかふかの白い毛と、独特の犬くささ。はっはっ、と生ぬるい息が頬にかかる。

「どこにいるの。ダグ・ナグル」

（森だ）

禁断の森だ。そうに決まっている。空には緑の光の帯。夜なのに昼のように明るく、凍った湖の隅々（すみずみ）まで見渡すことができる。

「会いたいな……」

（では、起きろ。このねぼすけめ！）

神らしからぬ暴言に、ミアは、はっと目を開けた。がしゃん、と大きな音がして、牢番のくぐもった声も聞こえる。誰かが数人、こちらにやってくる気配。

「妃殿下。起きておられますか？」

ハンナの緊迫した声がした。

「ハンナ」

ミアは急いで言った。

「もし、なにか聞かれたら、すべてはわたしに命じられたことなのだと言いなさい」

「そんな、妃殿下は何もしていません」

「何もしていないけれど、そう決めつけられたらもう打つ手がない。こちらにはなんの証拠もないのだから」

女王の陰謀（いんぼう）に加担した罪に問われても、反論できない。もし知らなかったのだということを証明できても、ミアの命はない。実際に、レイトリンの挙兵により死者が出ている。

こつこつと足音が大きくなる。ミアはてっきり、尋問官がやってくるのだと思った。王の前に引きずり出されて、形ばかりの弁明の機会を与えられるのかとも。この期に及んで、己の未練がましさに吐き気がした。ミアをここに閉じ込めたのは、他ならぬ夫だというのに。

そうして、目の前に現れた人物を見た時、ミアは驚き、言葉を失った。

「……フランセット王女」

まったく予想外だった。フランセットは目深にかぶったフードを肩に落とし、柔らかく笑った。

「助けにまいりましたわ、お姉様」

「……どうして」

「お姉様が陰謀を企てたなんて、わたくし信じません。お姉様は、ただただ、お兄様に恋い焦がれてお嫁入りなされた。そうなんでしょう?」

ミアは戸惑い、ただ、フランセットを見る。フランセットは力強くうなずいた。

「わかっています。お姉様は悪いことができる人じゃありません。お兄様も、本当はお姉様のことを信じています」

「わたくしをここに遣わしたのも、エドワード兄様です。さ、一緒にここを出ましょう。衛兵たちは眠らせましたし、牢番には金貨を渡しました。今のうちにここを出て、郊外の館に一時隠れるのです」

「エドワードが？」

エドワードが、フランセットを。ミアを救うために。目頭（めがしら）が熱くなり、声が震えた。

「フランセット。ありがとう。ハンナや、わたしの護衛兵と従者も助けてほしい」

「お姉様の護衛兵は練兵場の牢に捕らえられているわ。すでに別の者を行かせて、西門を出たところで落ち合う約束です。さ、早く」

フランセットは牢番を促し、扉の鍵をはずさせた。彼女が連れてきた従者がするりと入ってきて、ミアの足にはめられた鎖を外す。ハンナも同様に自由になり、ふたりで手を取り合って喜んだ。

フランセットは従者と、彼女の護衛らしき兵士をひとり連れてきていた。足早に通路に出ると、見張りの兵士たち数人が眠りこけている。よほど深く眠らされたのか、ぴくりとも動かない。彼らの横を通り、地下牢がある建物の外に出た。

星がない夜だ。月も雲に見え隠れしている。夜陰に乗じて、王宮の敷地内を小走りに移動する。

「西門に行くの？」

「そうですわ。門番も買収してあるのでご心配なく。さあ、とにかく早く」

ハンナと手をつないで走りながら、ミアは、かすかな違和感をおぼえる。

明かりを掲げる従者とフランセットが先頭で、ミア、ハンナと続き、一番後ろは王女の護衛兵だ。

なんだろう。この感じは。

フランセットの足運びに迷いはない。よほど、この計画に自信があるのか。彼女は、もっと幼く無邪気な感じの王女かと思っていた。兄に頼まれたこととはいえ、一国の王女が、国家反逆罪でとらえられている罪人を、こうも堂々と逃がす、その度胸。

それこそ、アリステアだったら。不測の事態に悪態をつきながら、泣き出してしまうかもしれない。

西門に到着し、すでに開いていた門から外に出る。人気はほとんどない。月も相変わらず雲に隠れている。門の外には森が広がっている。そのまま傾斜を登れば王家の墓地に出ると聞いたこともある。

夜の森は、故郷とは違い、昼間の熱を発散しきれず淀んでいる。

（……起きろ）

ミアは、足を止めた。ナグルの夢。前も、同じように起こされた。あの時も目の前にフランセットがいた。そして、薬湯をミアに飲ませようとした。甘くて、舌先がほんの少し痺れるようで……。

「お姉様？」

フランセットが振り返る。

「どうなさったの？　一刻も早く逃げないといけませんのに」

「キリアン……わたしの護衛と従者は？」

「まだのようですわね。心配なさらなくても、じきに」

「本当に、わたしを逃がすの？」

フランセットは目を瞬く。

「まあ。わたくしの話をお聞きになったでしょ。お兄様が」

「エドワードが、あなたを利用するとは思えない。あなたは大事な妹だもの」

もしも逃亡が露見すれば、フランセットも罪に問われるはず。ミアは、わかっている。エドワードが、本当はどれほど優しいか。フランセットを可愛がっているか。こんな大それたことに、巻き込むはずがない。

フランセットが、じっとミアを見る。薄く微笑んだまま。灰色の瞳は黒く闇の色に沈んで、感情が読み取れない。

ミアは、さらにはっとして背後を振り返った。もうひとつの違和感。そうだ。後ろに立つ兵士の佇(たたず)まいに、覚えがある。

「おまえは」

兵士が兜の下から上目遣いにミアを見て、唇を歪める。眉間に、傷がある男。

「気づかれちゃった」

フランセットは無邪気な声をあげた。

「お楽しみは、墓地でと思っておりましたのに。ねえ」

「妃殿下。これは」

ミアはハンナを背中で押すようにして、近くの木まで後退する。すでに従者と兵士が剣の柄に手をかけている。

フランセットは歌うように言った。

「お姉様は衛兵たちを殺して逃亡するんです。裁判もせずに牢内で死なれたら、後々厄介でしょう。逃亡したと見せかけて、外に出たところで消えていただくのが一番」

先程の衛兵たち。深く眠っているだけだと思ったのに。

「……自分の国の衛兵を、殺したの？」

「母の生家に伝わる毒薬タトラスは、五滴で絶命させることができ、あるいは微量でも、時間をかけて弱らせることができるの。ジキタリスの花と月見草、それから」

「蜘蛛の毒？」

ミアが言うと、ハンナがあっと声をあげた。

「まさか、妃殿下に毒を盛ったのは」

「刺客もね」

ミアは、兵士を睨みつける。

「あなたがわたしを殺そうとするなんて」

フランセットはこの王宮で唯一、ミアに優しく接してくれた。ミアも彼女が好きだったのに。

「エドワード兄様を不幸にするからよ」

フランセットは眉を下げ、悲しい顔を作った。

「エドワード兄様はわたくしにとって、誰よりも大切なお方。誰よりも美しく、賢く優しく、誰よりも幸せになる権利があるの。それなのに、あなたはお兄様を幸せにするどころか、苦悩させ、苛つかせた。田舎娘のひとりも抱くことができない腰抜けだなんて、笑う者もいたのよ。こんな侮辱ってある？」

「それはあまりに一方的な……！」

ハンナが声をあげたので、ミアは手で制した。

「エドワードの名誉のために、わたしを殺すの？」

「許せないの。わたくしは、お兄様が世界で一番大好き。どんな女にもこの気持ちは負けない。あなたにも、ロクサーヌにも」

フランセットは熱に浮かされたように話す。うっとりとした様子で、頬まで染めて。

「……実の兄妹なのに」

ハンナが小さくつぶやいた。フランセットは小首をかしげる。

「それがどうかして？　もちろん、わたくしはお兄様の、腹違いとはいえ血のつながった妹。このグリフィスでは、花嫁にはなれませんわ。でもねえ、お兄様の中の一番で居続けることはできますもの。そのほうが、男女の仲においてはよほど尊いですし、新しい世界では、そんな無粋な決まりはなく、真に愛する者同士が添い遂げることができるのですわ」

「フランセット。何を言っているの？」

「約束してくださったのです。あの方が創造する素晴らしい世界に――わたくしと、わたくしが愛する者を招くと」

フランセットは焦点が定まらないような濁った瞳で、胸元のペンダントを弄っている。あの琥珀だ。王妃主催の園遊会で、エドワードにもらったもの。それをペンダントに加工し、肌身離さず身につけているのか。

「新しい世界って、どういうこと」

「お姉様には関係のない世界のことですわ」

「……フランセット。わたしたちをこのまま逃して。二度とグリフィスには戻らないから」

ミアは交渉を試みた。フランセットはゆるゆると首を振る。

「お兄様はね、きっと処刑ギリギリにあなたを助け出すつもりでいらっしゃるわ。愚かなお兄様。ご自分の立場がさらに悪くなってしまうのに。お父様だって、そんなことはお許しにならない。だから、お兄様が行動に出る前に、わたくしは決意したの。あなたを逃がすふりをして、殺してしまおうって」

その言葉を合図に、従者と兵士が剣を抜いた。

「あと少し、墓地まで歩いてくださる？　新しい墓穴を掘らせてありますの。土を埋め戻せば、誰にも気づかれません。お兄様の中であなたは、自分を捨てて逃亡した身勝手な女として、永遠に恨まれ続けるのですわ」

ウサギを見ましょうよ、と誘ってくれた時と同じ無邪気な口調で、フランセットは言うのだった。

森が切れて、なだらかな丘が現れた。月が雲から出て、無数の石の墓を浮かび上がらせている。代々の王族が眠るという大きな石室も遠くに確認できた。

そしてフランセットの言った通り、確かに新しい墓穴が掘られていた。ミアとハンナはその手前に立たされた。

兵士ではなく、若い従者のほうが剣を突きつけてくる。ミアは唇を噛み締めた。今、武器さえあれば。ここを切り抜けることができるのに。猪に襲われた時だって、スリングくらいは持っていた。しかし今は、足元に小石ひとつ転がっていない。人の頭くらいの大きな石ならあるが、あれを素早く持ち上げる自信はない。

「さよなら、お姉様」

厳か(おごそ)かな声でフランセットが言い、月明かりに白刃(はくじん)がきらめいた。その時。

空気を裂く音がして、従者が前のめりに倒れた。きゃ、とフランセットが小さく声をあげる。うつ伏せに倒れた従者の背に、矢が刺さっていた。何が起きたのか状況判断ができるより先に、ハンナが雄叫(おたけ)びをあげた。

「おうりゃあああああ」

なんとハンナは、あの大きな石を持ち上げ、兵士に向かって投げつけていた。兵士は辛くもそれを避けたが、バランスを崩してよろめいた。

「妃殿下、こちらへ」

ハンナにむんずと手首をつかまれ、引きずられるようにして駆け出す。すると前方の森から、数人の男たちが現れた。

ミアは、膝から力が抜けるかと思った。

「……キリアン！」

キリアンだ。ジークに、ルイスもいる。キリアンは走りながら、次の矢を放った。

体勢を立て直した兵士が、宙で矢を払う。キリアンは、さらに矢をつがえた。すると。

夜の墓地に、くぐもった声が響いた。ミアは驚愕してそれを見た。声をあげたのはフランセットだ。兵士が、彼女の護衛兵が、主である王女の胸に剣を突き刺していた。

男が剣を抜き、華奢な体がくるりと一回転して、血しぶきをあげながら地面に倒れ伏す。

まったく予想外の事態に、誰もが固まり、反応が遅れた。そのわずかな隙に、兵士は走り去ってゆく。森とは反対側の丘の向こうへ。

「……貸して！」

ミアはキリアンから弓矢を奪い取り、矢をつがえると、刺客に向けて放った。矢は真っ直ぐに飛び、刺客の右上腕部あたりをかすったが、彼の動きを止めることはできなかった。

キリアンが走って刺客を追う。ミアも走り、倒れたフランセットのところへ駆け寄った。

フランセットは従者より手前に倒れていた。従者のほうはキリアンの矢で背から射抜かれて絶命している。

フランセットは、かろうじて、まだ息があった。胸から真っ赤な血がどくどくと溢れている。ミアは両手を使って傷を押さえ、なんとかこれ以上の出血を止めようとした。

「だい……じょうぶ……」

フランセットは掠れた声を必死に出そうとしている。

「しゃべらないで！」

ミアは叫んだが、フランセットは口をぱくぱくと動かし続ける。

「呪いが……」

と、彼女は言った。ミアははっとして、食い入るようにフランセットを見つめる。

「十六の……わたくしは……永遠に、お兄様しか愛せないと……」

そんな。信じられない。フランセットも呪われたというのか。十六の、誕生日に？

フランセットが大きく痙攣した。大量の血が口からこぼれる。

「フランセット！　しっかりして！」

留まって。そして教えてほしい。彼女を呪ったのは誰なのか。フランセットは手袋をはめた手で、琥珀のペンダントを引きちぎり、それをミアに向かって差し出した。

「お兄様……先に……あたらしい、世界」

それが最期の言葉だった。フランセットのうつろな瞳は澄んだ灰色に戻っていたが、虚空に据えられて、二度と輝くことはなかった。

ぱたりと、地面に落ちた王女の右手から、ミアはそっと手袋を取り去る。

やはり。

小さな手の、親指の付け根から。見覚えのある赤い痣が、手首をぐるりと巻き上げるように伸びている。

しかし、その痣も、みるみるうちに消えていった。

呪いはこうしてとけるのか。宿主が死んで、ようやく。

ミアはフランセットの開いたままの瞳を閉ざしてやり、その頬に口づけをする。あまりにも哀れで、悲しい最期だった。

「逃げられた」

戻ってきたキリアンは短く言って、王女の遺体のそばで身じろぎもしないミアを見下ろした。

「馬を用意していたらしい。もともと王女を殺すつもりだったのだろう」

「……誰が。なんのために？」

「それを探る時間はない。王宮の方角が騒がしい。すぐに追っ手がかかる」

確かに、風に乗って、怒号のようなものが聞こえてくる。

「妃殿下。ひとまず、ここを去りましょう」

ルイスが跪いて言う。

「フランセット王女は気の毒ですが、今はとにかく、妃殿下の身の安全の確保が先です」

そうね、とジークが言った。

「妃殿下。事態はものすっごくまずい状況ですのよ」

ミアはあらためてジークを見た。かなりやつれている。自慢の銀髪が乱れているし、上着もところどころ破れている。

「ジーク。何があったの？　街に出かけていたのよね」

「いろいろ情報を集めながら、ヴァンクリード将軍に連絡を取ってみたんですけどね。妃殿下が暗殺されそうになったので精鋭部隊を戻してほしいと。でも」

「駄目だったのね」

「一兵たりとも戻すことはできないと。おそらく、前線に参加するためでしょう」

「……では、本当に戦争が？」

「女王陛下はラウロスと同盟軍を形成し、ヨルゲンの砦を攻め、落としました。多くの貴族や兵士が人質としてとらわれているとか。城攻めの折に辺境伯が戦死し、その長子が激しく抵抗したため、見せしめとして城壁から吊るされたって話ですわね。そのため、グリフィス内でもレイトリンへの憎悪が増加しています。このままグリフィスにとどまれば、妃殿下は間違いなく処刑されますわ」

　ジークは将軍の返事を確認し、すぐに王宮に戻ってきたのだという。しかしその直後、ミアとキリアンたちは拘束された。なんとか王宮内に潜伏し、機をうかがっていたのだ。

「間一髪間に合いましたわね。衛兵たちも、まさか味方に殺されるとは思ってもいないでしょうねえ」

　ルイスがフランセット王女と彼女の従者を見る。

「でも……この状況からして、僕たちが殺したと思われても仕方ないですよね」

「そんなの、いくらでも反論できるわよ。生きてさえいればね」

　ジークは従者に近づくと、背中に刺さったままの矢を抜いた。

「さあ。一刻の猶予（ゆうよ）もありませんわ、妃殿下。もう、そこまで来てます」

森の奥で、明かりがちらちらと動いている。人の話し声もする。

「ミア」

差し出されたキリアンの手を取り、立ち上がる。

ジークが先導し、全員で墓地を走り抜ける。

「街道は封鎖されます。裏道を見つけておいたのでご安心を。ちゃんとついてきてくださいね」

今回はジークに救われた。彼が王宮の外に出ていなければ、ミアたちは殺されていただろう。そしてグリフィス王家の墓地の片隅に、ひそかに埋められ、朽ち果てる。

丘の中腹に差し掛かったところで、キリアンが聞いた。

「どこへ向かう?」

母がミアを売った以上、そして切り捨てた以上、故郷に居場所がある保証はなかった。でも今こそ、女王と対峙する必要があるのではないか。呪いのこと、戦のこと。なんとしてでも、答えてもらう。それにレイトリンには、グリンダやネリーもいるのだから。

「……レイトリンへ」

ミアが答えた刹那(せつな)、森から一羽のフクロウが飛び立った。夜目にもわかる、純白の羽毛を持つフクロウだ。

　フクロウはミアたちの上空を一度だけ旋回し、離れてゆく。北の方角へと。キリアンもその行方を見つめてつぶやいた。

「了解」

　丘を越えるミアたちの背を押すように、風が強く吹いてくる。

　消えたフクロウを追いかけて、ミアたちは出立した。背後は、振り返らなかった。

　ただ、さまざまなことを思う。

　フランセットも、呪われた。誕生日の夜に。生涯、血のつながった兄しか愛せないと。それは一見、ミアとは真逆の呪いのようで、根幹は同じもの。

　愛の呪いだ。

　手の中の琥珀のペンダントを握りしめる。哀れな美しい王女の血を吸って、濃く輝いている。中に閉じ込められたハチは、死んでなお、苦しみにもがいているようだ。

　呪われたまま、朽ち果てたくない。

　愛を成就できぬまま、死にたくない。

　もしもミアが、あの誕生日の夜に呪われなければ。エドワードと、今頃、幸せな夫婦でいられたのだろうか。それとも母の決意を変えることはできず、やはり、こうして逃げるはめになっていたのだろうか。

ミアの心にはまだ彼がいる。それでも今は、別れを告げなければならない。

（さよなら、エドワード）

ミアは断腸(だんちょう)の思いで、グリフィスを後にした。

※この作品はフィクションです。実在の人物・団体・事件などにはいっさい関係ありません。

集英社オレンジ文庫をお買い上げいただき、ありがとうございます。
ご意見・ご感想をお待ちしております。

●あて先
〒101-8050　東京都千代田区一ツ橋2-5-10
集英社オレンジ文庫編集部 気付
山本　瑤先生

穢れの森の魔女

赤の王女の初恋

集英社
オレンジ文庫

2022年2月23日　第1刷発行

著　者　山本　瑤
発行者　北畠輝幸
発行所　株式会社集英社
〒101-8050東京都千代田区一ツ橋2-5-10
電話【編集部】03-3230-6352
【読者係】03-3230-6080
【販売部】03-3230-6393（書店専用）
印刷所　大日本印刷株式会社

ISBN 978-4-08-680433-2 C0193